左江诗韵

崇左市老年大学 编

谭先进 主编

广西人民出版社

图书在版编目（CIP）数据

左江诗韵 / 崇左市老年大学编；谭先进主编 . — 南宁：广西人民出版社，2020.10

ISBN 978-7-219-11020-1

Ⅰ . ①左… Ⅱ . ①崇… ②谭… Ⅲ . ①诗词—作品集—中国—当代 Ⅳ . ① I227

中国版本图书馆 CIP 数据核字（2020）第 093143 号

ZUOJIANG SHIYUN

左江诗韵

崇左市老年大学 编 谭先进 主编

策　　划　温六零

责任编辑　严　颖　廖　献

责任校对　周娜娜

装帧设计　陈瑜雁

责任排版　潘艳营

出版发行　广西人民出版社

社　　址　广西南宁市桂春路 6 号

邮　　编　530021

印　　刷　广西民族印刷包装集团有限公司

开　　本　787mm×1092mm　1 / 16

印　　张　13.25

字　　数　245 千字

版　　次　2020 年 10 月　第 1 版

印　　次　2020 年 10 月　第 1 次印刷

书　　号　ISBN 978-7-219-11020-1

定　　价　50.00 元

编委会

主　　任：韦桂德（女）　崇左市委组织部副部长（兼）、老干部局局长，广西诗词学会常务理事、崇左市老干部诗词学会会员

副 主 任：谭先进　　　崇左市政协原副主席、中华诗词学会会员、广西诗词学会副会长、崇左市老年大学校长、崇左市老干部诗词学会会长

　　　　　何　珊（女）　崇左市委老干部局副局长

　　　　　蒋三成　　　崇左市委老干部局副局长，崇左市老年大学副校长（兼）

　　　　　方燕琼（女）　崇左市老年大学副校长

委　　员：谢银燕（女）　崇左市老年大学办公室主任

　　　　　周秀花（女）　崇左市老年大学教务科科长

　　　　　农桂春（女）　崇左市老年大学学员工作科科长

　　　　　林海燕（女）　崇左市老年大学办公室副主任

　　　　　覃宇风　　　崇左市老年大学教务科干部

　　　　　江秀芬（女）　中华诗词学会、广西诗词学会会员，崇左市老干部诗词学会副秘书长、诗刊《红棉》副主编，崇左市老年大学诗词专业 2015 级毕业学员

题写书名：谭先进

主　　编：谭先进

副 主 编：江秀芬（女）

编　　务：谢银燕（女）

　　　　　林海燕（女）

目　录

第五部分　莘莘学子咏诗韵（39 位作者，462 首诗词）

附　录

后　记

编辑说明

一、崇左市老年大学简介

崇左市老年大学前身是广西壮族自治区南宁地区老年大学，成立于1992年5月。2003年8月6日撤销南宁地区，设立地级崇左市，更为现名。本书收录的作品的作者包括原南宁地区和崇左市领导干部，原南宁地委组织部、老干部局和崇左市委组织部、老干部局领导干部，原南宁地区老年大学和崇左市老年大学领导干部、教师、学员。现在的崇左市从历史沿革和干部管理上已经涵盖了其前身南宁地区，所以为了叙述方便，凡是像上述与崇左市并列的南宁地区，一律省略南宁地区这个行政区域名称。

二、书名含义

《左江诗韵》是崇左市老年大学编纂的格律诗词曲集。《左江诗韵》主要含义如下：

1. 左江是广西壮族自治区崇左市境内最主要的地表河，从西至东贯流崇左市，是崇左人民的母亲河，也是历史悠久、灿烂辉煌的崇左文明的发祥地。左江流域的行政区域大体相当于今天的地级崇左市，也就是崇左市本级及其管辖的扶绥县、大新县、天等县、宁明县、龙州县、江州区，还有崇左市代管的县级凭祥市。书名中的"左江"，代指崇左市、崇左市老年大学。

2. 本书的"诗韵"指格律诗词曲排律（以下简称诗词），包括绝句、律诗、排律（长律）、词、曲，兼收少量古风（古体诗、古诗）。全书收录62位诗词作者（其中女作者24位）的1427首诗词作品，其中诗1146首（古风32首，绝句680首，律诗434首），约占诗词总数的80.31%；排律1首，约占诗词总数的0.07%；词273首，约占诗词总数的19.13%；曲7首，占诗词总数的0.49%。

3. 本书的诗词作者均为当代人，写作的时间自行决定。

4. 每位诗词作者的诗词前都缀有简历，作者若是男性、汉族，其简历中的这两项省略。崇左市老年大学学员的简历中包括入校学习的班级名称和届别。有的诗词作者已经去世，有些作者联系不上，所以有些诗词作者简历也许有错漏，请诗词作者及其亲属、读者谅解。

5. 收录诗词作品的用韵。中华诗词学会在诗词音韵上提出了"倡今知古，双轨并行"的主张，诗词作品使用古韵、今韵（普通话音韵）均可，不废古韵，提倡今韵。但在同一首诗词中古韵、今韵不能混用。据此，本书对分别使用古韵和今韵的诗词一视同仁录入，不标注其使用了哪种声韵。

三、编辑办法

1. 以五个部分列编：第一部分身体力行兴诗韵（崇左市厅级领导干部诗词）；第二部分育才敬老扬诗韵（崇左市委组织部、老干部局领导干部诗词）；第三部分黉宫主事传诗韵（崇左市老年大学领导干部诗词）；第四部分教坛园丁授诗韵（崇左市老年大学教师诗词）；第五部分莘莘学子咏诗韵（崇左市老年大学学员诗词）。

2. 目录作者中的领导干部、教师以任职、任教开始时间先后为序。学员大体以开始入校学习时间为序。附录四诗词作者以姓氏笔画为序。

3. 单个诗词作者作品的排序：古风、绝句（五绝、七绝）、律诗（五律、七律）、排律、词、曲。古风、绝句、律诗、排律两句为一行。词、曲按词牌、曲牌的字数从少到多排列；一个诗题、词牌、曲牌咏赋相同对象，两首以上的在题目中标明共有多少首；一首词的上阕与下阕之间隔两个字。

4. 诗词作品注释从简。对一部分诗词所涉及的主要地名、风景名胜、人名等予以简要的注释，见附录一、二、三。因资料不全，注释难免有错漏，请谅解。

5. 本书对诗词作者不做评价，对诗词作品不做分析、赏析。

6. 绝大多数诗词作品由作者本人或作者亲属、遗属提供，未正式出版过，所以本书不标注诗词原载的书刊、诗集、文史资料等。收集诗词的主要参考文献是崇左市老干部诗词学会会刊（诗刊）《红棉》、格律诗词集《诗赋崇左》。附录一、二、三的主要参考文献是谭先进编著的《崇左文化博览》。

7. 本书使用规范化简化汉字。

夕阳诗苑添异彩

——《左江诗韵》代序

广西诗词学会副会长

崇左市老年大学校长　**谭先进**

崇左市老干部诗词学会会长

崇左市老年大学是财政全额拨款、公益类事业单位，成立于 1992 年 5 月。在中共崇左市委、崇左市人民政府的高度重视和大力支持下，在中共崇左市委老干部局的直接领导下，学校坚持"老有所学，文化养老"的校训，不断改善办学条件，不断提高教学质量，不断提高学员的文艺素质和生活质量，学校越办越好。2015 年 1 月被评为广西离退休干部先进集体，受到自治区党委组织部、老干部局表彰。2018 年 12 月 21 日被自治区党委老干部局授予自治区示范老年大学称号。

格律诗词是中华优秀传统文化的重要组成部分，是名副其实的国粹。28 年来，学校坚持传承中华优秀传统文化，有教无类，不间断地开办诗词专业班（以下简称诗词班），为爱好诗词的师生搭建诗词学习、交流、传播平台，充分发挥了老年大学诗词教学在新时代中国特色社会主义建设中的正能量作用。

2018 年，崇左市老年大学建校 26 周年，创建自治区示范老年大学进入冲刺阶段。为了总结学校诗词教学成果和教学经验，勉励师生更加爱诗词、学诗词、用诗词、传承诗词，进一步提高诗词教学质量，经中共崇左市委老干部局报中共崇左市委、崇左市人民政府批准，学校编纂的《左江诗韵》由广西人民出版社出版。这是崇左市老年大学第一本格律诗词集，也是诗词教学的丰硕成果，共收录了崇左市领导干部、崇左市委组织部和老干部局领导干部、学校领导干部、学校师生共 62 人的 1427 首诗词作品。

一、学校发展诗词教学的主要措施和经验

万丈高楼平地起，诗词教学是诗词创作的前提和基础。崇左市老年大学发展诗词教学的主要措施如下：

（一）不断提高对老年大学发展诗词教学重要性的认识。

学校历届领导班子和工作人员认真学习党中央、国务院关于老年教育的方针政策，深刻认识老年大学发展诗词教学的重要性：一是能提高学员的诗词鉴赏能力、创作能力和综合文化素质，以及他们的生活质量；二是能为传承中华诗词文化，建设文化崇左、文化强国做贡献。学校以高度的文化自觉，克服重重困难举办诗词班，成效显著，且越办越好。

（二）与崇左市老干部诗词学会联合办诗词班。

崇左市老干部诗词学会成立于 1992 年，该学会有的会长同时是崇左市老年大学的校长或副校长，学会与学校联合办诗词班，具有更好、更强的优势。学会会长、副会长担任学校诗词班教师，一举多得：一是办诗词班决策快、效率高、质量好；二是就近、就地解决了诗词教师的来源；三是教师能自编适用的诗词教材；四是学会工作人员来诗词班工作，减少学校工作人员的工作量。学校于 1992 年开设文学班，涉及诗词欣赏与创作；1995 年 9 月开设文学（诗词）班；1996 年 9 月至今开设诗词班，每届学制 2 至 4 年，分层次设班、教学，有诗词基础班、提高班、创作班。学校累计办文学（诗词）班、诗词班 12 届（期）。学校的刘荣璋副校长、龙耀荣副校长、谭先进校长先后担任诗词班教师，还聘请了 5 位教师（其中 3 位是崇左市老干部诗词学会副会长）担任诗词班教师。他们不仅诗词功底好，基础知识扎实，诗词作品水平比较高，还自行编写诗词教材，因材施教，有的放矢地进行诗词教学。截至 2018 年秋季学期，学校培训了诗词学员 334 人。这些诗词学员和一些自学诗词的学员成为学校和崇左市诗坛骨干。

（三）办好三个诗词教学课堂。

一是抓好课堂教学，办好第一诗词教学课堂。诗词教师有教学大纲、计划，他们认真备课，写好教案，包括课题、教学目标、教学重点和难点、教学方法和手段、教学过程和环节、作业布置、教学反思等，上课时逐项实施。教学内容主要有诗词基础知识、诗词创作技巧、诗词欣赏，重点是诗词创作技巧。教师根据课堂教学进度，下课前布置作业，有通用作业和专题作业。通用作业如在诗词创作中如何运用形象思维等，专题作业如专门写梅、兰、竹、菊以及崇左市市花木棉花等。下一节课上课前交作业，或者在班级微信群中交作业。在课堂教学中，师生经常互动，由教师主持，大家一起批改某位学员的诗词作业等，举一反三，

集思广益。

二是发挥微信群作用，办好第二诗词教学课堂。学校从 2017 年开始建立诗词班微信群，教师、学员加入微信群，扩大了诗词教学时空，使第一诗词课堂教学得到延伸和补充。教师通过微信群发布与课程有关的教学资料、布置课前预习，在微信群批改作业，及时解答学员的问题，节省了时间，提高了效率。学员在学习上遇到的问题，在微信群里能够得到教师的解答。在微信群中，师生之间和学员之间互教、互学、互帮蔚然成风，学员诗词欣赏、创作水平提高得比较快。2018 年春节，师生们在诗词班微信群上和诗 28 首，既活跃了节日气氛，又提高了诗词创作能力。诗词班微信群已经成为学校诗词教学的重要手段和工具。

三是组织诗词创作采风活动，办好第三诗词教学课堂。学校与崇左市老干部诗词学会联合，每学期组织会员、学员到崇左市等地进行诗词创作采风活动，拓展了视野，丰富了创作题材，提高了创作水平。

（四）有教无类，培养老年诗词人才。

学校诗词班的招生不受限制，报名即成为学员，教师对学员一视同仁地传授诗词创作、诗词欣赏知识。2013 年以来，女学员逐步成为诗词班学员的主体。本书共收录了 62 位作者的诗词 1427 首，其中有 24 位女作者，约占作者人数的 38.10%；诗词 327 首，约占诗词总数的 22.92%。

（五）学以致用，检阅学习成果，提高诗词创作能力和水平。

学校办诗词班的目的很明确，就是通过诗词教学，使学员掌握诗词创作基础知识和技巧，进而向诗词创作迈进，不断提高诗词创作能力和水平。以学习促进创作，以创作检验学习，相辅相成。

一是组织诗词班的师生积极参加各种诗词创作活动。近三年来，组织他们创作了 300 多首诗词、山歌，参加广西、崇左"山歌传唱好政策，唱响壮乡新时代"等活动，歌颂党的十八大，喜迎党的十九大，学习贯彻党的十九大精神。学校诗词班举办了 3 次诗词朗诵会，由学员们朗诵自己创作的诗词。在重要节日举办重要活动，诗词班出版诗词墙报、板报，参加学校文艺演出等。

二是组织诗词班师生向诗词刊物、诗词书籍投稿。学校诗词教师带头向各诗词刊物投稿，起示范作用。诗词班教师郑巨荣是中华诗词学会、中华文学学会、广西诗词学会会员，崇左市老干部诗词学会副会长，创作了 1000 多首诗词，出版了个人诗词集《明江诗草》，且积极向各种诗词刊物投稿，先后在全国公开发行的诗刊和省级以上书刊上发表了 120 多首诗词，其中《读花山》参加《中华诗词》杂志社、宁明县委宣传部主办的"花山杯"全国诗词大赛获得三等奖。诗词班教师玉智念是中华诗词学会会员、广西诗词学会理事、崇左市老干部诗词学会副会长，创作了1000多首诗词，出版了个人诗词集，且积极向各诗词刊物投稿，在参加全国老干部"神韵随州杯"诗词竞赛中，他的词《贺新郎·随州印象》获得一等奖。两位老师对诗词班学员的启发、教育、鼓舞很大，他们向两位老师学习，也积极向各诗词刊物投稿。他们的诗词作品发表在以下刊物上，还出现在诗词展览上：学校校刊《左江学苑》，墙刊《学习》《左江诗坛》，书画摄影诗词展览；崇左市老干部诗词学会会刊《红棉》，诗词QQ群《红棉绽放》《诗词春天》，微信群《诗书画生活》；广西诗词学会诗刊《八桂诗词》、南宁市诗词学会诗刊《葵花》和其他刊物。28年来，《红棉》采用学校师生诗词2000多首，占全部诗词的22％。2017年12月出版的《广西诗词选崇左市当代卷》，收录了10名学校领导和诗词教师、9名诗词班学员的诗词共71首，约占该书526首诗词的13％。2017年12月出版的《邕城诗韵（下）》，收录了4名学校领导和诗词教师、7名诗词班学员的诗词共46首。《我与花山岩画》一书收录了郑巨荣老师的6首诗。诗词班学员汪大洋有3首诗在《中华诗词》杂志上发表等。

三是编纂师生诗词作品集。学校紧密配合、大力支持崇左市老干部诗词学会编纂《诗赋崇左》，收录从唐代到当代327位作者的1665首诗词，于2017年8月由广西人民出版社出版，其中学校师生22人的223首诗词入选，占诗词总数的13.39％。即将出版发行的《左江诗韵》，开创了本校诗词专集的先河。

学校师生的诗词，抒发豪情壮志，描写山水风光，记录奇异风物，歌颂社会发展进步，吟咏人文史事，诵唱自然美、生活美、心灵美，展现时代风采，讴歌当代精神，继往开来。已出版的《诗赋崇左》一书，记载了学校的发展历程，宣传了学校的办校经验，展示了学校师生员工积极进取的精神风貌和诗词教学成果，提高了学校知名度、美誉度和影响力，传承、弘扬了中华诗词文化，具有广泛的社会意义和较高的文学之美。

人才出于教育，老年人才也是如此。学校诗词教学授业、励志、育才。诗词班有461名学员先后成为崇左市老干部诗词学会会员，20人先后成为崇左市老年大学书画摄影诗联研究会会员，14人荣登学校学员校友人才榜，占人才榜总人数的32％。他们分别成为中华诗词学会会员，广西诗词学会会员，广西老年书画研究会会员、诗联院副院长，广西老年大学书画研究会副会长，学校诗词教师、书画摄影诗联研究会常务理事、副会长，崇左市老干部诗词学会副会长、常务理事、副秘书长、诗刊《红棉》副主编，崇左市老年书画研究会副会长，南宁市诗词学会会员、理事，某诗刊的编辑等，充分发挥了诗词骨干作用。

二、《左江诗韵》的主要内容

（一）讴歌我国改革开放特别是党的十八大以来的伟大成就。

学校成立于 1992 年，是深化改革、扩大开放的产物。《左江诗韵》讴歌我国改革开放和社会主义现代化建设特别是党的十八大以来的历史性成就。

学校 2015 级诗词班学员汪大洋作《朱日和阅兵》（见本书第 148 页）发表在《中华诗词》2018 年第 2 期：

> 铁甲黄烟卷战云，雄兵大漠震强音。
>
> 疾风尽扫军旗猎，尘雨狂飙勇士拼。
>
> 统帅沙场发号令，钢枪迷彩铸忠魂。
>
> 江山有我长城在，虎豹豺狼岂敢侵。

（二）讴歌崇左建市精神和建市成就。

2003 年 6 月撤销南宁地区，设立地级崇左市，南宁地区老年大学改名为崇左市老年大学，至今已有 17 年。《左江诗韵》讴歌崇左建市精神和崇左建设成就。

苏里曾任学校书法班教师、广西老年书画研究会秘书长，写有《崇左建市赞歌》（见本书第 66 页）：

> 九牛精神闪金光，八载辉煌建设忙。
>
> 广野荒郊铺阔路，丽江两岸遍楼房。
>
> 南疆蔗海连绵绿，中国糖都美誉扬。
>
> 陆路东盟崇左看，边城崛起步荣昌。

（三）讴歌祖国和崇左市的大好河山、风土人情等。

崇左市位于祖国南疆，环境比较好，是全国园林城市，风光旖旎，旅游景区、景点繁多。《左江诗韵》用大量诗词讴歌祖国和崇左市的大好河山、风土人情等，如德天跨国瀑布、友谊关、明仕田园、宁明花山岩画、左江斜塔、崇左石林等。

学校诗词班教师郑巨荣的七律《读花山》（见本书第 79 页）获 2017 年 6 月花山杯全国诗词大奖赛三等奖：

> 骆越先民有艺才，临攀峭壁绘芭莱。
>
> 三溪水漫欢潮涌，五岳珠连浩气来。
>
> 云带猿声穿树曲，月移竹影入江怀。
>
> 化仙岩画留千古，图是存真意是猜。

（四）讴歌老年大学的学习生活。

老年大学是老干部、老年人继续教育、终身教育的园地。《左江诗韵》讴歌老年大学的学习生活，彰显了学员们积极向上、乐观豁达的情操。

学校 2017 级诗词班班长玉晨娜作了词《江城子·56 岁过六一儿童节》（见本书第 166 页）：

靓妈聊发少年狂，焕容妆，迎朝阳。还童穿越，稚趣尽张扬。竹马青梅歌伴舞，玩游戏，躲迷藏。　　曲终人散复如常，细思量，不心茫。恰逢盛世，自信不彷徨。有志何愁乌发去，读老大，醉诗乡。

（五）讴歌人生，点染生活，抒发感情，修身明志。

刘荣璋曾任原南宁地区检察分院检察长、老干部诗词学会副会长、老年大学副校长。他写了本书唯一的长律《六旬霄九抒怀八韵》（见本书第 6 页），回顾了自己的人生，阐述了自己的世界观、人生观：

望七沧桑感慨殊，烟消尘净展新图。

琼楼高处寒何惧，边寨基层甘亦舒。

笑谈雅俗皆知己，邂逅芳菲少见吾。

斗室蜗居安富足，讲堂雀跃觉宽余。

浮生休怅驹穿隙，长路尤珍马识途。

寥落旅魂迷桂海，依稀乡梦绕湘湖。

春蚕到老丝将尽，秃笔仍涂百尺书。

三、《左江诗韵》的作用

（一）抒怀壮志。

诗言志，志包括志向、志趣、志情等。《左江诗韵》反映了作者的内心衷曲，寄托了他们的壮志、豪情、亲情。

吴勇，原南宁师范高等专科学校校长、党委书记，曾任学校校长，写了词《浪淘沙·过新年》（见本书第 10 页）：

极目碧云天，山水相连，万花春景在跟前。腊月寒霜白雪去，喜庆新年。林道到天边，迎子车还，羊年户户庆团圆。人世天伦亲不尽，乐奏和弦。

（二）言情明理。

诗言情。《左江诗韵》寄托了作者的深情思理，抒发自己的歌颂鞭挞、排遣宣泄、交往友情、闲逸感兴、修身养性等。

学校 2015 级诗词班女学员、崇左市老干部诗词学会副秘书长陈伟珍 74 岁开始学写诗词，进步却很快，她写了七绝《勉励孙子上中国传媒大学二首（二）》（见本书第 155 页）：

车程路漫许多弯，河道崎岖有险滩。

灿烂前途多艳丽，鹏程万里览云山。

（三）记录历史。

《左江诗韵》用诗词反映时代风貌，咏史怀古，记录国家、广西、崇左的悠久历史，特别是崇左建市以来翻天覆地的历史巨变，让读者了解崇左历史故事。

原南宁地区农业经营管理局副局长、学校诗词班教师石卓成写了《咏崇左》（见本书第71页）：

> 莫问沧桑是与非，边城今日听惊雷。
>
> 振兴经济苍生愿，开发南疆金凤飞。
>
> 妙策运筹从远计，蓝图巧绘尽朝晖。
>
> 九牛奋力开新宇，拼搏功成旧貌摧。

（四）传承文化。

《左江诗韵》收录了分散在其他各种载体中的诗词，保存了崇左诗词文化，使崇左优秀的传统诗词文化艺术得以继承与弘扬，供读者欣赏、研究，使崇左人民更加热爱崇左，更加努力建设崇左，使包括诗词文化在内的崇左文化大发展、大繁荣。

学校2013级诗词班学员欧建邦写七律《诗词班毕业感怀》（见本书第136页）：

> 三月春播十月收，平平仄仄运筹谋。
>
> 无私教授玫瑰赠，有幸学员香气留。
>
> 展示中华文化秀，传承汉语古诗优。
>
> 百花齐放红棉艳，绿树新枝更茂稠。

（五）推介崇左。

《左江诗韵》是崇左本土文化、乡土文化展示窗口之一，能让读者更加了解崇左，懂得更多的崇左故事；崇左人民更加热爱家乡，更用力建设家乡；在崇左工作、生活的非崇左籍人士更加热爱崇左，更加用心建设崇左；其他人也更加支持崇左建设，从而提高崇左魅力，促进崇左文化、旅游等事业、产业发展。

郑巨荣，壮族，广西宁明县人。左江花山岩画文化景观成为世界文化遗产后，他满怀深情地写了《岜莱红 中国红》（见本书第79页）：

> 吻天峭壁缀彤云，谁借云梯作画民？
>
> 圣殿凌空书万卷，吟鞭指处绘三村。
>
> 雷霆易撼明江水，雨骤难移骆越神。
>
> 破茧千秋今化蝶，嫣图惊动五洲人。

左江流域名诗佳词气势宏伟，抒情言志，壮怀励行。当今诗苑春意盎然，群花吐艳，美不胜收。《左江诗韵》只是其中一朵。崇左市老年大学是广西示范老年大学，鹏程万里更放歌，要继续认真学习贯彻党的十九大精神，贯彻落实中共中央办公厅、国务院办公厅《关于实施中华优秀传统文化传承发展工程的意见》，继续提高诗词教学质量，办好诗词班，大力弘扬中华诗词优秀传统文化，使全校师生中的诗词爱好者创作出更多、更好的诗词作品，让优秀诗词激励全校师生陶冶情操、修身养性，为建设文化崇左，建设新时代中国特色社会主义文化强国做出新的更大的贡献。

2020 年 7 月 1 日

第一部分　身体力行兴诗韵

（10 位作者，427 首诗词）

卜国球（2首）

卜国球（1942— ），广西博白人，大学文化，高级工程师。历任横县钢铁厂代厂长，横县工业局副局长，中共宾阳县委副书记、县长，原南宁地区行署副专员，原南宁地区政协工委党组书记、工委主任等职。崇左市老干部诗词学会顾问，崇左市老年大学书法班学员。

崇左建市10周年①感赋

丽水新城已十秋，拓荒开垦汗如流。
八军②旗举功千古，两岸春风蔗万丘。
美誉糖都扬海外，优良矿产耀神州。
关兴贸旺边民富，粮丰林茂壮羊牛。

美丽崇左

北有桂林山水美，南陲古邑景稀奇。
德天瀑布三层落，岩画花山千古迷。
明仕园林溪弄竹，石林盆景鸟鸣啼。
情游故地寻幽径，往返流连不忍离。

范乃武（9首）

范乃武（1945— ），祖籍广西陆川，出生于广西河池市南丹县六寨镇。中国政法大学毕业。曾任原玉林地区检察院副检察长，广西壮族自治区纪律检查委员会常委，中共钦州市委副书记，原中共南宁地委副书记，崇左市第一届政协主席、党组书记。

古风七首

（一）过友谊关③

今古人生路，都过友谊关。
择贤交好友，内外皆平安。

（二）德天跨国瀑布④

德天瀑布如仙境，游人迷恋住下了。
水跨中越美相连，美美与共乃正道。

---

① 2003年撤销南宁地区，设立地级崇左市。2013年8月6日，崇左建市10周年。
② 八军：中国工农红军第八军，全书"八军"均为此简称。
③ 友谊关：见附录二第1条。
④ 德天跨国瀑布：见附录二第2条。

（三）壮乡美

壮族祖先留遗迹，花山岩画天下奇。

今朝政通多才俊，更令壮乡乐宜居。

（四）龙州见闻

南疆龙州天琴声，顿令世人侧耳听。

一花盛开百花艳，边贸火热喜盈盈。

（五）扶绥喜事

栩栩如生恐龙现，人声鼎沸龙谷湾。

投资热土百业旺，政通人和万众欢。

（六）天等农家乐

天等辣椒香天下，信息聚散发货忙。

农家庭院红艳艳，疑铺地毯嫁新娘。

（七）白头叶猴①

世界动物千万种，白头叶猴特珍稀。

只恋左江生态美，受人关爱最适宜。

德天跨国瀑布②

九重飞落浪滔天，游客着迷崖水间。

正道共赢同享美，万千气象一江连。

弘扬龙州起义③精神

八军旗帜龙州耀，今日南疆万卉芳。

激励后人多奋斗，明天成就更辉煌。

叶　茂（12首）

叶茂（1949.1—　　），广西扶绥人，中共党员，广西经济管理干部学院财政系毕业，大学文化，高级经济师。曾任大新县财贸办公室副主任、县财政局长、副县长，原南宁地区财政局局长，原中共南宁地委委员、原南宁地区行署常务副专员等，崇左市人大常委会副主任、党组副书记，广西壮族自治区人大常委会委员（正厅长级）。著有《情系乡土》一书。

古风十首

（一）谒大清国万人坟④

冲天一立傲疆南，忠烈血性不平凡。

决战关前驱法寇，万名忠魂骨未寒。

（二）宁明花山岩画⑤

千古之谜百代猜，鲜红瑰宝世界财。

骆越先民留圣迹，四面八方游客来。

---

① 白头叶猴：见附录三第 1 条。

② 德天跨国瀑布：见附录二第 2 条。

③ 龙州起义：见附录二第 3 条

④ 大清国万人坟：见附录二第 4 条。

⑤ 宁明花山岩画：见附录二第 5 条。

（三）大新明仕风光①

人间仙境数明仕，水碧山青雾朦胧。
八方游客忙留影，村姑对歌兴冲冲。

（四）《九牛爬坡》雕塑②

九牛同心力量齐，拓荒已将石海移。
有功不恃牛本色，昂首阔步更奋蹄。

（五）邓公③山

眼望奇山淡岚中，村人指认伟人容。
改革开放穷变富，个个感恩谢邓公。

（六）崇左市行政中心④广场

建市梦起龙峡山，十年拓荒中心安。
行政大楼目光远，文化广场百花妍。
龙腾湖清增灵气，博物馆藏遗产篇。
九牛有功不自恃，为建名城更勇担。

（七）远望朱槿⑤

南国朱槿朝天开，高官巨贾应约来。
花下会谈三五日，商务大潮涌东盟。

（八）贺左江花山岩画
文化景观⑥申遗成功

花山千古色嫣红，极品名牌世认同。
仲夏全球传喜讯，齐歌骆越万年功。

（九）从政感言

为官应知浮名累，用权更防诱惑迷。
标榜公仆贵践诺，惠民业绩显精忠。

（十）立党为公心里明

立党为公心里明，遵守法纪贵为恒。
"两学一做"⑦添动力，勇于担当最忠诚。

满江红·庆祝中国共产党
成立93周年

浩浩神州，百年浪，谁为砥柱？红船上，立纲建党，辟开航路。鲜血染得旗艳赤，改革开放国民富。看如今，赤县耀东方，敲金鼓。　　复兴梦，心中驻；公仆志，磐石固。荡"四风"尘垢，不辞劳苦。积弊革除增动力，民生惠顾施甘露。新目标，发展势头猛，千秋祝。

满江红·建南国名城⑧
——庆祝崇左建市15周年

古邑壶城，乱石岗，千年沉寂。齐奋斗，扬蹄负轭，九牛开辟。栋栋高楼插碧落，排排灯彩光龙壁。节庆日，朋友自东盟，同欣喜。　　园区广，工业旺；环境美，客流密。看糖都遐迩，神州专席。处处创新勤奉献，年年发展多佳绩。待来年，高铁畅南崇，鸣金镝。

---

① 明仕风光：见附录二第6条。
② 《九牛爬坡》雕塑：见附录二第7条。
③ 邓公：指邓小平。
④ 崇左市行政中心：见附录三第2条。
⑤ 朱槿：指位于南宁市民族大道的南宁国际会展中心朱槿花厅。
⑥ 左江花山岩画文化景观：见附录二第8条。
⑦ "两学一做"：指学党章党规、学系列讲话、做合格党员。
⑧ 南国名城：崇左市的建市目标。

蒙　结（3首）

蒙结（1951—　），广西横县人，大学本科。历任原共青团南宁地区委员会副书记，中共马山县委书记、县人大常委会主任，原中共南宁地委委员、宣传部部长、政法委书记，中共崇左市委副书记，崇左市政协主席、党组书记，广西壮族自治区政协民族和宗教委员会副主任。现任广西老年书画研究会副会长、崇左市老年书画研究会会长、崇左市关心下一代工作委员会主任。

古风三首

（一）崇左建市10周年庆典有感

崇左建市庆十载，昔日石滩把路开。
九牛爬坡齐出力，壶城巨变乐开怀。

（二）颂友谊关①

南疆国门矗凭祥，千岁名关世外扬。
东盟进出大通道，友善邦交万年长。

（三）赞中国糖都崇左市②

南陲蔗海望无边，支柱产业越十年。
农民钱袋年年鼓，美好生活岁岁甜。

刘荣璋（5首）

刘荣璋（1933—2005），湖南湘潭人。曾任原南宁地区检察分院检察长，原南宁地区老干部诗词学会副会长、《红棉》诗刊主编。中华诗词学会、广西诗词学会会员。1990年3月至2005年10月任崇左市老年大学副校长。

钟锦荣师德艺双馨（藏头诗）

钟山雄峙俯江涛，锦绣中华放眼描。
荣辱不惊怀大志，师生互敬树新标。
德高名重传南国，艺湛情深福我曹。
双鬓凝霜功愈好，馨兰满室亦堪豪。

战略西移促桂兴

战鼓催青桂岭松，红棉竞放满山彤。
东来紫气楼台近，西出阳关道路通。
熠熠电能荣粤市，洋洋科技富邕农。
天时地利中枢策，力促人和起卧龙。

---

① 友谊关：见附录二第1条。
② 中国糖都崇左市：见附录三第3条。

参加"世纪之春"诗词笔会有感

京城四月彩蝶忙，世纪吟坛聚八方。
白雪阳春追唐宋，红心皓首胜冯唐。
雏鹰振翅奔高境，老骥嘶风脱旧缰。
共舞神州多彩笔，精描国粹万年章。

南宁地区老年大学建校 10 周年感赋

设帐辛勤十载艰，老来负笈每忘年。
银钩铁画清平乐，曼舞轻歌人月圆。
太极寒光挥玉带，盛唐豪气赋金田。
晓镜已知云鬓改，丹心更比少时虔。

六旬霄九抒怀八韵

望七沧桑感慨殊，烟消尘净展新图。
琼楼高处寒何惧，边寨基层甘亦舒。
笑谈雅俗皆知己，邂逅芳菲少见吾。
斗室蜗居安富足，讲堂雀跃觉宽余。
浮生休怅驹穿隙，长路尤珍马识途。
寥落旅魂迷桂海，依稀乡梦绕湘湖。
春蚕到老丝将尽，秃笔仍涂百尺书。

韦式诚（15 首）

韦式诚（1935— ），壮族，广西南宁人，初中文化。曾任公社书记，副县长，县委副书记、书记，原南宁地区行署副专员，自治区人大原南宁地区工作委员会副主任，广西老年书画研究会副会长，南宁市诗词学会顾问，崇左市老年书画研究会会长，崇左市老干部诗词学会顾问，崇左市老年大学顾问。

崇左石林①

青山览景石林优，草兔尝鲜入眼眸。
莺语乱红围丽水，客迷荫径曲通幽。
轻声过洞欣垂石，碧柳谈风绿意浓。
亭立峰头瞄锦绣，名豪雅士尽情讴。

崇左白头叶猴生态公园②

霜头满队恋山居，雅致林园胜景奇。
越树栖云猴本性，荡藤捞月鸟惊疑。
房厢逗闹常嬉戏，野外遨游乐不疲。
霜叶凝怀情耿耿，捡来常果梦迟迟。

---

① 崇左石林：见附录二第 9 条。
② 崇左白头叶猴生态公园：见附录二第 10 条。

扶绥县葫芦八宝洞①

龙盘石窟妙新稀，巧夺天工异曲诗。

宫阙景幽抒醉意，路崎曲水畅情痴。

空垂石乳流清泪，廊泻银珠滴暗溪。

通径回还迷阵布，钟灵毓秀世称奇。

扶绥县金鸡岩②

俦情雅客会山前，秀水环山绕洞边。

浮像塑形生栩栩，鹤群翔羽舞翩翩。

猴栖树影金鸡立，处险亭台石壁悬。

秋气爽人宜咏赏，幽岩古窟锁云烟。

扶绥县出土恐龙化石③赞

深埋久远地源丰，石化残躯没巨龙。

人杰地灵添新韵，物华天宝觅旧踪。

勤挖喜得三尸古，上龙出土众人哄。

林茂栖鸿飞白鸟，云稠挡月隐青松。

德天跨国瀑布④

归春响处泻长滩，山舞银蛇碧浪翻。

几注喷泉笼古树，一潭轻雾绕青峦。

潺潺绿水流平野，缕缕霞云映画坛。

岚罩孤村松岭黛，彩虹飞架送君还。

大新县龙宫洞⑤

奇岩怪洞大龙盘，曲路云开透半山。

迷雾绕烟笼远岫，彩霞晴日映层峦。

疑惊鬼斧精修造，异诧神工美作丹。

栖鹤老松磐石妙，啼莺柳底见清潭。

大新明仕风光⑥

情桥美景丽田园，慢步闲游曲径前。

亭外楼檐垂柳绿，水边竹影卷红莲。

轻轻语嘱欢啼鸟，唧唧蚤声伴噪蝉。

莒露飘香风拂面，青年奏笛野笼烟。

宁明花山岩画⑦

花山骆越绘珍奇，壁上图奇意亦诗。

斜照江流腾瑞气，雾笼宫主箭张弛。

夸言万句吟今古，雅笔千歌谈释疑。

岩画有情留百世，霞生暖照共相宜。

宁明县蓉峰塔⑧

蓉峰塔竖显英姿，巍耸蟾宫内有诗。

同饮明江抒妙论，共研墨宝写新词。

东楼憩罢弹新曲，北廊游余叙旧题。

笼漫绿荫花灿烂，绛檐垂柳拂风低。

---

① 葫芦八宝洞：见附录二第 11 条。

② 金鸡岩：见附录二第 12 条。

③ 扶绥县出土恐龙化石：扶绥县山圩镇那派盆地于 1973 年发掘出扶绥中国上龙，2001 年 8 月发掘出"一窝三龙"恐龙化石。扶绥县是"中国恐龙之乡"。

④ 德天跨国瀑布：见附录二第 2 条。

⑤ 龙宫洞：见附录二第 13 条。

⑥ 明仕风光：见附录二第 6 条。

⑦ 宁明花山岩画：见附录二第 5 条。

⑧ 蓉峰塔：见附录二第 14 条。

龙州县红八军纪念馆①

州含古镇远留芳，富国兴邦耀殿堂。
秋夜莺啼强国梦，夏时龙啸现霞光。
楼存史迹添新韵，水响长滩逸异香。
虹降金瓯歌盛世，优民永乐久传扬。

龙州县紫霞洞②

紫霞洞刻古题诗，意与观音结伴痴。
起拆头藏堪美句，首分后合铸惊词。
意聪慧性人称巧，妙句骚吟独赞奇。
喜作匀荣芳苑茂，满怀雅咏尔先知。

水调歌头·再游扶绥

步刘荣璋同志原韵

离别数年后，故地又重游。喜会当年战侣，倍觉友情俦。回首峥嵘岁月，曾经共尝甘苦，往事忆难收。肝胆常相照，酣战愈十秋。　　更喜见，山河改，豁双眸。如今正在兴起，改革大潮流。曾令山乡巨变，铸就粮糖飞跃，收入上层楼。只要加油干，有望冠同俦。

八声甘州·扶绥赞

赞丽江无限好风光，扶绥誉名醋。昔画岩西汉，恐龙化古，古代悬棺。布壮青铜鼙鼓，曾威震边关。觅胜徐霞客，游此忘还。　　八宝葫芦幽洞，日月潭波碧，秀色堪餐。更资源丰富，矿物蕴层峦。有银、重晶钴铝，白叶猴、蛤蚧誉人寰。看今日，人才辈出，貌改何难。

沁园春·游扶绥金鸡岩③

古镇西隅，屹立金鸡，缭绕雾云。望山峰笔架，江流碧翠；左江两岸，石壁嶙峋。拾级登山，亭台巧布，岩影渔帆洞邃深。唯物者，探幽然胜境，坚信无神。　　临高一望无垠，喜瑞霭祥云白练伸。看千帆竞发，追风逐浪；灵龟恭候，送客迎宾。名士诗文，古人墨迹，堪使游人醉断魂。乘余兴，聚高朋满座，畅饮豪吟。

费必语（1首）

费必语（1938—　），广西横县人。曾任原南宁地区行署副专员、原南宁地区人大工作委员会副主任。

---

① 红八军纪念馆：见附录二第15条。
② 紫霞洞：见附录二第16条。
③ 金鸡岩：见附录二第12条。

赞党的第十九次代表大会（古风）

特色道路坚持走，一往无前不回头。

建设现代化强国，民族复兴众志酬。

吴 勇（20首）

吴勇（1939.10— ），广西北流人。广西师范学院（现南宁师范大学）外语系毕业后任教于隆安中学、南宁师范高等专科学校（现广西民族师范学院）。曾任南宁师范高等专科学校（现广西民族师范学院）校长、党委书记，2005年至2009年任崇左市老年大学校长。

古风四首

（一）三江印象

天设三江美似霞，地造山乡更靓华。

水秀溪清污染少，侗乡族韵叹油茶。

木楼巧叠惊四海，风雨桥奇震五衢。

观罢村居歌舞曼，来人无不赞侗家。

（二）重阳敬老节同乐

岁岁重阳今重阳，老友你我庆吉祥。

男子个个气抖擞，女士人人神飞扬。

膝下儿孙皆孝顺，堂前亲朋尽善良。

吾辈当葆春常驻，他日梦圆齐举觞。

（三）清明节祭扫烈士墓

桃花开放报清明，祭扫先烈慰英灵。

继承传统当牢记，初心不忘续长征。

圆梦中国挑重担，复兴华夏责任清。

撸起袖子加油干，力争小康早建成。

（四）大年初一感怀

喜庆微酌到笔端，冥思苦想勉成篇。

春风带雨催青草，无籁无声正好眠。

莫道桑榆光景老，晚霞灿烂乐团圆。

忌肥喜瘦养身体，康健延年春色繁。

清明祭

点点山花似血红，清明承古敬仙翁。

匆匆祭客纷纷至，岁岁年年处处同。

壮族三月三①歌节二首

（一）

阳春万物葱，喜庆壮家同。

伊岭山歌旺，罗波龙母荣。

千家席热闹，五色糯香浓。

骆越多瑰宝，民族遗韵功。

---

① 壮族三月三：见附录三第4条。

（二）

满地炮花红，壮家展笑容。

八方歌盛世，四面颂英雄。

草绿青山上，花红灵水东。

此情招旅客，潇洒步仙宫。

清明节印象

纷纷春雨伴清明，滚滚人流聚墓茔。

遍地漫山鞭炮响，冢前墓后紫烟升。

三牲礼供哀先辈，九叩追思悼祖灵。

历代宗恩当牢记，终生勤谪孝心经。

十六字令四首

（一）

春，冷热交加烦恼人，该怜谁？怨我是娇身。

（二）

夏，热浪环炉可炸虾，好游玩，逐浪啖西瓜。

（三）

秋，送爽金风咏若流，乡村里，万户庆丰收。

（四）

冬，傲雪梅花映碧空，高洁貌，赤县好民风。

南乡子·老而学

国粹要传承，天涯学海破浪风。盛世退休真庆幸，攀登。捡漏补缺犹可称！　经典似明灯，至理名言紫气腾。穷尽平生心智力，勤耕。皓首

研精春意生！

浪淘沙·过新年

极目碧云天，山水相连，万花春景在跟前。腊月寒霜白雪去，喜庆新年。　林道到天边，迎子车还，羊年户户庆团圆。人世天伦亲不尽，乐奏和弦。

浪淘沙·南宁地王大厦鸟瞰

纵目四边天，万物争妍，磅礴画卷展奇观。莫道蓬莱无觅处，就在身边。　五象每天鲜，翠绿晴川，树间大厦比高肩。车水马龙人鼎沸，朱瑾娇妍。

钗头凤·三月三

青青草，春光好，壮乡三月三灵巧。竹竿跳，山歌调，山前坡上，对歌欢闹。笑！笑！笑！　童跟叟，妇携幼，万山千岭坟前绕。培新土，鸣鞭炮，缅怀先祖，感恩身教。妙！妙！妙！

沁园春·初夏桂南剪影

气爽天高，满目苍苍，处处欣荣。看如洋茉莉，香风阵阵；有机茶地，波涛葱葱。艺术农田，匠心独运，凤舞龙飞喜兆丰。粤同桂，扶贫龙虾壮，精准恢宏。　青山绿水民风，令人悦，出游兴更浓。欣鼓鸣老寨，名扬

天下；泉喷云里，辉映长虹。雄壮昆仑，巍峨耸立，英烈长眠碑刻中。当牢记，落后真挨打，长醒警钟。

沁园春·校友聚会

乙未年初，聚会龙州，喜上眉梢。看张张笑脸，有如花貌；声声问候，好似波涛。不论高低，不分胖瘦，苦辣酸甜快语交。今朝乐，得一堂济济，畅饮甘醪。　　校园依旧多娇，令吾辈胸中涌快潮。忆神仙岩下，书声琅琅；大操场上，速度飚飚。敬业恩师，争优学子，桃李芬芳步步高。风光好，见晚霞万丈，分外多娇。

天净沙·悟养生二首

（一）

春天云淡风轻，白龙清净茶厅。好友促膝语倾，养生何道？你说我笑传经。

（二）

饮食合理新清，适时运动坚行。入睡充足体轻。平衡心态，健康长寿松龄。

刘仁棠（12首）

刘仁棠（1938—2012），广西陆川人，大学文化。曾任中共崇左县委书记，原中共南宁地委委员、秘书长，政协原南宁地区工作委员会副主任，崇左市老干部诗词学会会长。2009年至2012年任崇左市老年大学校长。

人生感悟三首（古风）

（一）

自晓天资不聪明，乌龟定胜兔刁灵。勤能补拙是良训，三更灯火肄精英。

（二）

仰俯人生数十年，教书育人志钢坚。回眸身后留踪影，喜看李桃挂满园。

（三）

读书不忘鸳卿史，三鉴自律重立身。利禄如烟遮望眼，易将贪字写成贫。

瞻仰龙州起义纪念馆①有感二首（古风）

（一）

英烈像前温誓言，齐声朗读表心丹。忘记过去是背叛，饮水堪须常思源。

---

① 龙州起义纪念馆：见附录二第17条。

（二）

仰俯人生几十秋，为党献身志未酬。
老骥难减当年勇，创优争先永不休。

游隆安县龙虎山①

虎龙相伴几千秋，山水同然共静幽。
林密山深猴戏客，鸳鸯桥上荡悠悠。

重游隆安县龙虎山二首

（一）

朝辞天等午隆安，应约重游龙虎山。
曲径林深猴戏客，清流碧水鱼飞滩。

（二）

新朋敬上猴山酒，老友端来紫锦兰。
落尽桃花人面在，知音把盏乐陶然。

纪念中国共产党成立90周年二首（古风）

（一）

建党兴邦九十年，继承英烈表忠贤。
全民奋发展豪志，誓要中华改旧颜。

（二）

改革开放破天荒，衣食住行全换装。
城市乡村联一体，国强民富更隆昌。

上海世博会有感

五洲云集上海滩，友人共建世博园。
盛世中华增异彩，东方明珠更斑斓。

风雨同舟

汶川玉树灾未休，舟曲又遭泥石流。
但得人间真情在，共挡风雨渡同舟。

谭先进（348首）

　　谭先进（1949.1—　），祖籍湖南祁东，出生于广西柳州。广西大学哲学系哲学专业1977级毕业。历任广西壮族自治区党委办公厅第一秘书处处长，扶绥县县长，中共扶绥县委书记，原中共南宁地委委员、秘书长，崇左市政协副主席。中华诗词学会会员，广西诗词学会副会长，广西书法家协会会员，崇左市老干部诗词学会会长，崇左市老年大学校长、诗词专业教师。著有文化辞书《崇左文化博览》等，主编有《诗赋崇左》《左江诗韵》。

---

① 龙虎山：见附录二第18条。

金鸡岩①

花冠立峭岩，脚下淌金川②。

振翅云天外，风光更壮观。

笔架山③

金鸡赞巨川④，万仞隐云端。

日月挥金笔，天天锦绣篇。

茉莉花二首

（一）

田野浩茫茫，熏茶岁月长。

不争名与利，天下第一香。

（二）

小花吐异芬，不与牡丹争。

遍布横州地，焙茶勇献身。

木棉花⑤四首

（一）

花艳生高树，栉风沐雨来。

南疆开不败，崇左榜头排⑥。

（二）

犹寒冷月天，怒放报春先。

不怕难和苦，卫疆意志坚。

（三）

缤纷俏色纯，俏也不争春。

只把春来报，红霞与众分。

（四）

初春雨水寒，枝上万花繁。

换取人间笑，百般苦亦甘。

题严造新⑦方家所摄人间仙境⑧照

峭壁摩天立，苍穹不染埃。

田原如锦绣，宾客畅游来。

望天树⑨

合抱入云烟，手同玉帝牵。

最高华夏树，意志比钢坚。

天等县上映自生桥⑩

石跨路成桥，天生境界高。

无私凝铁骨，世代永坚牢。

苦 瓜

明目涤烦才，清凉把胃开。

人生须永记，吃苦有甜来。

---

① 金鸡岩：见附录二第 12 条。
② 金川：左江。
③ 笔架山：见附录二第 19 条。
④ "金鸡"句：笔架山上有金鸡岩，山脚有左江。
⑤ 木棉花：见附录三第 5 条。
⑥ "崇左"句：木棉花是崇左市的市花。
⑦ 严造新：广西摄影家协会会员，崇左市摄影家协会副主席，龙州县文联主席。
⑧ 人间仙境：见附录二第 20 条。
⑨ 望天树：见附录三第 6 条。
⑩ 上映自生桥：见附录二第 21 条。

红 豆

红豆寄相思，如今似过时。

相思凭网络，顷刻便相知。

玉 米

以玉冠其名，全球市贾盈。

息饥扶老寿，确是米中精。

崇左斜塔[①]

江流濯倒映，日月照青衣。

足砥千重浪，铃吟万代诗。

生 姜

老汉披黄袍，幼儿细腻娇。

甘心当配角，可贵赞声高。

扶绥巨榕独木成林[②]

琼枝长气根，变柱沆林生。

世上无难事，功夫到了成。

退休有感

平平和仄仄，墨妙伴吾行。

无帽周身爽，尽抒未了情。

龙州县上金乡紫霞大桥[③]

昔时天堑拦，轮渡慢和烦。

今日长虹架，飞江指顾间。

书题周学丽[④]国画二首

（一）牡丹雏鸡图

国色爱雏鸡，高低大小齐。

和谐生态美，圆梦万方怡。

（二）牡丹图

国色无双艳，天香第一勋。

花开逢盛世，日日靓妆新。

书题曾杰民[⑤]国画二首

（一）牡丹图

天上无她艳，人间第一香。

倚风容带笑，盛世更荣光。

（二）梅花图

凌霜开盛世，冠岁写春秋。

韵胜成佳话，格高咏若流。

戊戌正月初一

春寒赋美诗，冷暖自心知。

筑梦捐微力，今生最好时。

---

① 崇左斜塔：见附录二第 22 条。
② 扶绥巨榕独木成林：见附录二第 23 条。
③ 紫霞大桥：见附录二第 24 条。
④ 周学丽：女，广西老年大学书画研究会理事，广西老年书画研究会会员，崇左市老年书画研究会会员。
⑤ 曾杰民：简历见本书第 120 页。

板鞋舞①

攀肩搂臂笑林，大道康庄前行。
协力同心快速，步伐一致方赢。

书题旷玲②山水国画四首

（一）

高低锦绣林，碧野好风熏。
鸟舞鱼翔浅，和谐最可亲。

（二）

深树鸟蝉鸣，断崖挂素绫。
溪流穿半月，人在画中行。

（三）

高天不染埃，绿树伴云栽。
垂素青山静，地偏可畅怀。

（四）

清新生态财，雁阵净空排。
逝水生留意，宜居乐满怀。

北海银滩海滨游泳场

清新空气美细沙，灿烂阳光雪浪花。
洗却世间多少累，盛名海角与天涯。

红树林③

铁干红枝湿地家，水淹盐浸展风华。
恶浪狂风都不怕，海滨卫士顶呱呱。

梧州鸳鸯江

碧绿金黄喜混融，蒸云映日月流空。
大同世界千秋水，共饮齐甘众所崇。

广西边境第二次排雷④现场观感

惊天动地边民笑，战士排雷胆气豪。
往日危山今坦荡，南国建设上新高。

龙州县中山公园⑤

广西之最久扬名，松树红棉热血凝。
纪念中山仍努力，题词字字满深情。

龙州蚬木王⑥

虔诚拜祭树中王，钢柱金枝翡叶扬。
岩上千年擎日月，功勋卓著不能量。

波罗蜜

体硕香甜大果王，当粮制药美名扬。
遮阴蔽地多挑担，奉献于民志气昂。

迎澳门回归有感

港澳回归喜事连，普天欢庆史无前。
一国两制宏图美，两岸同胞盼梦圆。

---

① 板鞋舞：见附录三第 7 条。
② 旷玲：简历见本书第 110 页。
③ 红树林：热带、亚热带海湾、河口泥滩上特有的常绿灌木和小乔木群落。
④ 广西边境第二次排雷：是在 1997 年至 1999 年进行的。
⑤ 龙州县中山公园：见附录二第 25 条。
⑥ 龙州蚬木王：见附录二第 26 条。

山中竹笋

雨后骄阳破土功，蓬勃向上遍山中。
老竹倾力相扶持，嫩笋成竹媲劲松。

天等指天椒①

田野如霞碗里烧，玲珑小巧树新标。
顶天立地英雄貌，甜蜜生活步步高。

邓小平手植侧柏②

龙姿鹤骨名人柏，政委小平亲手栽。
骤风暴雨仍屹立，七十小寿不凡材。

红八军军部旧址③

统帅八军曾住此，龙州起义扫嚣埃。
小平植柏今犹在，教育人民宝贵财。

德天跨国瀑布④

幕布无边大舞台，千军万马当演员。
白龙白马白衣帽，决水挥师落九天。

德天山庄⑤四首

（一）

清凉暑夜宿德天，淡月疏星岭顶眠。
银幕⑥高悬知了唱，潺潺流水枕旁边⑦。

（二）

夜宿德天美景繁，荧屏⑧宽大我来观。
蝉声可作催眠曲，枕畔涛声枕底山。

（三）

佳构小山四面妍，归春河碧过庄边。
窗含万象滔天雪⑨，不断青山水雾天。

（四）

无私助曜夜色淡，卷帘光入美婵娟。
隆隆震野飞流下，不尽江涛过枕边。

大新县苦丁茶树王⑩

高龄犹产壮乡茶，德寿双馨最可嘉。
老有所为多奉献，壮心不已报中华。

左江⑪二首

（一）

源远流长美画廊，蜿蜒澎湃气昂昂。
驱山奔海东流去，哺育边陲万物昌。

（二）

众水汇来变巨川，波涛滚滚桂西南。
为人要把江河效，好友多交路子宽。

---

① 天等指天椒：见附录三第 8 条。
② 邓小平手植侧柏：见附录二第 27 条。
③ 红八军军部旧址：见附录二第 28 条。
④ 德天跨国瀑布：见附录二第 2 条。
⑤ 德天山庄：见附录二第 29 条。
⑥ 银幕：晚上德天瀑布的水流洁白，如高悬的银幕。
⑦ "潺潺"句：归春河水从高崖三叠的浦汤岛倾而下成为德天瀑布，然后平缓地从德天山庄旁流过。
⑧ 荧屏：夜空下的德天瀑布如宽大的荧屏。
⑨ "窗含"句：德天山庄客房的窗户为宽大的落地窗户，在室内可以欣赏德天瀑布美景。
⑩ 苦丁茶树王：见附录三第 9 条。
⑪ 左江：见附录一第 1 条。

凭祥市大清国万人坟①

威震南天保护神，国门将士塑军魂。
青山集葬眠忠骨，英烈无名万载尊。

木棉花②二首

（一）

正月红棉展靓枝，花红似火报春时。
心声爱向余寒唱，吟绿南国满地诗。

（二）

北国梅姐迎春早，崇左红棉志士诗。
树染南疆千里画，花开美景第一枝。

苦　瓜

瘤皱瓜皮略苦佳，解毒清热好蔬茶。
择人首选心灵美，何必苛求貌似花。

大新县绿岛行云③

嫩草浅滩成绿岛，水冲绿岛变行云④。
河中天上白云布，真假难分哪是因？

大新县龙宫仙境⑤

定海金针亿万年，犹闻三姐把歌传。
藏珍异景无穷尽，圆梦神龙正跃欢。

赛龙舟⑥

壮家端午赛龙舟，棹影旌旗鼓点稠。
急桨翻开澄碧水，胜舟闯落赤丝绸。

柳州市马鞍山

少年已把此山攀，天马云鞍刻脑间。
金匾银牌驮不尽，龙城美誉满人寰。

友谊关⑦

万里南疆一要丸，崇山峻岭作高垣。
频传友谊连中越，九大名关有此关。

江州区千年寿字碑⑧

字中有字千年寿，气韵相连似带书⑨。
但愿人人如此字，延年益寿享多福。

龙州蚬木砧板⑩二首

（一）

刀来敢以身儿挡，刀去身儿快愈伤。
处世为人学砧板，刚柔相济好儿郎。

---

① 大清国万人坟：见附录二第 4 条。
② 木棉花：见附录三第 5 条。
③ 绿岛行云：见附录二第 30 条。
④ "水冲"句：归春河水冲激浅滩泛起层层乳白色浪花，像天上行云在江面飘动，故称绿岛行云。
⑤ 龙宫仙境：见附录二第 13 条。
⑥ 赛龙舟：见附录三第 10 条。
⑦ 友谊关：见附录二第 1 条。
⑧ 千年寿字碑：见附录三第 11 条。
⑨ 带书：阳朔县令王元仁在桂林市阳朔县碧莲峰上的大"带"字，含"一带江山，少年努力"八个字的笔意。
⑩ 龙州蚬木砧板：见附录三第 12 条。

（二）

千刨百锯产深山，利刃切身只等闲。
坚苦耐劳真榜样，铁面冰心在人间。

龙州青龙菜刀①

蹈火赴汤成好刀，斩钉截铁不辞劳。
英雄自古多磨难，砺志德行意气豪。

龙州县中山公园大肚佛造像②

土生石刻永扎根，快乐宽容智慧神。
祈愿人间皆大喜，和谐世界四时春。

红八军阻击战旧址③

桥头鏖战将敌阻，捍卫政权意志刚。
四百官兵成烈士，换得红日照龙江。

龙州县陈勇烈祠④

雕梁绮栋柱门彤，遗炮铮铮傲碧空。
飞鸟啾啾歌勇烈，左江滚滚颂英雄。

龙州县乌龙茶⑤

八桂乌龙首创茶，金萱碧玉本山花⑥。
陈规墨守无出路，敢做功成定迩遐。

肥牛树⑦

广西特产肥牛树，插地拿石毅力遒。
砍了快生真汉子，无私奉献品德优。

大新县明仕田园⑧

阡陌田园稻浪黄⑨，朝晖夕照泛金光。
山清江碧竹筏动，处处人间美画廊。

白头叶猴⑩

左江独有洞居奇，善援能攀不可羁。
绝壁精灵食果叶，家园美丽任其嬉。

竹

浮天绿地青云志，化凤栖龙锦绣林。
静翠幽香君子貌，高节潇洒又虚心。

大新县双宝龙眼苦丁茶

味甘核小强心智，珠果团条宝物华。
苦里有甜甜伴苦，人生甜苦走天涯。

天等县百感岩⑪

农友搭梯帮探险，矿灯照耀助攀岩。
水舟关系须牢记，依靠人民可克坚。

---

① 龙州青龙菜刀：见附录三第 13 条。
② 龙州县中山公园大肚佛造像：见附录二第 31 条。
③ 红八军阻击战旧址：见附录二第 32 条。
④ 陈勇烈祠：见附录二第 33 条。
⑤ 龙州县乌龙茶：见附录三第 14 条。
⑥ 金萱、本山：龙州乌龙茶的两个品种。
⑦ 肥牛树：见附录三第 15 条。
⑧ 明仕田园：见附录二第 6 条。
⑨ 稻浪黄：当年阳历 7 月 23 日，是农历六月大暑时节，当地早稻已成熟。
⑩ 白头叶猴：见附录三第 1 条。
⑪ 百感岩：见附录二第 34 条。

望天树①

热带雨林标志树，坚毅自主骨筋强。

通直圆满高千丈，刺破青天是柱王。

沼气池

柴刀不再上樵班，秀丽南疆瑞气含。

废物污浊全变宝，一池造就美山川。

迎春健步走活动②

甩开大步朝前走，愉快身心味更优。

振奋精神添干劲，健康工作五十秋。

一品红

顶叶朱红艳丽花，透云照日满天霞。

居高不傲曰一品，专拣秋冬展美华。

鹰

练翼强心报母恩，腾身展翅梦成真。

锦毛金脚穿云海，万里长空任尔行。

跳　桌③

跳跃登高快似风，空翻筋斗胜蛟龙。

八仙桌上身姿健，动物为师造化功。

江州区龙峡山台湾相思④林

烟笼翠盖市中稀，带雨经霜经纬织。

烈士长眠深悼念，太平盛世更相思。

五色糯米饭⑤

似玉斑斓闻五里，仙藤瑞草万家谐。

美丽壮乡添色彩，民族兄弟更团结。

百　合⑥

妙草灵丹好事合，止咳平喘愈沉疴。

人生若能多学艺，施善扬清好美德。

尝新节⑦

先祖神仙共佑田，农家作物享尧天。

蚁蚕犬马呈新米，喜庆丰收过旺年。

壶城柳州⑧

九曲回肠似巨龙，绕行半岛色身雄。

时时处处风光好，三姐歌城唱不穷。

牛　节⑨

耕云锄雨又一年，不怕高温不畏寒。

珍爱宝牛脱重轭，饲粥披彩两相欢。

---

① 望天树：见附录三第 6 条。

② 迎春健步走活动：2007 年 2 月 5 日上午，崇左市、江州区直属机关干部职工迎春健步走活动在城南区举行。

③ 跳桌：见附录三第 16 条。

④ 台湾相思：见附录三第 17 条。

⑤ 五色糯米饭：见附录三第 18 条。

⑥ 百合：见附录三第 19 条。

⑦ 尝新节：见附录三第 20 条。

⑧ 壶城柳州：柳江如带，三面环绕柳州市河北城区成为一个壶形的半岛，故柳州别称壶城。

⑨ 牛节：见附录三第 21 条。

桂 树

树怕剥皮它不怕，全身是宝好神奇。
千蒸万滤尤高兴，甘愿为民油血①滴。

油 桐

曾做油灯胜夜萤，千年黑暗有光明。
光荣退役电灯代，再立新功各业兴。

大 蒜

叶片如兰长地中，一年四季绿葱葱。
弟兄同生难共死，先后献身也光荣。

茴油二首

（一）

蒸尽茴油又做柴，熊熊烈火笑开怀。
灰成沃土培宝树，阵阵清香又再来。

（二）

叶枝珍果产深山，万砍千摘只等闲。
火焰蒸馏浑不怕，愿留香气满人间。

红 豆

相思泪变相思子，此种相思最可怜！
无尽相思红豆代，相思一首咏千年。

壮族歌圩②

壮人自古爱山歌，各种歌圩广又多。
天上人间都唱到，唱得祥瑞落满坡。

蛙神③崇拜

雷王使者两栖神，长腿将军锦袄身。
家往花山得赞颂，庄稼卫士大功臣。

壮族民间舞蹈

惊鸿飞燕蹈节久，借鉴他族美又高。
今演古人今胜古，花山舞蹈展新韶。

横县茉莉花二首

（一）

倾爱寄情横县见，铺田盖野皓无涯。
无私无畏无踪迹，歌海熏香献自花。

（二）

铺锦飘香又焙茶，诗文歌舞颂芳华。
初心不改为民众，横县扬名有此花。

横县茉莉花茶

交融膏乳更馨香，秀美毫锋黄绿汤。
持久鲜灵如品宝，愿将横县做居乡。

贺州玉石林

洁白如玉似蓬山，炎热南方瑞雪翻。
不去店家和富户，与民同乐大花园。

龙胜温泉④

灼源千米见青天，炎液潺潺荡雾烟。
释累消疾呈美景，喜留康乐在人间。

① 油血：桂油。
② 壮族歌圩：见附录三第 22 条。
③ 蛙神：见附录三第 23 条。
④ 龙胜温泉：见附录三第 24 条。

崇左壮族天琴①

下里巴人先面世，阳春白雪更扬名。
落霞流水弦歌美，神遇天成大雅音。

过大新县明仕博物园九曲桥偶感

人生好似九曲桥，七拐八弯到目标。
磨难本为情理事，初心不改唱风骚。

松　脂

脂凝琥珀干生瘢，万采千割只等闲。
道道伤痕都不怕，留得香气在人间。

刘三姐崇拜②

水有源头树有根，东风化雨有芳春。
为何八桂成歌海？三姐传歌给壮人。

羊角钮铜钟③

橄榄半截应律鸣，花山岩画有图形。
先民骆越精心造，留下千年美妙音。

火焰树④

南国奇树不平凡，烈焰熊熊耀树冠。
星火燎原应赞颂，革命精神代代传。

美丽木棉花⑤

旗袍美女样儿鲜，寒玉头花更艳妍。
雨绣风抛欢乐态，风格高雅饰国南。

龙州壮族彩带⑥二首

（一）

指间结彩布花纹，意在织前百画淳。
似玉如金身上佩，一家制带万家春。

（二）

手织彩带美奇葩，凤翠龙光个个夸。
橙赤青蓝黄绿紫，长虹七彩落万家。

凭祥榕抱棕⑦奇观

紧抱榕棕异树婚，蟒蛟缠绕已难分。
生生死死能相处，爱恨情仇哪是真？

龙州红军井⑧

起义红军倍苦辛，犹能拓井为黎民。
甘泉镜澈今仍在，鱼水情深万载亲。

龙州上金鱼街⑨

穿斗青砖马首墙，披鳞张嘴向明江。
飞龙翔凤无穷力，浪水凌云万丈光。

---

① 壮族天琴：见附录三第 25 条。
② 刘三姐崇拜：见附录三第 26 条。
③ 羊角钮铜钟：见附录三第 27 条。
④ 火焰树：见附录三第 28 条。
⑤ 木棉花：见附录三第 5 条。
⑥ 壮族彩带：见附录三第 29 条。
⑦ 榕抱棕：见附录三第 30 条。
⑧ 龙州红军井：见附录三第 31 条。
⑨ 上金鱼街：见附录三第 32 条。

天等精神①

天等人民不等天，立屯②榜样至今鲜。

辣椒米粉行天下，自立图强写万篇③。

张家界

鬼斧神工有此山，三千巨笋矗天间。

瞬间飞到峰林顶，白絮飘飘似浪巅。

钦州三娘湾

林茂沙平月亮滩，鸥翔豚舞碧波翻。

人勤海裕天堂美，鱼米之乡赞不完。

中华人民共和国成立60周年颂歌

天翻地覆六十秋，浩瀚长空任畅游。

奥运丰碑齐赞颂，神州崛起耀寰球。

柳州情

呱呱坠地柳江边④，幸享清流而立年⑤。

老马感恩当奋力⑥，灯台明向勇朝前⑦。

中国糖都崇左市⑩

无边蔗海与天齐，独占鳌头赤县稀。

胜雪如霜甜胜蜜，遍贻寰宇共欢怡。

容县都峤山⑧

丹霞仙境百般娇，崖壁三佛入九霄。

雨过天晴游瀑布，偷闲漫步乐逍遥。

大新县板价屯⑪妇女服饰

种棉织染女红稀，头戴花巾衣到脐。

百褶长裙平底履，踏山刺绣两相宜。

凤凰古城⑨竹枝词

江流碧水又留灯，石板铺街吊脚城。

水果小吃挑担卖，晨曦少妇捣衣声。

百色市澄碧湖

潜流云贵桂西边，壮志凌云勇见天。

大海女儿舒广袖，明珠璀璨献人间。

---

① 天等精神：见附录三第33条。

② 立屯：天等县驮堪乡道念村辖屯。立屯人于20世纪70年代至90年代，用22年时间，打通一条能通解放牌汽车的出山隧道，创立了"宁愿苦干，不愿苦熬"的立屯精神，成为天等精神的雏形。

③ "辣椒"两句：天等人在北京、上海等城市经营有2000多家天等版桂林米粉店。

④ 作者1949年1月2日诞生于柳州柳江边的长寿路（今长青路）河边巷。

⑤ 清流：柳江水。而立年：作者于1978年2月离开柳州到广西大学读书。

⑥ "老马"句：柳州有马鞍山，此句喻指老马识途，自强不息。

⑦ "灯台"句：柳州水南路柳江畔有灯台山，此句喻指继续朝着正确的人生目标前进。

⑧ 都峤山：见附录二第35条。

⑨ 凤凰古城：见附录二第36条。

⑩ 中国糖都崇左市：见附录三第3条。

⑪ 板价屯：见附录一第2条。

天等县千人打榔舞①

地动天惊丽水掀②，万人空巷喜同观。
壮族文化欣昭示，遗产之乡永保传③。

庐 山

战风斗雨览名山，踏访前贤诵雅篇。
浪漫情怀今顿悟，银河瀑布尺三千。

欣赏庐山风光照片有感

近观瀑布远观峰，春夏秋冬各不同。
欣赏庐山真面目，也需身在此山中。

井冈山

久慕红名览井冈，南瓜红米味儿香。
当年高考书佳作，赞颂红军革命汤。

毛泽东济世方④

罗霄中段起苍黄，孕育泽东济世方。
创建农村根据地，神州长夜见天光。

凭祥市板小屯⑤

泳池建在涌泉边，天宝遗踪淌玉涓。
洗去人间烦与累，村名虽小大福源。

崇左市见闻竹枝词四首

（一）山歌招妹

啼叫鹧鸪寻爱侣，红棉艳丽惹诗才。
阿哥想妹无须找，唱起山歌妹自来。

（二）无字歌书

哥家住在水山间，爱唱山歌自己编。
祖授自学随意唱，心中歌本唱万年。

（三）糖都崇左

无边蔗海与天齐，美色糖都天下稀。
何故南方飞皓雪？白糖滚滚出糖机。

（四）赞沼气池

沼气省工还省力，千年习俗养青山。
乡村优美地干净，当代农民笑语欢。

纪念毛主席120周年诞辰

日耀韶山百廿年，神州更是艳阳天。
吴刚献酒嫦娥舞，杨柳同君话梦圆。

绿 萝

微阳耐旱众人夸，翠绿浮雕茎蔓华。
点缀万千新世界，五湖四海可为家。

---

① 打榔舞：见附录三第34条。
② 丽水：天等县城丽川河。
③ "遗产"句：天等县是"中国指天椒之乡""中国长寿之乡""中国打榔艺术之乡"，荣获"中国之乡"称号个数在崇左市各县（市）中排第二位。
④ 济世方：毛泽东将马克思列宁主义与中国革命的具体实践相结合，提出了建立革命根据地，走农村包围城市、武装夺取政权的道路理论，开创了中国革命的新天地。
⑤ 板小屯：见附录二第37条。

书题曾杰民①国画四首

（一）荷花鸟鱼图

丽净馨香淡淡妆，鱼翔鸟语好风光。

人知景乐人分乐，巧绘自然岁月长。

（二）石榴图

珠齿佳人开口笑，金须琼液玉为衣。

如星似火来何处，地利人和天助之。

（三）墨竹图

青皮翠叶傲霜枝，自古诗人最赋诗。

今日犹须多赞颂，浊风腐雨不心迷。

（四）梅花图

雪冻霜摧更有神，振技展蕊吐芳芬。

群花烂漫同欢笑，最爱红装只报春。

祝贺天等县诗词楹联学会成立

诗联立会谱新篇，墨舞山歌众笑颜。

天等人民圆美梦，平平仄仄在其间。

书题江秀芬②山水国画二首

（一）

山高水远净无污，松翠枫红美画图。

万代神州勤点染，和谐生态斐然殊。

（二）

涉水跋山观美景，抱琴扶杖觅知音。

寸金难买光阴寸，此等佳方何处寻。

凭祥市兰花谷③

正逢霜降访兰葩，幽谷丛林淡淡霞。

翠羽群集君子貌，无言默默展芳华。

观看南路壮剧《甘泉》④

泪尽丝完意志坚，墓碑虽小耸南天。

勤廉不论官何位，勇为人民拓富源。

越南革命者在龙州秘密机关旧址⑤

赤色龙州助友邦，越南革命志昂扬。

前贤创始今人继，中越情深岁月长。

大新县恩城乡那望叠瀑⑥

处处流金瀑浪奔，时时歌舞乐声喷。

江生土产添乡味，玉帝争当那望人。

葵

正直素淡染鹅黄，饱满真实遍体香。

不愿随风胡乱摆，倾心侧耀永朝阳。

在崇左市老年大学⑦诗词班授课

爱诗成癖老翁忙，备课教书上讲堂。

传授真知扬国粹，玫瑰赠送手余香。

---

① 曾杰民：简历见本书第 120 页。
② 江秀芬：简历见本书第 137 页。
③ 兰花谷：见附录二第 38 条。
④ 南路壮剧《甘泉》：见附录三第 35 条。
⑤ 越南革命者在龙州秘密机关旧址：见附录二第 39 条。
⑥ 那望叠瀑：见附录二第 40 条。
⑦ 崇左市老年大学：见附录三第 36 条。

黑　板

漆黑面目不张扬，五彩缤纷恋课堂。

桃李芬芳行宇宙，无闻默默又何妨？

甘　蔗

粉身碎骨开心笑，万煮千蒸只等闲。

无影无踪无怨悔，只留甜蜜在人间。

庆祝凭祥建市 60 周年

佳龄六秩正年轻，中越边城赫赫名。

换地改天兴万业，一关能保亿家宁。

祝贺大新县老干部诗词学会 第五次代表会议圆满成功

大美大新冠宇寰，韵圆律正尽开颜。

春风春雨滋诗苑，长寿之乡别有天。

第 20 次扶绥籍及在扶绥工作过的 离退休人员 2017 年新春南宁大聚会

春光更美聚邕城，叙旧谈今喜气腾。

老骥不需鞭策力，学为乐养①寄余生。

龙州县弄岗国家级自然保护区② 观鸟旅游业

昨天有鸟不知用，今日开发启富源。

生态家园金不换，闭塞山陇写开篇。

大新县恩城乡土州遗址③

山雕地塑小玲珑，碧水石桥连理榕。

霞客留言成至宝，搜奇览胜古今同。

祝贺崇左市老年大学④乐团成立

玉管朱弦天地顺，凤吟鸾舞乐人和。

桑榆爱咏青春调，圆梦欢吟老乐歌。

题《诗赋崇左》⑤ 出版二首

（一）

著称歌海漫无边，格律诗坛百卉妍。

整叶理枝添艳丽，献于大众喜开颜。

（二）

千载清新俊逸讴，缤纷崇左一书收。

左江诗赋如罗带，矢志朝东万古流。

庆祝龙州县老年大学建校 5 周年

双溪喜汇成新景⑥，老树连城⑦硕果鲜。

边地簧宫龙奋翼，云从风举入中天。

茉莉花

赤县名花夏胜春，焙茶配角愿牺牲。

白衣天使家家唱，天下谁人不爱君？

---

① 学为乐养：老有所学、老有所为、老有所乐、老有所养。
② 弄岗国家级自然保护区：见附录二第 41 条。
③ 大新县恩城乡土州遗址：见附录二第 42 条。
④ 崇左市老年大学：见附录三第 36 条。
⑤ 《诗赋崇左》：见附录三第 37 条。
⑥ "双溪"句：水口河、平而河在龙州县龙州镇洗马滩汇合成龙江（左江上游）。双溪是龙州县的代称。
⑦ 连城：龙州小连城，连城是一语双关，指全城。老树连城：喻指全县城老年人、老年大学学员。

收看习近平总书记在党的十九大上作报告实况转播

京都盛会又新程，奋迅扶摇万里鹏。
乾旅坤移辉日月，兴天盛地最强声。

诗书礼赞

人间美味是诗书，言志抒情疑惑除。
忙里偷闲常诵写，园丁戴月浴香锄。

广西大学哲学系哲学专业 1977 级纪念恢复高考 40 周年座谈会感赋[①]

人生赤县写新篇，聚会师生喜庆连。
不是邓公能掌舵，那得今日颂尧天。

宁明县独木成林景观[②]

铺天盖地绿荫浓，沐雨经霜似劲松。
若问何得根柱立，扎根大地乐无穷。

冒雨赴宁明县花山

百里明江百道湾，雨急似箭射游船。
人生本是曲折路，不付艰辛哪有甜？

雨中游宁明花山岩画[③]

船穿雨幕赴花山，十里明江九道湾。
赭友高崖招手笑，古今兴会两相欢。

69 岁感怀三首

（一）

岁近古稀志更坚，诗书文史度余年。
宜将每日当生日，不改初心乐满天。

（二）

岁月如流没法抓，既随流水又当花。
浪花虽小心姿美，一路欢歌到海涯。

（三）

心潮逐浪四方家，画被推敲没有涯。
一世奔波终有志，老年事业[④]乐心花。

书题蒋宏水[⑤]国画五首

（一）竹　图

无花无果又无香，却胜花香胜果浆。
垂叶虚心君子貌，圆身直立岁寒昂。

（二）兰花图

水灵君子最柔刚，瘦骨高标竞体芳。
山野城乡留靓影，清新淡雅万年香。

（三）梅花图

馨口檀心玉满枝，鲜明淡雅漫天诗。
献身百载中华梦，亿万春花唱颂词。

（四）金秋牡丹图

姹紫嫣红百彩衣，前凋后继展生机。
问君何以金秋艳，喜庆繁多最适宜。

---

① 作者是该班学生、班长。
② 宁明县独木成林景观：见附录二第 43 条。
③ 宁明花山岩画：见附录二第 5 条。
④ 老年事业：作者退休后任崇左市老年大学校长，崇左市老干部诗词学会会长。
⑤ 蒋宏水：《左江日报》文艺副刊原主编，中国美术家协会会员。曾任广西老年书画研究会副会长、秘书长。

（五）迎春牡丹图

朵朵馨香透纸传，赤橙黄绿紫青蓝。

江南江北齐欢乐，献美迎春伴梦圆。

筷　子

家产毫无最简单，从来不把美食贪。

配合默契施功力，苦辣酸寒敢向前。

龙州蚬木王①

高高蚬木王，伟岸气轩昂。

屹立于山地，生存在壮乡。

树身如巨柱，木质似精钢。

一把擎天伞，千年岁月长。

木棉花②六首

（一）

平凡长南陔③，愿做报春差。

枝展吉祥到，花开喜庆来。

艳芳接雨露，高雅不染埃。

欲把松梅树，与其一处栽。

（二）

燃烧似彩霞，艳艳众人夸。

长自英雄树，居于野外家。

报春真信使，飞絮俏天涯。

崇左花魁④位，似梅分外佳。

（三）

崇左冠军排⑤，凌寒斗冷开。

和枝发喜雨，与树长南陔。

明艳非着色，高洁不染埃。

英雄花朵美，爱国好教材。

（四）

何物生春早，红棉赫赫功。

花心接好雨，花瓣沐长风。

染就江山美，烘托霜露浓。

年年花怒放，岁岁颂英雄。

（五）

似火凌空灿，如霞映半天。

岩石瘠土上，绿水野山边。

长在英雄树，生于寒暖间。

南疆无双品，世代美名传。

（六）

君健开春早，同梅赫赫功。

红花迎喜雨，雪絮舞金风。

巧绘南疆美，频加锦绣重。

凌空朱怒放，落地也嫣红。

左　江⑥

源头在越南，碧水万山含。

骆越先民地，花山艺术川。

石林真美丽，斜塔好雄观。

醉倒徐霞客，游中误返三⑦。

---

① 龙州蚬木王：见附录二第 26 条。

② 木棉花：见附录三第 5 条。

③ 南陔：南疆的土冈。

④ 崇左花魁：木棉花是崇左市百花首位的市花。

⑤ "崇左"句：木棉花是崇左市的市花，在崇左市百花榜上排第一。

⑥ 左江：见附录一第 1 条。

⑦ "醉倒"二句：明代地理学家、旅行家徐霞客，于明崇祯十年（1637 年）在扶绥、江州乘船溯江而上，考察左江两岸风土人情、奇洞秀岩，赞叹不绝，写入其游记。在扶绥县被西牛洞一带的绚丽风光陶醉，以至"三误三返"。

《九牛爬坡》雕塑①

壮名是九牛②，崇左尽心酬。

负轭扬蹄奋，开荒用力遒。

滋滋食百草，默默解千忧。

只愿粮成海，何图咏若流。

德天跨国瀑布③夏夜

白日景恢宏，风光夜不同。

碧流浮皓月，蟋蟀唱闲空。

稻染银光静，山披草木荣。

绝无人语响，瀑布更隆隆。

连城要塞遗址④

那坡北海连⑤，高耸入云天。

盘转山脊上，飞飘绿海间。

咽喉居要路，襟带守边关。

清垒成文物，旅游览胜酣。

河池小三峡⑥

碧水浩天来，岭门为客开⑦。

船于山顶走，树在水中栽⑧。

仅有甜心画，绝无苦雾霾。

三峡游未去，此处也奇观。

深切哀悼黄云⑨恩师

哀乐绕灵堂，悲悲欲断肠。

德高真俭朴，望重却平常。

功绩铭经典，诗书纪异邦⑩。

后人学榜样，文治武安强。

临写黄云恩师诗词书法有感

音容永不离，才子艺文遗。

口授诗词宝，手传书法奇。

博学无止境，善政有枢机。

牢记恩师诲，成书不负题⑪。

钟家佐⑫恩师

众长犹善采，面目自成儒。

俊逸推敲⑬韵，清新舞画⑭术。

后学成艺友，高位做公仆。

犬马无能报，诗书史不孤⑮。

---

① 《九牛爬坡》雕塑：见附录二第 7 条。

② "壮名"句：九牛爬坡雕塑创意源于壮族俗语"九牛爬坡，个个出力"。

③ 德天跨国瀑布：见附录二第 2 条。

④ 连城要塞遗址：见附录二第 44 条。

⑤ "那坡"句：连城要塞东端在北海市，西南端在那坡县，地理位置在北海市至那坡县的国境线上。

⑥ 河池小三峡：见附录二第 45 条。

⑦ "碧水"二句：天门峡两座高与天齐的山峰，壁立于绿水之中，宛若一道豁然洞开的天门。

⑧ "船于"二句：指山、树等景色倒影在江中。

⑨ 黄云：见附录三第 38 条。

⑩ "功绩"二句：黄云书法诗词知名度很高，书法作品为日本、东南亚等国家、地区收藏。

⑪ "成书"句：黄云恩师生前题写《谭先进书法集》，已经筹备出版。

⑫ 钟家佐：见附录三第 39 条。

⑬ 推敲：代指诗词。

⑭ 舞画：舞剑、画被，代指书法。

⑮ "诗书"句：作者在诗词、书法、文史上略有作为。

大新县恩城乡伏那花溪①景区

湿地自行游,清溪遍野流。
蝶妆迷广镜,花貌醉清眸。
招引花千骨②,留居宝贵猴③。
逍遥尘世外,半载已三求。

改革开放40周年赞歌

海阔翻腾跃,天高奋翅飞。
鼎新开富路,通畅树丰碑。
强骨千秋颂,爱民百世垂。
德和兴带路,赤县更荣辉。

隆安县龙虎山④

藏龙卧虎树鸣蝉,更有悟空花果山。
林海有情多画境,氧吧无界大公园。
危崖流水淙淙响,遍野鲜花朵朵妍。
融入自然成一体,远离尘世赋诗篇。

母 爱

数遍人间千种爱,情深母爱最非凡。
择邻孟母千秋颂,刺字岳娘万代传。
茹苦含辛超蜡炬,呕心沥血胜春蚕。
三山五岳难相比,湖海江河也汗颜。

容县真武阁⑤

雄踞石台面绣江,悬空金柱稳当当。
无钉全木阁材劲,四两千斤杠杆强。
轻巧活泼灵秀美,神奇豪放丽安康。
名楼杰构传中外,巧匠天师遍壮乡。

龙州紫霞洞⑥

绿水青山遍丽容,和谐生态更葱茏。
交通玉带飘山脚,栖鸟新歌唱碧空。
瑞日驰晖金灿灿,慈佛笑口乐融融。
不绝游人香烛旺,复兴洞刹旅游通。

德天跨国瀑布⑦三首

(一)

白云缥缈两国间,百丈素垂动绿川。
漫漫浪花如溅雪,蒙蒙水雾似扬烟。
千龙飞舞沿崖闹,万马奔腾跃壑喧。
雨后彩虹山野净,最宜五月赏德天。

(二)

崖断归春成瀑布,浦汤耸峙沸河翻。
急流滚滚飞白练,翠色森森染峭岩。
瀑气飞腾云雾淡,夕阳斜照水光涟。
骑鹿驾鹤寻唯美,它处无仙此有仙。

---

① 伏那花溪:见附录二第46条。
② 花千骨:此地是电视剧《花千骨》外景拍摄地。
③ 宝贵猴:附近山上有国家一级保护动物黑叶猴。
④ 龙虎山:见附录二第18条。
⑤ 真武阁:见附录二第47条。
⑥ 紫霞洞:见附录二第16条。
⑦ 德天跨国瀑布:见附录二第2条。

（三）

天地游人瀑布欢，神州最美是德天。
一江碧水连中越，千丈飞龙跃岭川。
破泻云围银汉落，蒸腾珠雾彩虹悬。
硕龙生态齐称赞，只慕归春不慕仙①。

天等县万福寺②

独立圆锥有美窟，石室云梯刹中珠。
三层祭殿莲宫妙，四面风门宝地殊。
佛像香烛天下有，壮乡桂宇九州无。
寺名与我皆发愿，天等人民享万福。

柳　江③

青青杨柳沿萦带，漫漫河堤护众生。
浪助游船波荡月，崖飞瀑布响吟风。
无穷萤火江天耀，多彩长虹水陆横。
锁岸弄涛兴万象，漱石流碧育龙城。

崇左建市之初

初来崇左建基业，平地兴家举步艰。
合署办公亦鼓劲，租房食宿也欢颜④。
干群同志心中念，夫妇分居梦里牵⑤。
建市愿吃千种苦，心随国运写雄篇。

龙州起义纪念馆⑥落成开馆
（2004 年 8 月 19 日）

红星⑦辉耀笑颜开，宾客八方四面来。
馆宇高雄多悦目，广场平阔更抒怀。
宽街大厦都结彩，秀水青山不染埃。
霁月光风千代颂，爱国教育好题材。

龙州县上金乡人间仙境⑧

长枪短炮⑨支何处？民建坳中望景台。
万仞高山排队列，一江丽水畅流来。
苍苍原野皆着色，朵朵白云不染埃。
又是桃源无限美，渊明转世也兴怀。

宁明县顺风坳⑩

峻岭绵延入九霄，天公造物尽妖娆。
草山浩浩披青毯，松海茫茫舞碧涛。
新路沿边飘彩带，彩虹伴日架天桥。
亭台放眼观风景，心旷神逸意气豪。

龙州壮族天琴⑪

弹拨乐器根源久，盛世之年更有名。
仪态万方身似柳，歌声婉转口如莺。
演员献艺开颜笑，观众舒心洗耳听。
天籁之音飞四海，协和人性总关情。

---

① "硕龙"二句：德天瀑布所在地硕龙镇是全国最美乡镇，德天瀑布是中越界河归春河的一段。
② 万福寺：见附录二第 48 条。
③ 柳江：柳州市的主要河流。
④ "合署"二句：一些市直机关与江州区对口单位合署办公，租民房办公、食宿。
⑤ "夫妇"句：市直机关有近 10 对夫妇白天可见面，晚上同城却分居。
⑥ 龙州起义纪念馆：见附录二第 17 条。
⑦ 红星：从空中鸟瞰，龙州起义纪念馆如一颗巨大的五角星镶嵌在大地上。
⑧ 人间仙境：见附录二第 30 条。
⑨ 长枪短炮：喻指各种照相机。
⑩ 顺风坳：见附录一第 3 条。
⑪ 壮族天琴：见附录三第 25 条。

天等县向都霜降歌圩①

歌圩霜降久闻名，三降三圩②传到今。

小伙素鞋纯白褂，姑娘蓝衣靛青裙③。

声声娓娓传思慕，句句殷殷诉恋情。

三次歌圩挑选后，巾鞋互赠定终身④。

反腐倡廉促梦圆

堤坝须将白蚁灭，健康要把病毒歼。

蔗园不会留杂草，队伍难容有内奸。

执政为民声誉好，祛邪扶正党风廉。

清官领走康庄道，百姓黎民定梦圆。

敲罉舞⑤

壮家节日爱敲罉，节奏鲜明瑞气冲。

庆祝丰收甜润润，表达喜兴乐融融。

风调雨顺天天好，畜旺人康岁岁红。

锻炼欢心抒意愿，来年日子更丰隆。

木棉花⑥二首

（一）

南国崇左斗寒开，正月施刀巧手裁。

树树耀霞千庆喜，枝枝缀火万祥财。

十分春色犹含雨，一种天香不染埃。

品质如梅人赞颂，英雄花朵榜头排。

（二）

岁岁年年开不败，功勋赫赫永忠诚。

顶天立地张华盖，守信依时报锦春⑦。

如火如荼花世界，似诗似画树美神。

浩然正气英雄汉，慷慨无私献自身⑧。

抢花炮⑨

一声炮响竞意催，花炮凌空赛者飞。

左撞右冲强抢路，龙拿虎掷敢夺魁。

扳钻挤护施奇技，跑跳追拦破众围。

智勇双全刚获胜，欢声笑语旱天雷。

---

① 向都霜降歌圩：见附录三第 40 条。

② 三降三圩：从霜降节气后第 1 个圩日开始，连续 3 个圩日，分别称作前降、中降、后降。

③ "小伙"二句：小伙子身穿雪白衬衣，脚蹬白底布鞋或全白胶鞋（现为白运动鞋或白皮鞋），手撑太阳伞。姑娘们身着蓝黑色（青色）衣裳，头包白毛巾，腰扎半边四方围裙，手拎 1 只玲珑的圆肚竹篮，戴金色竹笠。

④ "三次"二句：未婚男女在三降歌圩中找到了自己称心如意的恋人，互赠毛巾、鞋子等定情信物。

⑤ 敲罉舞：见附录三第 41 条。

⑥ 木棉花：见附录三第 5 条。

⑦ "守信"句：木棉花每年春天守信依时开放。

⑧ "浩然"二句：木棉有很强的吸附有害浮尘和分解二氧化硫作用，还有多方面的经济价值，如花、籽、根、皮、叶均能入药，种子可以榨油。周身是宝献给人类。

⑨ 抢花炮：见附录三第 42 条。

白头叶猴①

叶猴世代姓白头，三百万年物种优。
绿树飞仙长戴帽，山崖奇兽永穿裘②。
饮泉食叶性温顺，吟月啼云调远幽。
最后家园崇左美③，生存繁衍不须愁。

赛龙舟④

壮家喜爱赛龙舟，观者如云两岸游。
舟上队员划快桨，岸边观众叫加油。
欢声震耳飞川野，赛艇凌波遏浪流。
奏乐舞狮齐祝贺，舟魁获奖捧猪头⑤。

冰泉豆浆⑥

冰井泉香唐已昌，豆佳水洌制琼浆。
串珠滴下芳香气，瓷碗端来暖玉光。
滑润有如青凤髓，甘甜疑似蜜蜂糖。
著名特产环球品，老店精华四海康。

龙州县邓小平铜像⑦

血气方刚正年轻，红军装束戴红星。
手挥广宇旌旗奋，情系龙州瑞气凝。
热爱人民当孺子，组织起义胜雷霆。
满怀敬意立铜像，纪念伟人万世英。

南宁至友谊关高速公路⑧

山高路险车程远，渴望康庄大道铺！
峻岭低头呈高速，激流让路献坦途。
银锄挥就新天地，神笔描出美画图。
南友从今无险阻，壮乡儿女创幸福。

恭祝黄公关老⑨伉俪高寿钻石婚

临门双喜⑩春光好，偕老钻婚志未休。
革命征途同挽手，人生伴侣共操舟。
多多硕果诗书美，累累功勋事业优。
首府⑪青山松不老，阳江故土水长流。

壮族三月三⑫

农耕节日久相传，歌海无边宇宙间。
戏曲演出新气象，绣球连就美姻缘。
花开心里晴川上，人乐山边绿水前。
娱乐身心添干劲，和谐社会壮乡欢。

---

① 白头叶猴：见附录三第1条。
② "绿树"二句：白头叶猴善跳跃，喜攀缘，能在高树和悬崖峭壁上跳上跳下，灵巧自如。在悬崖峭壁的树上摘果、叶为食，很少下平地活动。
③ "最后"句：白头叶猴主要生活在崇左市境内。
④ 赛龙舟：见附录三第10条。
⑤ 捧猪头：壮家赛龙舟风俗，给第一名的龙舟队的奖品是猪头以及其他奖品和奖金。
⑥ 冰泉豆浆：见附录三第43条。
⑦ 龙州县邓小平铜像：见附录二第49条。
⑧ 南宁至友谊关高速公路：见附录三第44条。
⑨ 黄公关老：黄公即黄云，见附录三第38条。关老即黄云夫人关尤励。2006年，黄公85周岁，夫人关尤励81周岁。两老均为广东省阳江市人。1946年7月在老解放区山东省福山县结婚，2006年结婚60周年，为钻石婚。
⑩ 双喜：祝寿、庆钻石婚。
⑪ 首府：两位老革命定居南宁。
⑫ 壮族三月三：见附录三第4条。

剑　麻

尖满山坡绿满川，是麻如剑长国南。

高温干旱能吃苦，暴雨狂风只等闲。

获誉得荣丢在后，磨锋成利抢在前。

一身正气朝天立，整治歪风锷未残。

凭祥市班夫人⑥

南疆巾帼葬丘坟，驾鹤乘龙美女神。

献药无私驱重病，拥军有义启家囷。

已协汉室平交趾，未受皇恩逝独身。

赤胆忠心如日月，一抔黄土胜昆仑。

边城崇左

左江作墨云当纸，斜笔①朝天畅快题。

蔗海无边青染色，河流如带玉为肌。

花山古貌千秋画，象郡新姿百彩衣。

新市边城铺锦绣，后来居上更新奇。

崇左蔗海⑦

接天铺地望无边，浴日迎风叶舞鲜。

不逊云涛思揽月，更疑海浪好行船。

勿休尽瘁川成绿，倍道兼行苦变甜。

化作蔗糖如皓雪，福贻四海又诗篇。

忆农村插队知青生活②

主席挥手到山乡，一户十青③意味长。

斗暑斗寒多刻苦，抢收抢种少沾床。

酱油拌饭尝村味，山岭当房入梦乡④。

百姓生活三载享，终生受益不彷徨。

宁明县金牛潭⑧风景区

山高林密峡溪稠，流碧成潭似梦幽。

石静藤动兰草展，蝶飞蛙泳鸟儿啾。

一将题诗成景致⑨，四季如春引客流。

山麓母公风景美，何须处处觅金牛。

大新县硕龙镇沙屯叠瀑⑤

仙女凡间洗玉身，鸾观鹤赞锦鳞沉。

屏帘珠降颗颗美，碧水波摇处处纯。

不做天宫闺里女，愿为尘世画中人。

永同绿水青山在，长赏潺潺雪浪奔。

崖洞葬⑩

如梦完成⑪会祖先，回归自然在山川。

据崖滨水离天近，履险登高举步欢。

心理平衡无憾事，灵魂崇拜有高尖。

花山绘画攀崖似，有待加深解内涵。

---

① 斜笔：归龙斜塔，塔尖朝天如笔尖，整座斜塔似 1 支朝天巨笔。

② 1968 年 12 月至 1971 年 9 月，作者在柳州市郊区长塘公社西流大队马鞍村生产队插队务农。

③ 一户十青：当时农村插队知青是集体户口，作者和其他 9 位同学为一户。

④ "山岭"句：在山上烧石灰，风餐露宿。

⑤ 沙屯叠瀑：见附录二第 50 条。

⑥ 班夫人：见附录三第 45 条。

⑦ 崇左蔗海：见附录三第 46 条。

⑧ 金牛潭：见附录二第 51 条。

⑨ "一将"句：民国将军李品仙题诗。

⑩ 崖洞葬：见附录二第 52 条。

⑪ 如梦完成：苏轼有词云"人生如梦"，人去世即如梦完成。

扶绥县东门镇姑辽茶①

古树高山土壤膏，雾润泉滋生态娇。

仙女殷殷留物种②，茶家代代育茗瑶。

一杯紫笋开孤闷，数片金黄展海聊。

健体舒心添快乐，宫廷御品树新标③。

壮　拳④

源远流长年代久，花山岩画有谜踪。

沉实稳健身姿美，勇猛刚强气色雄。

伸腿出招招有劲，出拳催力力无穷。

壮族武术得光大，今日名拳更显荣。

贺州市姑婆山⑤

播雨观日湘桂粤，去天一步览华南。

雾云浓淡仙家境，沟壑纵横瀑布源。

生物王国开眼界，氧吧离子润心田。

动人故事民称颂，山与姑婆寰宇传。

龙州县上金鱼街⑥

船鱼街道九州稀，建县碑文⑦解众谜。

杰构佳材南域秀，绝招妙想壮乡奇。

山容花貌成连理，柔橹江灯最适宜。

水可养鱼鱼旺水，水鱼情重展新机⑧。

桂平西山⑨

观音岩下人茶乐，乳泉美酒面微酡。

松海听涛传意韵，濂溪飞瀑荡心波。

悬崖栈道三江见，观日龙亭万象罗。

一线长峡仙我会，桂平之美此山播。

崇左白头叶猴生态公园⑩

崇山峻岭变公园，短炮长枪摄万妍。

盲目开荒石漠化，科学发展种群繁。

千秋寰宇兴生态，万物家园护自然。

诺亚方舟金不换，和谐世界谱新篇⑪。

---

① 东门镇姑辽茶：见附录三第 47 条。

② "仙女"句：传说姑辽茶是一群仙女下凡留下茶种繁殖而成。

③ "宫廷"句：姑辽茶从清朝便被列为贡茶，现在又开发发展姑辽茶，树立了姑辽茶的新标志。

④ 壮拳：见附录三第 48 条。

⑤ 姑婆山：见附录二第 53 条。

⑥ 上金鱼街：见附录三第 32 条。

⑦ 建县碑文：上金鱼街是原上金县政府所在地，街道形状似鱼，"鱼口"处立有民国时期《上金县建府碑记》。

⑧ "水可"二句：龙州县已把上金鱼街古屋规划为文物保护和旅游景点开发项目并分步实施。

⑨ 桂平西山：见附录二第 54 条。

⑩ 崇左白头叶猴生态公园：见附录二第 10 条。

⑪ 新篇：北京大学潘文石教授带领研究生们坚持 20 年在弄官山研究白头叶猴，将研究成果写成《白头叶猴自然史》，由北京大学出版社出版。

赞潘文石①教授

不慕奢华不自愁，弄官诺亚造方舟。
秉烛居洞心灵净，探险攀岩成果优。
甘愿青丝眠野地，深情白首伴群猴。
山川物种齐欢笑，中外扬名咏若流。

柳州奇石

柳府奇石瘦皱身，丑星透漏古今琛。
外形自在身姿美，本色天生光彩纷。
玉化冰洁佳质地，风凿水蕴锦花纹。
腾云蹈浪清心耳②，馆展民藏四海珍。

藤县石表山云海

升腾翻滚望无边，河上林端山岳间。
似雾浮空天马舞，如涛拍岸浪花掀。
布帛淡雅织工巧，玉海斑斓画艺娴。
伴月因风飘逸美，人生境界亦当然。

容县都峤山③

谷幽道险涌诗行，道教洞天世代昌。
霞客旅踪存笔记，朴初佛字耀山冈
奇峰丹影潺潺水，禅院梵音缕缕香。
福地云烟缥缈去，风光教义赠八方。

玉林市云天民俗文化世界

雄居宝地立江边，玉布腾云入九天。
吐绿青松迎贵客，欲飞龙表道康安。

奇珍画卷观难尽，异宝金章看不完。
楼塔重叠攀高上，喜同日月耀苍天。

百色大王岭原始森林漂流风景区④

古野雄幽树木繁，急滩白浪怪石湾。
桫椤列岸风光画，藤蔓凌空生态帘。
健脑养生增智慧，清心涤肺补饥婪。
橡舟激荡逍遥下，惊险无虞乐满天。

防城港市港口区

吞江纳水天如海，倒岸翻云浪似山。
志明小道成金港，绿岛穷村变富园。
海海旅游名片展，船船作业泰山搬。
长风破浪征帆鼓，合作东盟两俱欢。

参观上海世界博览会有感

荟萃精华上海城，全球盛会又奇峰。
会徽海宝人之爱，城市生活世所称。
黄浦江滨风景美，世博园里笑声腾。
中华文化开新宇，志气凌云万里征。

金秀莲花山景区

含苞欲放不堪摘，群山一朵永不衰。
古树香花齐染色，苍天碧水不浮埃。
散合云雾千姿舞，大小石林百态排。
南海观音常到此，圣山圣地胜蓬莱。

---

① 潘文石：见附录三第 49 条。
② "腾云"句：喻指奇石底座或奇石漂洋过海出国，轻击、摩擦奇石的声音。
③ 都峤山：见附录二第 35 条。
④ 大王岭原始森林漂流风景区：位于广西百色市右江区大楞乡平慢村，大王岭原始森林保护区的中心腹地。

南宁市昆仑关①

南方天险雾云吞，襟带咽喉谷陡深。

血肉刀枪歼日寇，馆碑松塔纪忠魂。

卫国领土昆仑志，壮我军威将士根。

烂漫山花开不败，旅游兴旺四时春。

得知退休②

时似流川已退休，要当老骥早筹谋。

续编文史仍出力，勤练诗书更上楼。

乐作平民除暮气，多行善事度春秋。

人生易老心难老，步履轻松味更优。

崇左市（宁明）骆越根祖祭祀大典③

旗舞锣鸣意气扬，巡游祖像壮乡祥。

木棉苗壮同根土，主题鲜明共盛昌。

放养鱼苗生久远，敬燃香火脉深长。

花山岩画民族宝，根祖文明世界芳。

广西大学哲学系哲学专业 1977 级毕业 30 周年师生聚会有感

弹指昨天三十年，师生欢聚尽开颜。

小平拨乱兴高考，学子攻书写雅篇。

不负党恩担重任，堪承使命作群贤。

笑谈回顾人生路，老骥新程不用鞭。

崇左建市 10 年颂

九牛协力铸辉煌，美誉雄名满左江。

兴旺南崇经济带，繁荣边域旅游廊。

生态乡村添异彩，糖都文化焕新装。

全民共用爬坡劲，合作东盟更盛昌。

题蒋宏水荷花图④

才露尖尖便受夸，绽开淡雅美奇葩。

集精裹玉天天艳，适水出泥处处佳。

能御狂风凭劲骨，喜得春雨展芳华。

幽香清气凌波子，德艺双馨遍浩涯。

睡　莲

浮水平身绿镜圆，昼舒夜卷处安然。

盈盈玉展波心美，淡淡香飘绮饰鲜。

不慕高层争显要，甘居低位绽欢颜。

风吹雨打翩翩舞，偏僻乡间也瑞妍。

告慰刘仁棠⑤先生

乘鹤刘公已二年，音容笑貌记心间。

诙谐幽默心花绽，助手参谋技艺传。

重担敢挑凭智勇，难关能破靠柔坚。

君心不负当欣慰，诗苑繁荣桃李贤。

---

① 昆仑关：见附录二第 55 条。

② 2011 年 11 月 1 日得知中共广西壮族自治区委员会发文通知作者退休。

③ 每年春季，崇左市（宁明）骆越根祖祭祀大典在宁明县花山文化广场举行。

④ 蒋宏水方家画荷花图，纪念著名篆刻艺术家帅立志先生，嘱吾题诗书于其上。览帅老生平，以荷花图咏帅老。

⑤ 刘仁棠：见附录三第 50 条。

祝贺扶绥县老干部诗词学会成立

远古山圩有巨龙，先民岩画至今红。
苍茫蔗海宽而广，智慧人民勇且雄。
昔日文花曾雅艳，今天翰墨更欣荣。
上龙诗苑开新境，强县中兴第一宗。

又到第二故乡扶绥县来①

诗人兴会吾来贺，又见城乡焕秀颜。
杰构群楼连广宇，康庄大道到天边。
南崇经济敲新鼓，生态文明写雅篇。
我与诸君勤命笔，颂歌载满上龙船。

宁明县花山温泉度假区②

十年旧地又来观，灵液神泉喜见天。
骆越故乡成旅地，荒山野岭变福源。
琼楼错落居仙境，道路逶迤赏宇间。
偏僻壮乡生态美，如荼似火写新篇。

老木棉紫园③

叶茂枝繁老木棉，身披铠甲耸青天。
紫薇有义开花径，细雨多情染客衫。
馨气舒心心境好，轮车提水水流连。
桃源美境今难觅，欣喜回归大自然。

社会主义核心价值观④

无舵航行会毁船，人生要有价值观。
牧羊苏武人格在，援藏繁森⑤力智殚。
曾子杀猪崇诺信，雷锋为善效春蚕。
继承传统扬精粹，圆梦中华锦绣篇。

赞凤山县八龙松⑥

腥风血雨虎狼嚎，火烤石头草过刀。
枝断难摧高远志，冰压方显圣洁操。
春回大地迎朝日，梦筑神州树锦标。
百载连根青不改，龙飞凤舞更妖娆。

宾阳县白沙村⑦

甘蔗青青稻穗黄，拱桥绿树古民房。
园丁勤奋结珍果，锣鼓喧天庆盛昌。
高迈群情民聚乐，文明村镇匾凝香。
重游故地文明号，欲把白沙当故乡。

纪念中国人民抗日战争胜利70周年

野蛮侵略最疯狂，轰炸烧奸掳掠光。
填海涉河中国胜，饮鸩解渴日军降。
奔义明谦交朋友，观衅强弓斗虎狼。
先烈英灵堪告慰，中兴事业更荣昌。

---

① 作者于1993年至1997年在扶绥县工作，先后任县长、县委书记。
② 花山温泉度假区：位于宁明县城关镇。
③ 老木棉紫园：见附录二第56条。
④ 爱国、敬业、诚信、友善是社会主义核心价值观中公民个人层面的价值准则，本诗颈联、颔联分别用古今名人价值观说明爱国、敬业、诚信、友善是对古今传统美德的传承。
⑤ 繁森：指孔繁森。
⑥ 广西河池市凤山县长洲乡百乐村八龙屯，右江革命策源地之一，曾遭国民党反动派疯狂围剿杀戮，损失极为惨重。此诗以八龙松喻赞八龙屯革命人民，为凤山县碑林题诗书。
⑦ 白沙村：2015年2月，南宁市宾阳县武陵镇白沙村荣获第四届全国文明村镇称号。2000年前后，作者任中共南宁地委委员、秘书长期间曾到该村抓社会主义新农村建设。

南宁市木村屯①

古村古树古风熏，钟老②欣约诗友临。
碑刻③无言说往事，石墙④有意为今民。
登高东鹤⑤凌云志，散步西塘物外心。
发展旅游今更旺，宏图远景正耕耘。

《崇左文化博览》⑥ 出版发行

词条言叶墨花香，浏览新书喜若狂。
集腋成裘书翠玉，搜奇储宝作华章。
为编一册十年累，已续千篇万象详。
自古成功经苦境，珠峰登顶慨而慷。

崇左园林博览园⑦

兴龙湖畔兴龙塔，蚂蚜绣球铜鼓桥⑧。
八桂佳园生美景，九州珍树立新标⑨。
月波绮栋如仙界，烟雨雕梁似九霄。
巨制宏模崇左冠，休闲览胜乐陶陶。

纪念红军长征胜利 80 周年

红军都是英雄汉，播种宣传不怕难。
智破围追飞万岭，勇摧截堵越千川。
三军洗马延河水，亿众归心宝塔山。
接力新程今筑梦，神州处处战犹酣。

自　得

凡夫孺子负车辕，愚笨聪明各半边。
少壮辛劳能进取，老年受益不悲颜。
勤读史料成新作，苦练诗书写雅篇。
御任退休当两长⑩，舒心同乐每一天。

弄岗国家级自然保护区⑪观鸟景区

原始森林绿水边，春风春雨万春妍。
时时燕剪时时舞，处处莺鸣处处欢。
鸟导鸟人行鸟事⑫，村民村店换村颜。
自然万物和谐处，银海金山胜蜜甜。

南宁那考河湿地公园⑬

步道红桥碧水潺，草茵树绿艳阳天。
荷风吹醉香裙舞，花海扬波笑语欢。
科普景观当教授，平民百姓做游仙。
激浊织锦清河至，筑梦神州更美颜。

---

① 木村屯：见附录二第 57 条。

② 钟老：钟家佐，广西壮族自治区政协原副主席，著名书法家、诗人。应罗荣坚邀请，钟老约广西诗词学会会长何劳和作者到木村屯访问、采风。

③ 碑刻：清道光年间的村史碑刻。

④ 石墙：明崇祯年间修筑的石墙，过去是护卫村庄的屏障，今天是旅游资源。

⑤ 东鹤：该屯东鹤岭，登高可望远。

⑥ 《崇左文化博览》：见附录三第 51 条。

⑦ 崇左园林博览园：见附录二第 58 条。

⑧ "兴龙"二句：该园有兴龙湖、兴龙塔、蚂拐桥、绣球桥、铜鼓桥、那稻桥等，大显壮乡风采。

⑨ "八桂"二句：该园有广西 14 个地级市展园和奇景浮雕，种植珍贵树种。

⑩ 两长：崇左市老年大学校长、崇左市老干部诗词学会会长。

⑪ 弄岗国家级自然保护区：见附录二第 41 条。

⑫ "鸟导"句：鸟导，指为摄鸟、观鸟、研究鸟类的人服务的导游。鸟人，指鸟类摄影者、研究者等。鸟事：摄鸟、观鸟、研究保护鸟类的旅游事业。

⑬ 南宁那考河湿地公园：见附录二第 59 条。

南宁市邓家大院①

深深庭院古今纯，雕梁画栋万象春。

人走迷宫心似幻，图藏日月梦当真。

帝王牌匾彰明挂，南壮村居退迹闻。

松鹤农耕泉脉远，中华文化展鹏鲲。

重游扶绥县笔架山②

廿载重游云浪峦，穷幽览胜喜登攀。

夏风绿树飘香气，骚客群仙绽笑颜。

大地飞歌生态美，游船腾浪汽笛欢。

相机频摄新图画，壮锦幅幅网络传。

端午节悼屈原

香草美人开妙境，离骚天问创新辞。

孤忠难遂强兴志，单鹤伤吟哀怨诗。

无力回天存大义，有情投粽荡舟楫。

报国正道今如愿，美梦成真慰楚者。

南宁青秀山③

绿城青帝住蓬山，吐故纳新百姓安。

舞凤飞龙栖大象，赏兰织锦聚桃仙。

佛祖梵文千古诵，孔丘经典万方传。

壮乡生态邕江水，源远流长寰宇瞻。

中国老年大学赞

有说皓首令人嗟，盛世欣然上大学。

役志雕龙音韵美，励精刻凤艺德杰。

琴诗书画真优雅，拳剑歌吟更妙绝。

老骥奋蹄千里近，夕阳添彩晚霞谐。

祝贺大新县《德天诗涛》出版

明仕欢吟地貌娇，德天喜赋雪涛飘。

抒情律细千年乐，咏志音强万里遨。

生态大新尊上寿，壮区大美树丰标。

诗乡融入中华梦，俊逸清淳世代豪。

崇左市老干部2017年中
工作通报会议总结有感

退休书记聚一堂，培训参观正气扬。

赞颂神州新面貌，畅谈崇左美边疆。

改革必靠民拥护，发展全凭党领航。

老骥奋蹄齐努力，夕阳励志更辉煌。

赞美丽广西清洁乡村

山川壮丽万花妍，今日南疆又染鲜。

城镇卫生除旧貌，乡村建设换新颜。

东南西北歌尤美，党政军民劲更添。

壮锦汇织多彩梦，神州大地乐无边。

庆祝崇左市老年大学④建校25周年

黉苑丰功廿五年，李桃新绩上崇巅。

鸾翔凤唱豪情旺，墨舞诗吟薪火繁。

老骥奋蹄心力劲，夕阳励志晚霞丹。

左江盛世精神爽，学海无涯乐满天。

---

① 邓家大院：见附录二第60条。

② 笔架山：见附录二第19条。作者曾任扶绥县县长、县委书记。1997年5月28日离开扶绥县至2017年5月1日故地重游约20年时间。

③ 南宁青秀山：见附录二第61条。

④ 崇左市老年大学：见附录三第36条。

赞诗词书法

良师益友古今殊，行遍天下永不孤。
明志言情真理在，消闲健体病毒除。
搜书觅帖成良癖，知向辨风畅正途。
今世吾得双贵宝，来生不悔爱如初。

龙州县金龙镇板梯村侬峒节

临晓点烛诚祭祀①，繁香好似满天星。
手弹弦奏声声漫，龙舞身腾款款轻。
土地公婆得敬奉，居民大众祈福音。
强身健体添活力，求务②今年更好情。

赞颂革命英雄主义

号角初吹上海滩，救民誓破万重关。
艰行草地埋军骨，解放琼崖用木船。
凌雪傲霜松更挺，壮心战胆志弥坚。
航天登月银河庆，筑梦神州续美篇。

镇南关③大捷

法寇野蛮侵赤县，子材④受命发冲冠。
巡营布阵关前隘，战胆拔山盆谷间。
入死再三非在后，舍生数四勇朝前。
当时名震垂青史，义战功勋万古传。

戊戌春节前一周

年关已近万方佳，料峭春寒好品茶。
两耳少闻窗外事，一心频念雨中花。
诗书亲伴开新境，网络神游乐晚霞。
盛世才得圆好梦，深情爱我大中华。

赞广西生态旅游

绿水青山金不换，东西南北大公园。
森林宝库歌成海，湿地乡村乐满天。
亲近自然开正路，珍惜环境立高瞻。
健康舒畅遐年享，八桂行舟万里帆。

庆祝崇左建市15周年有感

回忆当年战鼓催，龙腾湖畔九牛威。
新兴城市宏图美，美丽乡村气质斐。
岩画申遗成正果，糖都奉献树丰碑。
再接更用爬坡劲，带路南疆更耀辉。

崇左建市15周年再赞
《九牛爬坡》雕塑⑤

当年勇做拓荒牛，锄雨耕云岁月遒。
建市红旗扛到底，开弓利箭不回头。
朗山秀水成仙境，媚野晴川映美楼。
不忘初心承使命，奋蹄荷轭续春秋。

---

① "临晓"句：凌晨时分在村小学操场点香烛、摆祭品。
② 求务：壮语，侬峒节的宗旨是求得风调雨顺，五谷丰登，老少平安。
③ 镇南关：见附录二第1条（友谊关）。
④ 子材，指冯子材。
⑤ 《九牛爬坡》雕塑：见附录二第7条。

爱诗词成癖

清新有幸效黄钟①，刻画雕虫培育功。
寒夜起床寻草貌，骄阳挥汗记花容。
登山涉水观秋景，锻炼推敲写晚虹。
授艺②夕阳诗苑乐，来生还做韵圆龙。

崇左市老年大学③成为
广西示范老年大学

灵雨金风廿六年，老功新业上崇巅。
武功文阵豪情旺，乐府诗坛薪火繁。
篆隶楷行歌盛世，鱼虫花鸟写青丹。
簧船出海无终点，高塔明灯勇向前。

赏天等县秋景有感

八桂西南美壮乡，喜逢六秩更辉煌。
沟渠横纵输活水，稻浪高低闪金光。
绿树遮阴屋后岭，天椒染赤岭前冈。
苦熬永远成贫困，苦干方能享富强。

明仕壮族民居博物园④

骆越陈村山水环，清新俊逸彩云边。
木楼吊脚山间立，壮字书盘树上宣。
美酒开缸香百里，轮车扬水润千田。
自然造物人之爱，知古鉴今薪火传。

忆江南·中秋夜二首

（一）

中秋夜，四海共金蟾。户户琼浆香
气满，家家月饼味儿甜。处处庆团圆。

（二）

中秋夜，赤县遍狂欢。港澳回归经
脉畅，台湾离辙肉骨连。期盼早团圆。

调笑令·马山县打扁担⑤

特朗⑥，特朗，敲打扁担脆响。欢
歌壮寨丰收，美好生活蜜流。　　流
蜜，流蜜，加倍齐心协力。

调笑令·欢庆中华人民共和国
成立50周年

国庆，国庆，天下华人同兴。风
清月朗花馨，舞美歌酣喜盈。　　盈
喜，盈喜，华夏欢腾无比。

浣溪沙·木棉花⑦

苍劲挺拔志气昂，恰如勇士卫南
疆，枝头花绽赤橙黄⑧。　　旱涝热寒
何所惧，报春喜把野香扬，只当万苦
是寻常。

---

① 黄钟：黄指黄云，中共广西壮族自治区顾问委员会主任；钟指钟家佐，政协广西壮族自治区委员会
原副主席。作者曾在他们身边工作，受他们的艺术熏陶，学习写书法、诗词。
② 授艺：作者任崇左市老年大学诗词专业教师。
③ 崇左市老年大学：见附录三第36条。
④ 明仕壮族民居博物园：见附录二第62条。
⑤ 打扁担：见附录三第52条。
⑥ 朗：打扁担的声音，也是壮语打扁担的语音词。
⑦ 木棉花：见附录三第5条。
⑧ 赤橙黄：木棉有许多品种，花色各异，以红（赤）、橙、黄色为主，少有白色。广西木棉花以红色和
粉红色为主，崇左市郊有黄花木棉，花色纯正。

浣溪沙·大新县乔苗平湖①

三位女郎②沐水中，水晶宫里住蛟龙，湖光山色两相融。　　鱼米之乡仓廪充，润泽万物水长通，浮天活水立丰功。

菩萨蛮·国庆节首都群众游行

赤橙黄绿青蓝紫，多姿彩练长街舞。兴会各民族，彩车行大衢。歌声合战鼓，人涌如潮湖。华夏齐欢娱，美哉咱首都。

减字木兰花·国庆阅兵仪式

战旗猎猎，国庆盛典兵受阅。军乐声声，雄伟长城显战魂。　　英雄将士，凛凛威风山样峙。现代官兵，海阔天空举世惊。

忆秦娥·黑水河③

声名赫，江流如黛人惊愕。人惊愕，幽幽黑水，无穷佳色。　　一方胜地留游客，良辰美景难离舍。难离舍，忘归故里，风光奇特。

忆秦娥·十九埂④

十九埂，悬崖峭壁寒风冷。寒风冷，羊肠小道，行路忧耿。　　沿边

公路妙棋逞，交通便利山川胜。山川胜，边民欢庆，歌颂德政。

西江月·颂神舟号飞船飞行成功

着意太霄日久，倾心瑶海天长。莫高壁画绘飞娘，嫦娥奔月遐想。利剑铮铮出鞘，神舟凛凛高翔。天南地北举琼浆，各业各行共赏。

浪淘沙·祝《南宁日报》⑤创刊10周年

呐喊十年庚，高举明灯，民情国事遍新声。纸网新闻天下晓，中外铿铿。　　笔绘五洲风，众口交称，锦心绣口献忠诚。马跃龙腾无止境，继续长征。

浪淘沙·资源县五排河漂流

稳驾橡皮船，智勇双全，飞流直下战险滩。迎面惊涛之字路，谈笑犹欢。　　乘浪舞回旋，上下翔翻，左冲右闯破难关。烈马遵缰嬉水仗，其乐无边。

浪淘沙·桂林两江四湖

山绕水环连，世界奇观。亭楼台塔苑桥船，盆景佳花名草树，锦绣鲜

---

① 乔苗平湖：见附录二第42条。
② 三位女郎：湖中兀立3座高100米至250米的秀峰。
③ 黑水河：见附录一第4条。
④ 十九埂：见附录一第5条。
⑤ 《南宁日报》：见附录三第53条（《左江日报》）。

妍。　　万彩夜霓欢，如梦游仙，桂林山水谱新篇。古往今来今胜古，大美人间。

鹧鸪天·天等县百感岩①

同月来寻霞客踪②，葱茏草木不成冬。藤萝石笋峥嵘貌，钟乳石云锦绣容。　　临宝室，入龙宫，洞庭宫阙好恢宏。六旬虽近犹游险③，亦道西来百感雄。

临江仙·南宁地区战霜灾

冬至时节霜骤降，田园一片枯容。极冻灾害似山洪。刀割心绞痛，泪洒叶枝中。　　助蔗扶蕉帮果树，新植冬菜青葱。满山遍野是英雄，来年冬至后，歌舞再庆功。

临江仙·崇左春色美

甘蔗嫩芽新绿，木棉怒放嫣红。南疆万物沐春风。枝丛飞喜鹊，花朵舞群蜂。　　田地禾苗茁壮，山林树木葱茏。寥廓崇左闹春浓。人勤春到早，建市力无穷。

临江仙·木棉花④二首

（一）

怒放花儿红似火，瘠薄荒野称雄。顶天立地傲苍穹。敢击寒与旱，能御雨和风。　　崇左人民如此树，笑迎艰苦冲锋。施工排炮震澄空。建功开大业，兴市显神通。

（二）

热带雨林代表树，干高枝劲花红。身披盔甲⑤傲苍穹。盛花开不败，气宇似英雄。　　敢斗贫瘠和旱热，崇高品质如松。周身是宝最光荣，谦虚不骄傲，世代立新功。

临江仙·扁桃树⑥

坐汉将军长寿树，佛家圣果誉高。枝繁叶茂入云霄，城乡都可种，绿化大功劳。　　根系深直扎大地，疾风骤雨轻摇。抗除污染乐陶陶，周身是宝物，市树逞英豪。

临江仙·扶绥县山秀水电站⑦

滚滚左江东去水，施工勇向前冲。炮声阵阵震长空，青山绿水笑，处处见愚公。　　切岭拦江成大坝，平湖

---

① 百感岩：见附录二第34条。
② "同月"句：徐霞客于明崇祯十年（1637年）十一月十三、十四、十五3次游百感岩。2006年12月29日（农历十一月初十），作者在3位农民兄弟的帮助下游百感岩。
③ "六旬"句：作者当年57岁，年近花甲。
④ 木棉花：见附录三第5条。
⑤ 盔甲：木棉树皮灰白或暗灰色，具圆锥状刺，如身披盔甲。
⑥ 扁桃树：见附录三第54条。
⑦ 山秀水电站：见附录三第55条。

卷雪奔峰。旅游发电显神通，古今同造化，民众是英雄。

渔家傲·广西恩城
国家级自然保护区①

十里画廊风景宴，树张翠伞江如练。万绿丛中红一片。春风染，幽香花逗枝头燕。　瀑布叠叠声色万，健儿戏水鱼为伴。留影江洲芳草甸。齐声赞，寻芳览胜金难换。

渔家傲·首都国庆联欢晚会礼花

晴夜霹雷花四溅，龙飞凤舞霓虹闪。掩映高低千万万。飘冉冉，缤纷世界绫绸乱。　色彩声光穿碧汉，嫦娥不把寒宫恋。天上人间齐赞叹。心花绽，流连忘返犹嫌短。

渔家傲·崇左斜塔②

砥柱中流山顶立，斜而不倒怀绝技。三百余年生命力。凌风逸，导航专使船只利。　独占鳌头无类比，铃声歌唱江山丽。鬼斧神工优手笔。真奇迹，威风凛凛英雄气。

江城子·咏木棉花③

高枝怒放气昂昂。傲穹苍，吐芬芳。春衣彩帽，秀色染平冈。俏笑贫

瘠迎骤雨，扬逸韵，赤橙黄。　春寒料峭正开张。沐春阳，露胸膛。如霞似火，倩影遍南疆。愿做新年传信使，欢声唱，慨而慷。

江城子·上思县
十万大山森林公园

氧都三顾再游缰。吐兰芳，沐春光。森林原始，河谷作石床。流水潺潺迎远客，童学泳，水中狂。　前人栽树后人凉。善传承，莫彷徨。精心保护，生态写新章。环境优良金不换，赠子孙，富而康。

江城子·大新县恩城乡
伏那花溪④景区

农村湿地美风光。氧吧康，草花香。碧溪古树，悦目响叮当。春夏秋冬都焕彩，猴嬉戏，鸟飞翔。　优良生态展吉祥。颂山乡，写华章。远离尘世，逸乐享清凉。繁景引来花千骨，游业旺，美名扬。

江城子·上林县
三里洋渡风景区

青山秀水米粮川。大公园，美诗篇。绿披两岸，花艳笋儿尖。勤快少

---

① 广西恩城国家级自然保护区：见附录二第 64 条。
② 崇左斜塔：见附录二 22 条。
③ 木棉花：见附录三第 5 条。
④ 伏那花溪：见附录二第 46 条。

年捞水草，劳且戏，乐无边。　　竹筏缓缓走江湾。赏长峦，叹奇观。鹅鸭浮动，拨掌起微澜。游历当年霞客路，难忘却，梦中还。

江城子·69岁感怀

少年成壮控无缰。做端良，不彷徨。学工勤奋，而立大学窗①。农企机关多锻炼，千吃苦，百锤钢。　　古稀已近退犹忙。聚群力，步铿锵。老年事业，文史写新章。今世正逢国筑梦，承使命，慨而慷。

满江红·扶绥县荣获广西双拥模范县称号②

抢险排危，灭林火，踏平洪涝。扶伤救死，爱民花俏。修水利渠通坝固，搞军训言传身教。与人民，似乳水交融，团结好。　　爱军队，传统妙。结对子，出成效。遍东南西北，唱拥军调。培养军童真细致，安排军嫂多周到。喜今朝，捧模范红花，多荣耀。

满江红·横县九龙瀑布群

峻岭崇山，生态美、幽潭深碧。如雪浪、雪珠翻滚，雪帘悬壁。草木浩繁石径秀，山峡陡峭溪流密。艳阳天，远离尘嚣，风光绮。　　花儿笑，飘香气；藤儿壮，舒长臂。人蝉禽对唱，把歌喉比。百鸟腾飞福寿落，群龙嬉戏风云起。恋依依，留影再回眸，无离意。

水调歌头·德天跨国瀑布③

盆倾九天外，急落闯三关。飞流溅日悬壁，奔汇入龙潭。是水潋潋绺练，如雪飘飘银界，惊浪起烟岚。更比蓬山美，人在画中玩。　　合而散，分复聚，界河欢。涛声隆响，潺潺溪水似琴弹。春夏秋冬色异，雨雾阴晴图变，胜景冠尘寰。中外旅游客，饱览未思还。

水调歌头·龙角天池④

三顾天山景，常赞雪山池。慕名来访龙角，喜赞岽中池。水位平和澄碧，难觅来踪去影，逗我几猜谜。山坝不须筑，滟丽又雄奇。　　盆无底，承天水，汇清溪。波光野色，寻幽览胜总相宜。驱旱魔浇庄稼，甘露琼浆相予，善事乐无疲。尘世有仙境，僻壤更多诗。

水调歌头·井冈山

吾自少年始，敬仰井冈山。今天

---

① 而立大学窗：1978年恢复高考，作者29岁考上广西大学。
② 1997年，扶绥县荣获广西双拥模范县称号。
③ 德天跨国瀑布：见附录二第2条。
④ 龙角天池：见附录二第65条。

了却心愿，小雨喜登攀。遍踏先贤足迹，细看烽烟展览，品味南瓜餐。险处黄洋界，遗址荡秋岚。　　学马列，重实践，克艰难。农村革命根据地，妙写奇篇。终叫狼除虎灭，更使天翻地覆，从此俱欢颜。传统精神好，世代薪火传。

水调歌头·宁明县花山岩画①二首
依苏轼咏中秋月词韵

（一）

巨画哪方有？翘首看南天。明江峭壁彤彩，耀眼数千年。沐雨经风犹艳，电击雷轰难玷，历尽暑和寒。布局堪宏伟，雄视水云间。　　兴祭祀②，欢歌舞，永无眠。追星伴日，见证多少月残圆。骆越先民勇智，义战丹青笃挚，艰险也双全。人类美瑰宝，永岁共婵娟。

（二）

岩画巨无霸，骆越绘山丹。腾云驾雾挥笔，画板陡崖悬。日晒霜欺无畏，善作功成斐斐，七百载心虔。风采今犹在，神智勇才全。　　奏钟鼓，行祭祀，圣堂欢。人形蹲式，回波拂水舞蹁跹。继骆风兴壮韵，暮暮朝朝遒劲，八桂万花妍。世界美遗产，赞誉遍人寰。

满庭芳·战洪魔③

暴雨倾盆，狂风怒号，逞凶肆虐城乡。滔滔洪涝，低处变汪洋。目睹良田沃土、蔗稻菜，灭顶凄凉。洪魔舞，凶神恶煞，实在太猖狂。　　坚强。江内外，军民党政，斗志昂扬。把生命之堤，死守严防。抢险抗洪救难，洪魔败，战果辉煌。同心干，家园重建，书写美篇章。

念奴娇·宁明县花山民族山寨④

暮投山寨，进山门，顿感天然飘逸。古朴民居，苗壮侗，三木楼坡上立。养魄⑤当空，花山仙境，中外游人喜。蝉鸣蛙叫，依山临水安谧。拂晓披露登亭，享清风阵阵，丝丝凉意。落月犹存，天已亮，辉映无私成趣。淡雾轻悠，染低空绿树，飘游山壁。雄鸡鸣晓，请君同我晨起。

---

① 宁明花山岩画：见附录二第5条。
② 兴祭祀：宁明花山岩画的主题是祭祀，共有5种祭祀：铜鼓祭祀、鬼神祭祀、田（地）神祭祀、河神祭祀、祈求胜利祭祀。
③ 2001年7月上旬，受第3号、第4号台风袭击，广西西部、东南部忽降大暴雨，洪涝灾害严重。党政军民团结一心，抗洪抢险，战洪魔，把损失降低到最低程度。
④ 宁明县花山民族山寨：见附录二第66条。
⑤ 养魄：月亮。

念奴娇·祝贺中国
体育健儿凯旋^①

各国健将，聚悉尼，誓把金牌攀摘。儿女中华，得桂冠，尽显豪杰本色。五岳狂欢，三山庆贺，四海华人乐。辉煌功业，永铭奥运史册。

回首赤县昔年，是天昏地暗，国民穷厄。体育衰微，悲又叹，奥运与华离隔。喜看今朝，体坛多盛事，五洲惊愕。发扬光大，让神州更煊赫。

念奴娇·左江花山
岩画文化景观^②
步苏轼赤壁怀古词韵

日出星落，左江育，无数壮族风物。览胜行舟，齐赞叹，百里长廊赭壁。击鼓成图，敲钟设绘，狂热无冬雪。画师聪勇，写生神妙英杰。

村落临水依山，有竹林稻浪，生机勃发。柳绿桃红，观蔗海，宠辱得失皆灭。追古抚今，寄情景色美，缓生华发。闻名于世，宛如年岁新月。

永遇乐·左江花山岩画
文化景观申遗成功^③

八桂西南，左江两岸，骆越长卷。蹲式人形，虔诚祭祀，画剧悬崖演。景观独特，文化活态，岁岁年年一贯。

传承路，悠长坎坷，寒寒暑暑不变。

古今同梦，全球一体，接力申遗如愿。无字天书，中华经典，世界金名片。芭莱齐保，资源同享，迈向未来稳健。共赢那，皇冠珠宝光辉永璨。

贺新郎·隆安县龙虎山^④

春雨濯山野，叹绝伦，龙盘虎踞，江流清冽。进虎山幽通曲径，盆景天然遍野。处处是、壮藤难解。榕树盘根石上长，经磨劫，从来未松懈。四下望，满青叶。　　龙山游览真欢悦，有千猴、亭中路上，把花生嚼。爬树攀藤如飞跃，张口接食不怯。逗猴乐、欢声山岳。扬撒零食春江上，众鱼猴争抢多激烈。烦恼事，尽抛却。

贺新郎·中华百年巨变

打倒之声喊，怎容得，清朝政府，苟延残喘。辛亥年间兴革命，君主独裁完蛋。党领导将人间换，三座大山全推翻，五星红旗遍国招展，九州璨。

五十年前行雄健，挺胸膛、披坚执锐，气冲霄汉。两弹一星神舟妙，十里长街庆典，大阅兵、三军威显。港澳回归添花朵，看祖国大地多娇艳。

① 在第 27 届夏季奥运会上，中国体育健儿团结奋斗，顽强拼搏，获金牌和奖牌总数名列第三，取得我国在夏季奥运史上的最好成绩。
② 左江花山岩画文化景观：见附录二第 8 条。
③ 2016 年 7 月 15 日，在土耳其伊斯坦布尔召开的联合国教科文组织世界遗产委员会第 40 届大会审议通过，中国广西左江花山岩画文化景观入选世界文化遗产名录。
④ 龙虎山：见附录二第 18 条。

更努力，路程远。

贺新郎·广西边境建设大会战①

老少边山处，历战争，饱经洗礼，关山国土。昔日战场兴边贸，勇士排雷无数。好河山、赏心悦目。济困扶贫攻堡垒，不畏难，多少英雄谱。边境稳，国防固。　　绵延千里红旗舞，大会战、军民上阵，异常神武。引水建房拉福电，劈岭架桥修路。办医院、优先教育。富民兴边脱旧貌，扬国威奔小康加速。喜命笔，涌诗语。

沁园春·辞兔迎龙

玉兔祯祥，五岳欢欣，四海沸腾。忆首都庆典，誉盈寰宇；长街阅兵，气贯长虹。化雨为醪，卷云当盏，放眼神舟游太空。齐欢颂，喜芙蓉怒放，澳门归中。　　新千年岁神龙，恰政通人和盛世逢。驾九州巨舰，乘风破浪；中华儿女，夺冠争雄。浇水施肥，防虫去病，赤县繁花会更红。朝前迈，克艰难险阻，再越高峰。

沁园春·南宁地委大院②

首府之西，明秀路东，声誉娆娆。望南宁名院，万花芳艳；民居佳苑，千鸟鸣翱。香果盈枝，绿茵铺地，风动高竹扭细腰。嚣杂净，自治州故地，

处处闻韶。　　画图日日新描，供内外居民乐逍遥。赞球操拳舞，强身健体；琴棋书画，益智挥毫。环境宜居，生活便利，添锦邕城获奖褒。从头越，须不骄不躁，再创新高。

沁园春·大新县明仕风光③

日朗风清，夹岸翠竹，曼舞细腰。看壮牛涉水，牧童吹调；彩蝶起舞，花朵含娇。缓缓江流，萋萋蔓草，河上竹筏只用篙。嘎嘎叫，是群鹅戏水，影动波摇。　　农夫田野耕劳，童欢乐姑容红似桃。喜网箱鱼跳，家家盈笑；庭院鸡唱，户户醇醪。春暖人勤，田绿秧好，美妙生活步步高。桃源处，引游人墨客，此处酬遨。

沁园春·上林县大龙湖

八桂石函，山转峰回，绿岛翠珠。看平湖澄碧，有如龙府；山岚杳渺．恰似仙都。雪浪开怀，群山让路，歌舞游船行坦途。山泉汇，有地河奔涌，无坝成湖。　　开闸发电壮图，滋沃野奔流倾巨壶。有鹅鸭戏水，林惊飞鹭；牛羊漫步，草隐啼鸪。蔗茂花繁，米香果脆，茶绿桑青物候殊。游无倦，赏上林美景，诗尽难书。

---

① 广西边境建设大会战：见附录三第 56 条。
② 南宁地委大院：见附录二第 67 条。
③ 明仕风光：见附录二第 6 条。

沁园春·祝贺南宁地区老年大学①建校 10 周年

十载书窗，老树新枝，繁花芬芳。看文坛瀚海，多多硕果；词林诗苑，累累华章。鹤发童颜，身康体健，不减当年志气刚。老还俏，做时装表演，胜似春光。 老年作少年狂，似展翅鲲鹏霄汉翔。爱闻鸡起舞，春蚕意愿；挑灯破卷，蜡烛心肠。圆梦中华，壮心不已，蹄奋鬃飘马首骧。谨祝愿，我老年前辈，再创辉煌。

沁园春·地级崇左市成立②

八桂西南，滚滚左江，以越为邻。赞德天瀑布，声藉中外；花山岩画，名载昔今。友谊雄关，连城要塞，龙角天池四季潾。恐龙巨，并簧宫铜鼓，斜塔石林。 设新市万民欣，得地利天时喜气临。正摩拳擦掌，扬鞭跃马；沉舟破釜，齐力销金。崇左航船，风篷正举，锦绣前程图画新。从头越，誓九牛奋进，建立功勋。

沁园春·扶绥县

两市之间③，天宝风华，人寿地灵。赞贝壳遗址，悠悠历史；恐龙出土，赫赫声名。莽莽金鸡，巍巍笔架，八宝葫芦钟乳凝。徐霞客，三顾而三返，游记钟情。 左江水万年清，育多少雄才肝胆倾④。有仁人志士，各级干部；专家将领，多业精英。历代人民，勤劳勇敢，建设扶绥壮志凌。团结紧，要加鞭快马，事业隆兴。

沁园春·大新县

接壤越南，游业兴隆，山水画廊。望硕龙风景，玉簪罗带；德天瀑布，雪影波光。明仕田园，人间仙境，江秀山明传四方。好风水，育物华天宝，长寿边疆。 中国龙眼之乡，五洲处处能品尝。有苦丁茶叶，名扬四海；锰石产业，声振同行。水电资源，充分利用，尽光热拔尖显强。大新县，定更新大美，圆梦小康。

沁园春·天等县

左右江间，长寿之乡，耸立石山⑤。有雄山百感，天池龙角；丽川秀水，壁垒龙蟠。拜月节习，打榔舞蹈，遗产风情千古传。更还有，五味⑥成产

---

① 南宁地区老年大学：见附录三第 36 条崇左市老年大学。

② 国务院于 2002 年 12 月 23 日批准撤销南宁地区，设立地级崇左市。2003 年 8 月 6 日，在崇左体育场举行地级崇左市成立大会。

③ 两市之间：扶绥县地处南宁市与崇左市之间。

④ 扶绥县人才辈出，如编辑、翻译家、作家、诗人张报，中国人民解放军少将吴西，全国人大常委会副委员长甘苦等。

⑤ 耸立石头："天等"壮语意指石头耸立。上阕名词分别是百感岩、龙角天池、丽川河、龙蟠山景区，壮族拜月舞蹈"拜囊海"。

⑥ 五味：酸（荞头）、甜（蔗糖）、苦（苦丁茶）、辣（指天椒）、香（八角、茴油）。

业，技艺高尖。　　人民誓不等天。克险阻艰难苦变甜。赞能工巧匠，名扬赤县；辣椒米粉，誉满人间。天等精神，自强自立，实干拼搏建美园。休停步，更战天斗地，谱写新篇。

沁园春·宁明县

　　优势三沿①，骆越之乡，滚滚明江。阅壮族先祖，开疆有史；花山岩画，举世无双。蔗糖稻米，叶猴②蔬菜，富矿诸多是宝藏③。盛林业，产桐棉名树，八角松香。　　物华天宝边疆。育无数精英百世芳。喜开发边贸，药材兴旺；繁荣文化，成果辉煌。科技兴边，富民强县，享光明安定万祥。从头越，更同心筑梦，步履铿锵。

沁园春·龙州县

　　商贸名城④，长寿之乡，左江上游。有连城遗址，名垂历史；天琴乐韵，誉载神州。边境风情，山明水秀，赏目舒心游未休。绝佳处，世界遗产地，岩画悠悠⑤。　　龙州起义奇谋，辟新路反封反帝道。要缅怀先烈，继承遗志；发扬传统，谱写春秋。合作东盟，贸工强县，民富边兴志必酬。

凌空舞，创一流业绩，勇作龙头。

沁园春·凭祥市

　　要塞边关，峭壁万仞，屏障千重。看林深草茂，葱茏似画；路转峰回，逶迤如龙。友谊关雄，金鸡山险，扼守南疆赫赫功。山和水，见衰亡兴盛，岁月峥嵘。　　得天时展新容，有地利人和瑞气融。咏城中关外，旅游发展；弄怀浦寨，边贸昌隆。翠色盈庭，青荫沿路，南国边城万绿中。休停步，要与时俱进，攀越高峰。

沁园春·江州区⑥

　　江畔之州，枢纽交通，罗带壶城。看归龙斜塔，青砖坚固；太平古府，石块超恒。莽莽石林，千姿百态，地刻天雕世誉腾。好传统，有黉学孔庙，明代遗风。　　人勤物美丰登，望蔗海无边众口称。产蔗糖玉米，草席木薯；芭蕉黄豆，水稻花生。白头叶猴，家园美丽，生态公园声望增。更发愤，为兴区建市，勇作先锋。

---

　　① 三沿：宁明县具有沿边、沿江、沿路的区位优势。
　　② 叶猴：指白头叶猴。
　　③ 宁明县有五大富矿，即膨润土、煤、黏土、石油、天然气，还有锌、铁、金、铜等20多种矿藏。
　　④ 商贸名城：龙州人从宋代开始对越边境贸易。清光绪十五年（1889年），龙州被辟为广西第一个通商口岸，成为左江商业中心，至今商贸仍较繁荣。
　　⑤ "绝佳处"三句：左江花山岩画文化景观是世界文化遗产，龙州16个岩画点是左江花山岩画文化景观第二片区。
　　⑥ 江州区：崇左市的辖区，中共崇左市委、崇左市人民政府驻地。

沁园春·崇左石林①

低矮峰丛，池荡清波，浩瀚石林。有一帆风顺，龟龙祝寿；两藤恩爱，狮兔迎宾。涉水爬山，时珍采药，济世悬壶直到今。说不尽，谓千姿百态，倾倒诸君。　　画图美好风熏，引无数游人齐莅临。赞丘陵是貌，顽石变美；岩溶为景，绿草成茵。榕树顽强，枝繁叶茂，石缝扎根力万钧。游未倦，叹石奇树怪，神智天形。

沁园春·中国神舟五号载人飞船

癸未深秋，戈壁酒泉，弱水河边。看东方辉遍，火光耀眼；晴空碧透，国器飞天。万虎腾飞，嫦娥奔月，千载飞天梦已圆。凌霄志，有英雄无数，利伟为先。　　惊福地震九天，听玉宇宫阙笑语喧。喜巡天比武，降伏大圣；祝捷饮酒，醉倒八仙。寒月恒娥，曼舒广袖，万里长空舞翩跹。普天庆，赞神舟五号，勇写开篇。

沁园春·赞中国神舟十号飞船

华夏神舟，喷雷轰，飚至外空。览天宫授课，释疑解惑；人间科普，增智明聪。快速相接，准时往返，更显中国科技荣。凯歌奏，贺奇勋团队，勇立新功。　　太空如此难通，引无数国家欲坐拥。有中华夙愿，强军为国；天骄儿女，航宇称雄。赶美追俄，研发自主，勇闯尖端剑气冲。定圆梦，宇穹成住所，其乐无穷。

沁园春·崇左市行政中心②

云淡天高，秀丽壶城，沐浴朝阳。看龙峡山下，红旗飘舞；相思林畔，焰火飞扬。如画石林，立波斜塔，滚滚左江颂盛昌。齐欢笑，我壮乡儿女，马壮兵强。　　蓝图美似诗章，引无数来宾都赞扬。看依山傍水，人和地利；临江靠路，政畅时康。远望东盟，近接首府，山水园林合万方。绝佳处，要旗开得胜，崇左辉煌。

沁园春·宁明县花山岩画

极品超绝，世界闻名，瑰宝花山。把悬崖作纸，霞光写意；玉簪为架，云母涂丹。酷暑严寒，风吹雨打，巨画长留霄汉间。多奇妙，赞先民骆越，胜过神仙。　　笔端气势非凡，令天下画家尽汗颜。叹仪形生动，内容丰富；规模宏大，场面奇观。视若神明，倾心保护，骆韵桂风代代传。景观美，引古今中外，仰慕齐瞻。

---

① 崇左石林：见附录二第 9 条。
② 崇左市行政中心：见附录三第 2 条。

沁园春·雨花石生态旅游景区①

久慕佳名，春日初行，夙愿方宁。看左江河水，丹霞倒映；石岩形状，沧海桑荆。千代金龟，万年巨鼓，美女娲仙壁显灵。多幽径，伴藤粗林茂，佛谷天晴。　　赭岩画绘高屏，引霞客②今人齐护倾。叹崖悬壁断，云梯风障；山崩地裂，沟壑天庭。览胜科研，休闲养性，献与人间尽是情。频歌颂，自然同人类，旺旺齐赢。

天净沙·雅石斋③

清茶轻乐无哗，书籍雅印堪夸，炼句临池爽飒。耕云吟月，自得其乐无涯。

天净沙·书题江秀芬山居图国画

高山飞瀑白纱，幽屋古树香茶，漫步游暇赏画。春来秋去，乐得无尽风华。

---

① 雨花石生态旅游景区：见附录二第 68 条。
② 霞客：指明代旅行家徐霞客。
③ 雅石斋：作者的书斋名。

第二部分　育才敬老扬诗韵

（4 位作者，11 首诗）

刘祖德（1 首）

刘祖德（1929— ），广西贵港人，大专文化。曾任中共南宁地委宣传部副部长、组织部副部长、纪委副书记，广西壮族自治区政协委员。广西诗词学会、南宁市诗词学会会员。

浣溪沙·崇左石林①

怪石奇峰览不完，洞幽径曲小溪潺，湖光山色照人间。十里方圆蓬岛境，媪翁游此友情牵，石林美在夕阳天。

韦桂德（8 首）

韦桂德（1963.7— ），女，瑶族，广西大化人，本科学历。曾任崇左市信访办公室副主任、信访局副局长。现任中共崇左市委组织部副部长（兼）、老干部局局长、离退休干部党工委书记、崇左市老年大学校务委员会主任等。广西诗词学会常务理事，崇左市老干部诗词学会会员，崇左市老年大学 2015 级诗词班学员。

凭祥市白玉洞②二首

（一）

三层帅府夺天工，武略文韬刻幔中。
炮立高崖飞鸟绝，南疆胜景韵无穷。

（二）

山高险峻路难行，御敌连城妙计营。
明月分天成故事，功昭万代永扬名。

主持崇左市老干部诗词学会③成立 20 周年会议上赋诗四首

（一）赞各地贺信贺诗

今朝庆祝大会开，贺信贺诗八方来。
继宋承唐文灿烂，骚坛载誉乐开怀。

（二）谭先进会长讲话前引诗

赤县诗坛三千载，名扬海外漫无边。
长江滚滚千重浪，继往开来永向前。

---

① 崇左石林：见附录二第 9 条。
② 白玉洞：见附录二第 69 条。
③ 崇左市老干部诗词学会：见附录三第 57 条。

（三）钟家佐①会长讲话前引诗

弘扬国粹喜悠悠，满座高朋咏若流。

钟老诗魁常指导，南疆诗苑百花稠。

（四）会议结束时的诗

红棉花绽映神州，齐驾诗帆竞上游。

迈步从头扬国粹，祝福学会上层楼。

北京市平谷区杏花

阳春蝶恋粉薄开，缀满枝头遍野白。

阵阵幽香飘过界，骚人墨客竞相来。

缅怀伟人毛泽东

芙蓉国里出毛公，叱咤风云举世雄。

指点江山铺锦绣，神州代代永昌荣。

何　珊（1首）

何珊（1978—　），女，壮族，广西龙州人。曾任龙州县副县长。现任中共崇左市委老干部局副局长。

龙州蚬木王②观感

婆娑古树越千年，沐雨喝风伴石眠。

一杆擎天荫半壁，疑为玉柱落凡间。

蒋三成（1首）

蒋三成（1968—　），湖南邵阳人，南京陆军指挥学院本科毕业。1989年加入中国共产党。1986年参加工作，历任副团长、大新县武装部部长、中共大新县委常委、天等县副县长，现任中共崇左市委老干部局副局长、崇左市老年大学副校长（兼）。

丽川③夜画

明代石桥架彩虹，江边独秀耀天宫。

轻歌月影婆娑舞，林苑游人梦幻中。

---

① 钟家佐：见附录三第39条。
② 龙州蚬木王：见附录二第26条。
③ 丽川：见附录二第70条。

第三部分　黉宫主事传诗韵

（3位作者，33首诗）

陈永安（15首）

陈永安，1992年任南宁地区（现崇左市）老年大学顾问，1995—2000年任南宁地区行署督导员。余未详。

下围棋

黑白两相交，双雄各有招。

迂回歼灭战，帷幄运筹高。

下军棋

兴师对阵万夫雄，巷战只因要地争。

宿将锦囊施妙计，出奇制胜建奇功。

下跳棋

五颜六色弹飞行，射的寻标慧眼盯。

智巧空投皆中靶，赢家自诩脑瓜灵。

打乒乓球

乒乓一闪似流星，攻守英姿气势雄。

球赛相当白刃战，冲锋狭路勇能赢。

迎新世纪新千年

金龙玉兔替交天，世纪欣逢两千年。

乘胜兼程跨骏马，大同前景胜桃源。

壮乡板鞋舞①

三人共跌一双鞋，赛事婆娑鼓点谐。

步调不齐支队倒，祖孙三代笑开怀。

天下第一爆成功

文明古国正兴隆，旷世高尖攀顶峰。

天下三峡第一爆，浪花翻滚溅长空。

中华人民共和国成立50周年

改革春风拂大地，千行万业促花开。

九州硕果飘天下，四海嘉宾接踵来。

登猫儿山

碧山名内外，特往仰尊容。

脚动嫦娥舞，手摸玉兔躬。

玉环居上座，西子溢香风。

岁月峥嵘度，华南第一峰。

看打气排球有感

古稀花甲壮，正好是芳龄。

潇洒精神爽，英姿锐气生。

勇如余太姥，猛似老黄忠。

翁媪宜参与，中华多寿星。

金婚赋

结发双双五十秋，媳儿孝敬乐无忧。

欣逢盛世精神爽，常忆华年意气遒。

---

① 板鞋舞：见附录三第7条。

创业兴家同料理，含辛茹苦共行舟。
相依濡沫老来伴，诗画齐眉喜唱酬。

新中国成立 51 周年

五十芳龄一岁增，征轮滚滚过昆仑。
大开西部乾坤定，促进中兴日月新。
四海嘉宾争洽项，五湖商贾竞光临。
中华儿女凌云志，合力同心土变金。

中国加入世界贸易组织

奋斗悠悠十五春，争来胜券赖中兴。
三皇后裔弦歌亮，九域倾城鼓乐鸣。

亘古通商非独向，迄今互利是双赢。
漂洋过海求新侣，友谊财源百倍增。

渔歌子·贺香港回归 10 周年

招展红旗耀碧空，紫荆花艳吐香浓。
归十载，业兴隆，荃城熠熠日升东。

浪淘沙·钦州港建成志喜

碧浪壮南天，一望无边，钦州港阔
寂千年。深水天然虽独特，长怨难言。
方略早宣言，孙氏[①]情牵，迄今良港
展新颜。万国巨轮频进出，换了人间。

龙耀荣（17 首）

龙耀荣（1928.12— ），壮族，广西横县人，初中文化。原南宁
地区党史办公室副主任。曾任南宁地区（现崇左市）老年大学副校长、
诗词班教师。南宁地区老干部诗词学会会长、老年书画研究会副会长。
中国书法家协会、国际诗词协会、广西诗词学会员。南宁地区老年大
学诗词班、书法班毕业。

崇左斜塔[②]

歪身昂首砥中流，阅尽沧桑三百秋。
恶浪狂澜推不倒，英雄本色誉神州。

德天跨国瀑布[③]

恰似群龙舞德天，天生地造美名传。
神奇胜景誉中外，磅礴飞流泻国边。

开发旅游民得意，振兴商贸客流连。
归春河水呼声震，奏响南疆奋进篇。

宁明县爱店镇新貌

公母山旁一埠头，已将茅舍换新楼。
旧圩扩市兴商贸，新路通车旺旅游。

① 孙氏：孙中山。1919 年，孙中山先生在《建国方略》之二《实业计划》中，计划把钦州天然深水良
港建成南方第二大港——钦州港。
② 崇左斜塔：见附录二第 22 条。
③ 德天跨国瀑布：见附录二第 2 条。

纪念碑前人讲古，英雄关下士巡沟。
明珠璀璨边陲挂，别致风光醉眼眸。

崇左名胜古迹赋

壮乡何故谓蛮荒，自古文明见史章。
赭画花山悬壁耀，水环斜塔指天昂。
凌云反腐留诛冢，大寿铭碑散墨香。
且看红军征战地，英雄树茂百花芳。

红八军军部旧址①

小巧玲珑一古楼，曾经潇洒引风流。
两株柏树千秋翠，一块军牌万古留。
跃虎腾龙谋革命，倒封反帝践宏猷。
旌旗飒飒关山灿，起义春雷震五洲。

现代扶绥多杰豪

现代扶绥多杰豪，反封反帝举旗高。
生桦下里联同路，张报跨洋树赤旄。
谢学筹谋根据地，吴西紧握红军刀。
迢迢千里延安路，陆地克勤不辞劳。

访宁明县桐棉乡

八山一水一分地，田少山多未惘然。
因地制宜开富路，扬长避短创新天。
松林滴翠黎民喜，八角飘香贾客喧。
世外桃源谁见过，人间美景看桐棉。

村医苏延寿

桐棉村里一村医，济世扶民树义旗。
延寿芳名闻远近，行医绝技出神奇。
乐为黎民排忧患，不恋高薪把志移。
灿烂晚霞光夺目，边关百姓荡云霓。

大新县黑水河②

黑水河流十九埂，明珠七串映青岗。
引来水利田园绿，输出电源城寨光。
河里游人飞艇戏，山间龙眼坠枝香。
时人口赞大新美，岂忘前人创业慷。

重访边城龙州县

三十年前此地游，东西门外是荒丘。
青龙桥水流声闹，市场民房单舍留。
昔日萧苏情已异，今朝飒洒景生幽。
边城倍扩群楼涌，红色龙州显劲头。

龙州起义纪念馆③

史楼五角气势宏，现代风云集馆中。
赤色龙州声赫远，沸腾边境火燎红。
承前启后传青史，继往开来创伟功。
铁血诗章开卷读，浩然正气化长虹。

---

① 红八军军部旧址：见附录二第 28 条。
② 黑水河：见附录一第 4 条。
③ 龙州起义纪念馆：见附录二第 22 条。

一曲欢歌响九重

老少边山未比穷，唯愁走马念中庸。

等天碌碌三秋客，斗地赳赳一代雄。

事在人为称左训，身为民仆献真功。

工资积欠完清兑，一曲欢歌响九重。

社会主义新农村掠影

连城公路绕山来，别墅农家错落排。

文化中心掀学热，医疗诊所便民开。

循环经济优生态，自主经营创品牌。

山水田园皆胜景，引得游客眼发呆。

改革开放 30 年

勇求真理破樊笼，华夏翻腾改革风。

姓社姓资先勿辩，谋强谋富可通融。

坚持理论明方向，稳把方针指顶峰。

三十流年回首望，复兴大业展威容。

众志成城抗震灾

霎时地塌伴山崩，屋倒人殇尽酷情。

举国同哀悲地震，全民共奋顶天倾。

汶川挺住五湖帮，中国加油万手擎。

众志成城威力显，中华民族发豪声。

西部开发之歌

开发潮流滚向西，千山万水涌旌旗。

通疆大道穿山过，治漠雄狮踏雪飞。

雅鲁开怀迎客唱，昆仑俯首看车驰。

轰隆石炮叮当镐，奏响中华崛起诗。

壮观春运 2017

壮观春运幕开矣，陆水空途景展奇。

高铁群龙穿野舞，长空百凤越山飞。

单骑浩荡如珠滚，的队恢宏挤路驰。

喜庆开年经济旺，高声唱响梦圆诗。

黄旺荣（1 首）

　　黄旺荣（1940—　），广西横县人。曾任空军雷达二二五团排长、副指导员。转业后曾任原中共南宁地委组织部常务副部长、政协南宁地区工委秘书长、崇左市老年大学副校长。

夕阳乐

　　鹤发童心上学堂，吟诗作赋学文章。

　　轻歌曼舞心舒畅，健体增知乐暮阳。

第四部分　教坛园丁授诗韵

（6 位作者，494 首诗词）

苏　里（26首）

苏里（1939—　），广西扶绥人。毕业于广西师范学院（现广西师范大学）。曾任广西老年书画研究会秘书长。广西书法家协会、广西楹联学会、南宁市诗词学会会员，崇左市老干部诗词学会理事。2002年9月至2007年7月任崇左市老年大学书法班教师。

谭先进先生卸鞍乐教

为崇左市政协原副主席谭先进同志退休后接任崇左市老干部诗词学会会长、崇左市老年大学校长而颂之

离鞍乐教志堪嘉，力主文坛绣百花。
翰墨诗词添异彩，新催排李放光华。

中越界碑有感

零公里处竖疆碑，两国旗飘映日辉。
内外卡车来往密，喇叭喧闹热边陲。

德天跨国瀑布①二首

（一）

怒放木棉花点燃，德天瀑布涌岚烟。
激流喜奏归春曲，浪里和声胜管弦。

（二）

德天胜景欣留恋，春日红棉缀岸边。
竹木葱茏临水处，游人争抢摄岚烟。

龙真②康寿

龙年聚会议兰亭，真挚联欢绘晚晴。
康乐年华添艺志，生辰七十唱书经。

题崇左市老年大学③国画班学员

日暮红霞尚满天，青春未老度华年。
牡丹勤写抒心意，点点丹青露苦甜。

学书法感悟

读帖临书感悟深，千锤百炼见精神。
严师艺巧传真谛，国粹灵魂要继承。

崇左市老年大学成立10周年

老年大学谱新篇，十载耕耘果满园。
桃李争春弘德艺，青襟再度展华年。

---

　①　德天跨国瀑布：见附录二第2条。
　②　龙真：南宁地区（现崇左市）老年大学书法班学员。2000年5月1日，书法班部分学员随守玉老师到广西林科院龙真处聚会。适逢龙真70寿辰，即兴而作。
　③　崇左市老年大学：见附录三第36条。

观崇左市老年大学①山水班学员作画

七十媪翁如稚童，专工山水画从容。

奇峰飞瀑烟霞美，南国风光木棉红。

崇左市老干部诗词学会②吟唱会

欢声阵阵闹厅中，书画琳琅春意浓。

莫道晚年无做作，且看诗律满堂红。

老年大学好

翁媪童心恋学堂，挥毫泼墨绘春光。

琴棋书画诗词美，曼舞轻歌颂世昌。

庆祝北京申奥成功

北京申奥告成功，举国欢腾震夜空。

华夏春雷惊宇宙，五洲盛赞九州龙。

神舟三号飞船发射成功

神舟三号又升空，中国航天气势虹。

造福人民佳伟绩，尧疆科技立奇功。

南宁狮山公园

清秋丽日鹭湖边，竹岸听风荷蔓延。

亭阁飞檐添古趣，影桥横跨水中天。

南宁国际龙舟赛

南宁国际赛龙舟，岸绿花繁飘彩绸。

擂鼓声声竞拍浪，洋龙土棹争上游。

访南宁坛洛定力坡有感

定力坡前彩蝶忙，壮乡别墅百花芳。

登楼眺望田畴绿，蕉海传来阵阵香。

毛主席南宁冬泳感赋

习习寒风邕水流，伟人冬泳如夏秋。

若无胸揣怀宏志，哪有推波逐浪头。

庆祝党的十九大召开

十月京城聚众贤，目标远大敢攻坚。

神州开创新时代，民族复兴旗帜鲜。

左江扶绥县龙头乡河段景色

九曲九湾江，鱼儿喜若狂。

木棉红两岸，翠竹绿舟窗。

树密奇峰远，花繁彩蝶忙。

渔人岩石下，邀月醉清光。

游扶绥县金鸡山③有感

笔架钟灵秀，风光半月前④。

金鸡鸣翠柳，白鹭舞红棉。

别墅千村现，高楼十里延。

小康飞步急，扶绥谱新篇。

---

① 崇左市老年大学：见附录三第 36 条。
② 崇左市老干部诗词学会：见附录三第 57 条。
③ 金鸡山：见附录二第 71 条。
④ 笔架：笔架山；半月：半月潭。

崇左建市赞歌

九牛精神闪金光，八载辉煌建设忙。
广野荒郊铺阔路，丽江两岸遍楼房。
南疆蔗海连绵绿，中国糖都美誉扬。
陆路东盟崇左看[①]，边城崛起步荣昌。

人民公园晨练抒怀

深冬漫步在公园，绿树繁花映眼帘。
雨露晶晶滋蕙草，凉风习习奏丝弦。
龙塘歌舞惊鱼蟹，坡顶剑拳听鸟蝉。
翁媪晨操扬晚志，风光无限驻春天。

忆江南·崇左好

崇左好，昂首屹关山。面向东盟
迎美遇，背靠热土大西南，前景曜
斑斓。

西江月·崇左边城璀璨

北有德天瀑布，南有要塞雄关。

壮乡胜景漫关山，四季如春好看。

开放旌旗奋举，东盟合作翻番。繁
荣经济步小康，崇左边城璀璨。

鹧鸪天·嫦娥三号访月

华夏精英科技龙，五年奋斗访天
宫。嫦娥快速升空里，玉兔轻盈步月
中。　　心浩远，志豪宏，追俄赶美
闯苍穹。中华民族复兴路，代代群贤
攀顶峰。

离亭宴·崇左颂

崇左丽江如画，一脉碧波潇洒。
凝视江中斜塔影，似叙古郡神话。沿
岸望沙洲，更显风光优雅。　　九牛
精神无价，建市不分冬夏。发展面向
东南亚，引领四方商贾。让美丽壶城，
为祖国添砖瓦。

刘大盈（39首）

刘大盈（1955.1—　），广西南宁人，大专文化。曾任中国楹联学
会研究员、广西老年书画研究会副会长、广西楹联学会秘书长、南宁
市书法家协会理事。广西诗词学会、广西散曲学会、广西书法家协会、
崇左市老干部诗词学会会员。2009年3月至2016年1月任崇左市老年
大学书法教师。

---

① "陆路东盟崇左看，沿边开放看崇左"是中国著名经济战略策划专家王志刚根据崇左的沿边优势、资
源优势、后发优势而提出的新命题。

元 旦

案头新日历，岁月又更年。
百事重今始，翻开幸福天。

纪念红军长征胜利 80 周年

建立新中国，神州百业兴。
红军遗远志，接力再长征。

邕城风光

桥长江岸阔，水满鸟鱼多。
湿地迷人处，渔翁唱晚歌。

中 秋

天上一轮月，人间万里明。
思亲情至远，短信祝康宁。

庆祝党的十九大召开

红船波浪里，稳舵战狂澜。
浩浩前程路，长风满远帆。

端午吟

酒助文思起，诗人笔气豪。
三杯生妙句，醉咏续离骚。

裹粽情思

年年端午节，处处祭先贤。
裹粽情思远，吟诗慰九天。

舟寻屈子

忧恨沉江里，波藏爱国心。
竞舟寻屈子，奋桨到如今。

挂艾焚香

艾草挂门前，焚香报屈原。
人间今胜昔，祖国小康天。

花山游

绝壁千秋画，明江百里图。
花山遗古迹，骆越绘吉符。

端阳赛龙舟①

舟赛端阳节，锣鸣万里宏。
掀涛翻浪处，人驭一江龙。

江山多娇

社稷太平时，江山秀丽姿。
云天无限美，泼墨自成诗。

庆祝国庆

国庆欢腾日，明江浪戏波。
花山红烂漫，斜塔仰天歌。

包公塑像

像塑青天下，名雕古庙前。
长袍藏正气，怒目对凶奸。

南宁郊外赏春

阳和紫燕飞，郊外赏春晖。
遥看花丛处，先开定是梅。

南宁蕉乡游

风轻云淡日，寻趣过田园。
彩蝶花间舞，蕉香万里天。

---

① 赛龙舟：见附录三第 10 条。

过三角梅园

花间蝶舞逗游人，三角梅园满目春。
蕊映云霞多丽色，千红万紫染乾坤。

南宁水城风光

日照水城风景幽，湖光倒影泛渔舟。
帆翁不识游人趣，双桨划开浪底楼。

雨中三月三

三月初三乐岭坡，南山恋曲北山和。
天公亦唱风情调，带雨春雷动地歌。

竹笛吟

虚怀有节植丛林，饮露餐风砺志心。
一旦成材为管乐，奏吹时代最强音。

敬和钟家佐①
诗翁《晚景十二章》三首

（一）

漫步河堤沐夜风，霓虹星月映江中。
渔人岸钓归家晚，篓里无鱼意趣浓。

（二）

散步归来兴趣浓，临池正腕乐无穷。
横歪竖扭难合意，搁笔吹灯入梦中。

（三）

闹处陶情静养身，平凡岁月四时新。
灯前索句临池乐，过了隆冬又过春。

崇左斜塔②

舟轻水暖左江春，一路观光倍觉亲。
斜塔迎宾边寨礼，鞠躬作揖侯游人。

悼屈原

行明志洁品风高，爱国忠贞胆气豪。
文约辞宏今古咏，邕州墨客步离骚。

清明节

雨后春山雾锁天，荷锄结队祭碑前。
香烧一炷哀思远，酒洒坟头到九泉。

邕江大堤漫步

百里长堤锁大江，波清浪涌逐鱼翔。
邕城五月风光好，燕翅榕林果卉香。

兰亭雅集随想

三月初三雅集诗，崇山曲水赋春辞。
右军一笔兰亭序，千古风流翰墨师。

咏南宁昆仑关③烈士墓

丰碑耸立傲群山，翠柏丛中斗雪寒。
抗日英灵情未了，铮铮铁骨守雄关。

崇左风光

崇左风光万象新，德天瀑布醉游人。
花山岩画驰中外，斜塔朝天写古今。

---

① 钟家佐：见附录三第 39 条。
② 崇左斜塔：见附录二第 22 条
③ 昆仑关：见附录二第 55 条。

宁明县独木成林景观[①]

宁明百里郁葱葱，独木成林意趣浓。
挺叶参天榕引凤，盘根拔地势腾龙。

龙州县广场夜色

四月龙州别样娇，广场歌舞乐陶陶。
民和国泰欢腾夜，一柱清泉喷自豪。

书坛迎春雅集

笔与梅花报早春，邕城日暖好诗文。
书坛雅集开怀处，袖底风轻气象新。

壮族三月三[②]广西民歌节
竹枝词五首

（一）

打开电视看歌圩，北岭南山各趣奇。
不识乡音甚作哑，偷吟两句竹枝词。

（二）

三月春风乍暖寒，蓝衣黑裤缀青山。
人随鼓点开怀乐，玉手撩裙跳竹竿。

（三）

织罢春光织绣球，壮家儿女乐悠悠。
思郎一曲心中事，开口成歌出九州。

（四）

哭嫁闲谈总是歌，斗鸡抢炮打陀螺。
绣球壮锦相思物，意合情投妹与哥。

（五）

三姐千秋摆擂台，年年春色百花开。
歌声不改当时韵，八桂新风任取裁。

天净沙·老年大学

唱歌练字涂鸦，抚琴跳舞瑜伽。
摄影吟诗画画，校园灯下，老年上学
如娃。

石卓成（29首）

石卓成（1946—　），广西上林人，大专学历，高级经济师。曾任政府领导机关秘书，原南宁地区农业经济经营管理局副局长，崇左市老干部诗词学会副会长、秘书长。当代《中华诗经》特邀主编。中华诗词学会会员、广西诗词学会会员。2013年至2015年任崇左市老年大学诗词班教师。

① 宁明县独木成林景观：见附录二第43条。
② 壮族三月三：见附录三第4条。

谭先进编著
《崇左文化博览》① 出版

文化辞书集大成，赢来盛誉满边城。
古今人物皆归史，博览糖都别样情。

祝贺左江花山岩画文化景观②
"申遗"成功

岩画成功入世遗，人形蹲式最神奇。
花山文化巅峰作，涂绘悬崖已解谜。

登龙州县小连城③

重镇边关说古今，引来骚客乐登临。
干戈熄灭存残迹，留下高垣战事痕。

左江老区新貌

百里驱车到左江，琼楼别墅遍城乡。
老区崛起蓬莱景，万户千家奔小康。

丁酉早春崇左行

南国红棉花盛开，客临宾至竞相来。
身居美景观今古，疑在蓬莱仙境呆。

祝贺崇左建市 14 周年

琼楼林立绕山沟，南国风光醉客游。
改革创新酬壮志，十年胜过几千秋。

乡村新唱

国策惠农农换装，家家院里竞豪房。
住行衣食追时尚，万户千村奔小康。

水口海关口岸赞

货源进出过关来，口岸繁忙广进财。
开放同酬中国梦，南疆外贸搭歌台。

曾凤兰大夫④

品德崇高孰与伦，为民康健献丹心。
杏林练就精医术，药到病除超圣人。

题赠宁明县诗词楹联学会

魅力宁明气自华，花山文化世人夸。
诗词万首讴今古，雅韵吟成锦上花。

题崇左市老年大学⑤诗词班

学得舒心格律明，诗词平仄夺先声。
有成骚侣同酬唱，国粹弘扬最入情。

崇左市老年大学诗词班
女学员礼赞

欣喜当今巾帼才，清词玉律醉心怀。
生花妙笔留芳韵，诗调铿锵逸咏台。

---

① 《崇左文化博览》：见附录三第 51 条。
② 左江花山岩画文化景观：见附录二第 8 条。
③ 小连城：见附录二第 72 条。
④ 曾凤兰大夫：广西民族医院心血管内科主任医师。
⑤ 崇左市老年大学：见附录三第 36 条。

崇左市老年大学①诗词班学员学业有成感赋

冬来老大暖如春，吟苑喜添生力军。
代代传薪薪火旺，骚坛抒志壮诗魂。

拜谒龙州起义纪念馆②

八军威震地天惊，剑影刀光耀日星。
救国安民留伟绩，千秋犹仰邓公名。

老干部诗坛礼赞

诗坛老干竞欣荣，各领风骚共和鸣。
安得夕阳花更艳，吟堂之处见沙龙。

中国梦二首

（一）

振兴民族梦高飞，家富邦强壮国威。
社会和谐归众望，九州上下尽朝晖。

（二）

两个百年酬愿景，神州崛起赖精英。
凝心奋力同圆梦，民主文明享太平。

纪念红军长征胜利 80 周年三首

（一）

举世无双为拯民，艰难险阻地天惊。
遵义会议乾坤转，青史流芳赤县新。

（二）

娄山赤水挽狂澜，浴血歼妖敌胆寒。
草地莽莽书壮志，雪山过后笑开颜。

（三）

甲子轮回八十年，长征胜利铸鸿篇。
金戈铁马成诗史，民族复兴慰国贤。

栽桃培李献余光
——献给崇左市老年大学的老师们

职退人忙进课堂，栽桃培李献余光。
琴弦歌舞情常在，书画诗词灿夕阳。

天等县游

漫游天等不寻常，款款风情山里藏。
五岭村屯生态美，天成胜景隐群岗。
都康美景好风光，墨人骚客忙赋章。
敲得妙词添雅韵，诗成喜咏赞声昂。

暮年回眸

不慕官衔不羡钱，囧途虽苦有甘甜。
一尘不染除浊气，两袖清风奉胆肝。
励志颐心离腐败，修身养性唱清廉。
闲时邀友茶楼侃，此代儒生是姓贤。

咏崇左

莫问沧桑是与非，边城今日听惊雷。
振兴经济苍生愿，开发南疆金凤飞。
妙策运筹从远计，蓝图巧绘尽朝晖。
九牛奋力开新宇，拼搏功成旧貌摧。

---

① 崇左市老年大学：见附录三第 36 条。
② 龙州起义纪念馆：见附录二第 17 条。

人生格言诗二首

（一）

今世今生别梦求，丰衣足食乐悠悠。
安于事业平平过，莫为功名苦苦谋。
磊落襟怀休戚共，淡泊物外愿方酬。
权钱在手须牢记，勤政清廉奉九州。

（二）

人情物理本相通，秋去春来今古同。
夙愿功成当引退，梦圆志得自从容。
立身切记仁和义，处世知分黑与红。
寄语亲朋须自爱，慎防凄落陷泥中。

崇左市老年大学①诗词班风采

喜看诗坛捷报传，奇葩绽放况空前。
不辞古韵犹同道，倡导新声堪比肩。
国粹传承情几许，与时俱进意相连。
而今吟苑春常在，冠秀群芳格外妍。

浣溪沙·蔗海秋韵

气爽天高秋韵添，左江两岸蔗连天。农家耕女舞蹁跹。　　百里垄中千顷浪，南疆户户报丰年。糖都黎庶笑开颜。

一剪梅·崇左革命老区行

歌舞升平话变迁。中越毗连，犹人芳园。老区旧貌换新颜，世外桃源，浮想联翩。　　祖国南疆美景添。蔗海连天，边贸争先。新兴边市正扬帆。宾客流连，百姓开颜。

郑巨荣（195 首）

郑巨荣（1937— ），壮族，广西宁明人，中专文化。曾任宁明县公安局侦察员，凭祥市公安局侦察股长，原南宁地区公安处侦察员，中共凭祥市委秘书，边防武警某部副参谋长，原南宁地区工商局科长，崇左市老干部诗词学会副会长、《红棉》诗刊主编。中华诗词学会、中华当代文学学会、广西诗词学会会员。2013 年至 2018 年 7 月任崇左市老年大学诗词教师。著有《明江诗草》诗集。

赞边防哨兵

苍茫一劲松，根扎汉山中。
慧眼穿迷雾，忠魂化彩龙。

凭祥市法卡山②1156 号界碑

巍巍新界碑，疑是彩云归。
碧血雄文铸，金徽壮国威。

---

① 崇左市老年大学：见附录三第 36 条。
② 法卡山：见附录一第 6 条。

腊　梅

冰肌叠翠微，剪雪露心扉。

阶前皆逊色，窗外独君辉。

宁明县明江①晨曲

一虹悬挂接西东，醉月迷春烟雨蒙。

香草美人诗韵绕，城南犹见五云宫②。

宁明县故乡情

为国为民夏复春，如同战马染征尘。

虽然都市风光好，总有思乡一片心。

宁明县金牛潭③泳池遣怀

凝望飞流听洞箫，横窗松影绿云飘。

群鸥戏水山花笑，仙境人间半步遥。

问明江

水向东流尔却西，千滩百绕几成谜。

皆因岩画情牵引，饱览花山始转躯。

回忆游击队联络点④

残垣断壁记沧桑，遥忆当年沐圣光。

炭红陋室寒冬暖，启开晨幕燕翱翔。

凭祥市红木城游感三首

（一）

要塞瑶池引富豪，金睛大圣品仙桃。

椅连柜接疑无路，九曲回廊绕彩桥。

（二）

各路英才共比娇，梨红檀紫领风骚。

狮鸣虎啸惊天地，宝鼎呈祥映碧霄。

（三）

碧瓦飞檐继宋唐，阶前绿影赋华章。

春蜂不解红尘意，误把商行作蕊廊。

凭祥市铺设花岗岩人行道

曾经磨炼入寒宫，今日移房街巷中。

人气飙升心不傲，甘当路石立新功。

南宁市相思湖新感

才品垂杨醉眼迷，又闻翠鸟耳边啼。

飞虹跨越连南北，带起楼盘种满堤。

越南下龙湾斗鸡石赋

琼岛仙踪碧水邻，天鸡假斗戏游神。

两情实是心相悦，万载千秋总不分。

---

①　明江：见附录一第 7 条。

②　五云宫：古喻皇帝的居处，此处指别墅群。

③　金牛潭：见附录二第 51 条。

④　1948 年冬，宁明县简练村（现为那练村）游击队员在作者家开会，研究配合思明游击大队准备攻打思乐县城，作者冒着严寒在门外守卫，防止村里暗探偷听，保证游击大队的安全。

横县海棠桥赋

风雨萧疏露艳姿，谁邀茉莉绿城池。
遥思翰墨秦观迹①，向晚归帆紫燕痴。

初识隆安县布泉乡

人车飘忽彩云间，笑看民居壑底眠。
一抹斜阳亲丽水，浮鸥几点自悠然。

初访龙州县美女村

为寻仙寨览千峰，九绕羊肠石径通。
如瀑青丝腾细浪，天琴一曲醉凡翁。

龙州县龙州起义纪念广场②二首

（一）

季入初冬寂夜凉，新填地里暖洋洋。
双溪波去英魂在，吉水齐心润壮乡。

（二）

桥头古道韵悠扬，此地灯光接月光。
酒馆茶楼杯尽满，问君记否战神殇。

龙州县丽江③抒情二首

（一）

日落余晖吻古城，烟笼夜渡少舟横。
东篱金菊随风舞，暗送秋香向晚亭。

（二）

参差疏影几支红，摇曳江天逗晚风。
漫步梨园莺语乱，游蜂浪蝶醉花丛。

龙州县老年大学成立5周年

丽水双龙戏晚涛，黉宫五载聚贤豪。
继承起义红军志，告老群雄弄大潮。

北海市抒怀

潮落天高遍地银，晚鸥挑逗浪尖人。
清风缕缕梳丝柳，情醉沙滩候月轮。

冬探南宁市大明山

寒云千里树凝冰，百丈雄峰候鸟惊。
寂寞栖猴啼翠谷，欲红梅雨递新声。

钦州市清代钦州界碑观感

一柱黄碑记史前，经风沐雨几辛艰。
州官急表升迁绩，错把潮流作界边。

送友履新职

明月清风美作情，辞歌永夜笑年轻。
征帆碧影千峰过，一梦天涯万里程。

友谊关④下商城

几分秋意寄枫丹，凤起莺啼夜未阑。
古驿南窗车马急，坎丘春晓水潺潺。

清　明

一溪烟雨挽春桥，几片梅魂染树梢。
紫燕衔来情万缕，湖边新柳舞蛮腰。

---

① 秦观，字少游，1100年被贬谪横州，办书院于小溪桥边，有词："瘴雨过，海棠开，春色又添多少。"因之，小桥名为海棠桥。
② 龙州起义纪念广场：见附录二第73条。
③ 丽江：见附录一第8条。
④ 友谊关：见附录二第1条。

扶绥县弄廪屯初感

清流如许小桥西，碧草萋萋彩蝶迷。
远处猿啼惊宿鸟，酒香熏醉百花堤。

马山县山村

银蛇曲舞接云天，遍地葱茏满眼前。
才越重山心已醉，参差石笋又三千。

马山县石漠化治理①

极目云端望弄拉，烟花碧树锁悬崖。
通幽曲道腾空起，佛境祥光伴晚霞。

中秋赏月三首

（一）望　月

淡云皓月柳婆娑，琼舍枫红栖燕歌。
七彩飞鸢迷紫殿，凌霄直上问嫦娥。

（二）赏　月

缕缕清风拂面腮，牵来心绪任君猜。
桂花入酒醇多少？只见吴刚笑靥开。

（三）愿　月

风摇竹影入帘纱，皎皎清辉护镜花。
唯愿良宵传我意，婵娟匀共伴天涯。

送小孙上幼儿园

清脆铃铛伴鸟吟，鞍中端坐接班人。
如潮车马穿梭过，喜戏斜阳与露晨。

山　泉

剪绿裁山石上流，叮咚妙韵不知愁。
休言细水难为力，汇聚成河可覆舟。

美人蕉

翠玉修身吐彩旗，招摇秀丽展生机。
施香送绿情无限，入画成诗总自怡。

秋　菊

阵阵清风敲小窗，传来篱上色金黄。
此君一出群娇退，摇曳梳枝送暗香。

桃　花

清风脂雨绘春虹，草长莺飞碧野彤。
柳眼香腮蜂蝶恋，几多情愫在诗中。

茉莉花

洁白玲珑谪降仙，清香淡淡入诗篇。
不知何日槎城绿，一夜春风四海传。

街边修鞋匠

小凳缝机一片刀，栉风沐雨自逍遥。
千针万线情牵客，敢以贫身笑富豪。

马路天使

晨迎寒露晚披霞，扫尽尘污丽物华。
品德堪同莲圣洁，悬壶一晃尽清茶。

---

① 马山县弄拉是典型的石漠化地区，草木难长。经过治理，如今已绿树成荫，花攀峭壁，成为有名的旅游景点。

凭祥市白云山①初春

飘纱枝摆影蒙蒙，五尺桃前雾海平。
曲径人稀飞鸟尽，只闻烟处野鸡鸣。

南宁平民夜生活速写三首

（一）夜　宵

人流树影挤餐台，北调南腔众贤才。
刚品田螺炒辣笋，又尝青蟹烩葱苔。

（二）夜　市

地角衣摊一线裁，蛾眉商女嫩声开。
清仓折扣音刚落，引出徐娘接踵来。

题少女吻花照片

巧遇东风绿万丛，凝神闭目醉芳容。
轻轻一吻惊蜂蝶，情愫千般化彩虹。

南宁市相思湖畔

楼影湖光桃李芳，清风掠过果飘香。
轻烟缕缕抒情韵，两岸桥横蝶舞狂。

晨　练

追云逐月步生风，欲以强身探紫宫。
两眼不贪山外色，只欣夜露与晨钟。

崇左市黑水河②

轻舟飞越万重山，碧水蓝天两照看。
水墨浓涂如画轴，吊桥车技众心寒。

大新县恩城乡那望溪水

头枕泉流望碧空，白云飞絮伴流淙。
几声猴啸惊天地，细嫩肌肤映日彤。

谒宁明县周元③故居有怀

砖墙斑驳记沧桑，画栋雕梁耀壮乡。
喋血蒙城为效国，魂归故里美名扬。

宁明县周元将军纪念碑咏

丹心喋血铸英魂，化作榕荫庇子孙。
更有诗文陪左右，花山儿女谢翁恩。

尽　职

拔下针头奔课堂，为扬国粹破洪荒。
骚坛喜见新苗壮，树绿花红泛丽江。

血染蒙城铸国魂

——忆抗日英雄周元将军

滚滚硝烟处，临危看俊贤。
抗倭扬铁掌，守土祭钢鞭。
滴血抛情爱，捐躯写壮篇。
新华鸣悼笛，古国颂歌传。

如戏人生

苍山疏影里，烟雨去无声。
十载红尘梦，今朝佛路登。
世间多少事，渔唱两三更。
弃望风情月，茗茶乐此生。

---

① 白云山：见附录二第 74 条。
② 黑水河：见附录一第 4 条。
③ 周元：见附录三第 58 条。

清明节回乡感怀

细雨润无声，莺飞草木菁。

游心归故土，美酒结新情。

春浪胸前涌，秋波眼里横。

依依辞翠柳，彩蝶舞轻盈。

郊外露营得句

雨过千峰翠，风来百鸟喧。

烟村浣女妙，寒寺苦僧虔。

情寄林间月，心仪石罅泉。

客家寻旅梦，碧野共婵娟。

狗年元旦前夕游凭祥市白玉洞①

雨湿台阶滑，扶摇欲上天。

帅门飘绿影，圣殿袅青烟。

福禄荫三景，蓬莱又一仙。

养心归此处，泼墨颂戎元。

宁明县江滨公园夜景素描

亭榭虹桥立，风来荡绿波。

灯诗弥圣殿，街舞醉宫娥。

偶有欢笙曲，常闻迎客歌。

兰舟装凤愿，星月照紫河。

早茶有怀

帘启东方白，相邀上酒楼。

但闻梯板响，不见故园俦。

念祖千山远，思卿百夜愁。

曾为邕水侣，何日复同舟。

金茶花

皇后金身亮，清幽淡雅香。

卧沟修玉体，出浴艳群芳。

滴露凝冰骨，盈霜袭丽装。

拈来三两朵，惊叹世无双。

晨登友谊关②右辅山

石径如梯挂，苔痕旅步西。

峰高飞鸟绝，林密笑蝉啼。

域外潭波渺，关中鹤影稀。

北台回首望，诗意寄花梨③。

凭祥市白云山④探幽

雨锁柳溪烟，潺潺圣水泉。

树梢闻鸟语，石径听花言。

古刹神踪渺，禅房佛鼓喧。

山风传酒意，一醉梦飞天。

横县伏波庙游感

古庙雕龙凤，阴森一望幽。

炉中灰已烬，瓦上叶无留。

日出山钟醒，风来寺鸟啾。

蛮滩惊险过⑤，一棹到横州。

---

①　白玉洞：见附录二第 69 条。

②　友谊关：见附录二第 1 条。

③　花梨：指黄花梨，红木中的优材。凭祥市大面积种植。

④　白云山：见附录二第 74 条。

⑤　乌蛮滩，历来弯多湍急，行船常翻。马援（伏波将军）奉命平交，路经此处，疏通河道，造福于民。当地民众立庙纪念之。

眷恋

征人远去戍边区，告别榕林百鸟啼。
围地多山藏虎豹，沙洲少水见鲨鱼。
巡逻跳越成常态，格斗擒拿感自如。
常倚楼台抒远目，几经托梦月圆时。

回故乡宁明县那练村①

曲径清溪曳我回，春花欲语蝶儿随。
风平树静宜人宿，雨歇云停野鹭飞。
亭榭青纱凝画意，红砖碧瓦伴松梅。
乡邻相约迎宾客，簇拥欢情笑满堆。

宁明县那练村蕾沙②大将庙

汝出思明克绪乖，诗书习武展英才。
横刀喋血歼穷寇，立马修心护寨台。
救世不求天赐福，爱民犹借地消灾。
魂归佑里千村颂，德泽绵绵总不衰。

宁明县那练村纪念红八军 农民赤卫队83周年感怀③

阔别故园数十年，莺歌燕舞引行前。
戏台凝聚众歌客，展馆留存各路贤。
雾锁三村怀旧梦，花开五岭换新天。
相逢一笑情心悦，共叙孩时放纸鸢。

故乡宁明县那练练村凤尾竹

简练陂堤簇簇筠，风摇舞动奏天音。
村村栽出长龙阵，户户编成聚宝盆。
四季躬身迎贵客，平生亮节振精神。
胸怀破土凌云志，直望峰头锁碧云。

故乡宁明县那练村红军榕④

独树成林百亩辽，归来晚鹤筑新巢。
长须壮壮疑锥插，枝茎长长搭路桥。
骤雨狂风何所惧，乱云飞雨塑贤豪。
千年古木平添族，英烈仙魂上九霄。

宁明县蓉峰塔⑤抒情

昂首江垠大道东，榕魂萦绕笑春风。
石擎岳寺千山小，瓦接奎垣百路通。
潋滟湖光龙影动，葱茏村色马嘶匆。
月轮常与君相约，游梦花山遇画翁。

早安！荷城⑥

苍山远去影朦胧，绿水嫣花拍岸红。
几点新芽萌老树，半坡春草展娇容。
无边人阵迎朝旭，有序车流卷道风。
且看媪翁晨练族，弹琴舞剑乐时空。

---

① 那练村：原简练村。见附录一第9条。
② 蕾沙：见附录三第59条。
③ 此诗作于2012年农历五月十二。
④ 当年红军常在这棵榕树下议事、习武，这是反敌围剿的主要阵地。
⑤ 蓉峰塔：见附录二第14条。
⑥ 荷城：见附录二第75条。

宁明县风门岭①怀旧

远离兵火雁声漫，有幸情移交贡山。
旭日霞光含绿柳，彤云彩影散梅湾。
樵夫故道凝香露，太子清泉结玉兰。
雄镇西南门不再，明江终古蝶斑斓。

谒宁明县宋代黄善璋②墓有感

永平寨主墓朝阳，野草拦腰兴未央。
古道残砖铭史册，华门空架记沧桑。
石神肃穆司忠职，卧马庄严护域疆。
昔日王威成过客，唯余蜡泪与坛香。

夜宿宁明县山寨得句

兀坐花山听古诗，经年烦事诉谁知？
凝情碧水鱼亲月，属意深林鸟恋枝。
难忘妆台人影去，久留空寺佛心虚。
居岩蛤蚧鸣幽谷，一洗乡愁再奋蹄。

梦花山

爽汲江流酿美醅，举筋豪饮品丰碑。
饱尝风雨情难改，历尽沧桑色更绯。
远近桃魂连碧柳，高低竹影系寒梅。
幽香惹得游蜂醉，化作轻岚陌上飞。

读花山③

骆越先民有艺才，临攀峭壁绘岜莱。
三溪水漫欢潮涌，五岳珠连浩气来。

云带猿声穿树曲，月移竹影入江怀。
化仙岩画留千古，图是存真意是猜。

夜宿宁明花山

月朗星稀好夜天，明江灯火迓来船。
木楼雅接三江客，米酒醇开四季筵。
猿叫深山声不断，笙吹古寨韵回旋。
峰峦绰影陪新竹，岩画回眸思万千。

岜莱红　中国红
——写在2016年7月15日左江花山岩画文化景观被批准为世界文化遗产之际

吻天峭壁缀彤云，谁借云梯作画民？
圣殿凌空书万卷，吟鞭指处绘三村。
雷霆易撼明江水，雨骤难移骆越神。
破茧千秋今化蝶，嫣图惊动五洲人。

宁明县花山温泉酒店赋

荷城狮岭涌温流，黛色江垠缀画楼。
馆舍依山迎凤舞，回廊绕水伴龙游。
诗翁泼墨挥毫韵，壮妹欢歌醉绿洲。
今日柴扉留雅客，来春紫燕落檐头。

宁明县公母山④美女峰抒情

雾锁双峰藏弩弓，芳菲馥郁影朦胧。
剑眉飞舞三分色，杏眼招摇十里风。
巧借东风腾绿浪，暗施妙计镇刁虫。
今宵共赏边关月，梦里疆陲美笑同。

---

① 风门岭：见附录二第76条。
② 黄善璋：见附录三第60条。
③ 这首诗获2017年6月花山杯全国诗词大奖赛三等奖。
④ 公母山：由公山、母山组成，位于宁明县爱店镇，海拔1358米，毗连相望，两峰间有金牛泉潭。

宁明花山文化艺术节^①感怀

汇聚桥东刮壮风，春归骆越乐融融。
仙琴韵出云天外，唢呐声传月殿中。
燕舞村姑舒笑靥，莺歌寨伯展痴容。
骚坛辈出明江畔，惊动瑶台圣母宫。

宁明县江滨之夜

一泓碧水明如镜，岸畔龙珠七彩呈。
簇簇翠篁琴瑟起，双双情侣共谈情。
楼光云影闲相照，月色乡思喜共生。
遥望花山千古梦，金戈铁马启新程。

忆明江中学走读感言

少年稚气别村榕，早吻晨星晚饮风。
赤脚丈量求智路，诚心锤炼为民功。
明江浩瀚情无限，村道崎岖志更隆。
四季回眸黉院绿，微身化蝶恋花丛。

初到凭祥市边关^②

暌违故土调凭祥，恰是金秋沃野黄。
新埠云溪连贡府^③，古街幽井望斜阳。
春风吹绿东西岭，吉水^④漂欢南北商。
万串辙花兴围地，半城烟雨梦潇湘。

车过扶绥

1981年8月5日去战区路遇众村妇耘田，因之得句

铁骑飞奔过绿洲，满垓七彩入明眸。
新苗水浅蛙声杳，古寨云深鹤影稠。
片片银帆晴欲断，壶壶玉粥雨丝流。
边情战事由来急，暂别乡亲祭敌仇。

老兵情怀

卸下军装还是兵，弃车徒步访民生。
犁田共饮山泉水，打井同餐宿露营。
叶绿皆凭根下土，枝高全靠杆支撑。
中枢吹响新风号，迎着朝霞又起程。

回首征途

戎马疆场数十秋，沟沟坎坎印痕留。
横枪斗寇擒奸佞，提笔铺笺绘战优。
一道骄阳一画卷，半江晨雾半江楼。
明江不老花山美，绿水行舟再壮游。

再回首

"八一"宁明边防战友重逢感赋

风雨同舟几十秋，戍边卫国不言酬。
窗前饮露陪星月，敌后饥餐卧岭丘。
踏遍苍山程未计，凝眸关隘献新猷。
举杯共叙尘封事，牵动明江水倒流。

---

① 2011年4月15日至16日宁明花山文化艺术节，推崇本地歌曲、戏剧，本地演员，群众参与度高。

② 1959年9月15日，国务院批准凭祥为县级镇建制，余当即由宁明县公安局调往凭祥公安分局任侦察员。

③ 贡府：又名幕府，在凭祥市南10千米的那岭屯。幕府是清朝交趾入贡的第一个驿站。

④ 吉水：越南奇穷河流入凭祥后称松吉河，今称平而河。

诗　迷

休闲脑健不荒年，处处吟哦学李仙。
欲尽三江研墨砚，牵来四季写诗篇。
流连山水谋佳句，梦幻风云觅妙联。
菊竹梅兰皆入律，笑迎五彩早霞天。

袖珍城凭祥市

峰碧关山叠翠沟，飞来盆景载崇楼。
波摇丽水鱼谈月，岚罩清山鸟语稠。
橙绛金宫边寨旺，霞丹玉殿洞庭幽①。
宜居四季春常在，银鹭沙鸥恋绿洲。

今日友谊关②

雾去莺啼隘口游，千年风雨再凝眸。
炮台久废商城起，铁道延伸促物流。
对岭飞虹云路接，两情携手共筹谋。
登高极目朝前望，万里苍山拥画楼。

凭祥市平而河思古③

奇穷水缓送新财，两岸青山扫尽霾。
矮岭炮台牵远岫，长城地堡壮情怀。
曾欣俘敌千军马，更喜勘边一线裁。
今日围微商埠起，民居如画向蓬莱。

放眼凭祥市弄怀④
　　——昔日小山村今日商贸城

伫立高山望旱塘，丹枫碧瓦泛幽光。
残垣旧迹今何在？旺铺新街早发祥。
地角金滩宾客旺，关中银巷国旗扬。
界碑侧畔车流急，案上晨灯破晓霜。

凭祥市浦寨⑤吟
　　——边境小山村巨变感赋

网络神游弃祖耕，穷沟僻壤贸商荣。
千轮碾出黄金道，万贾掀开翡翠城。
域外香瓜甜似蜜，园中芳草诱栖莺。
凝眸关隘三山悦，昂首雄鸡四季鸣。

边关夜色
　　——2012年中秋节写于友谊关

宝镜寒光照古楼，弹痕汉壁记沉浮。
遥知故地茵如许，却见新区路网稠。
心向峰头赊月色，情移界首只闲游。
觞平美酒谁先醉，品尽佳肴去万愁。

崇左市边陲行

追星赶月雾蒙蒙，历遍边陬觅旧踪。
丽水新帆调笑令⑥，青山古道醉春风。
深潭不见金牛⑦影，玉洞犹存将帅宫。
酒后吟诗三两句，横窗侧耳有流萤。

---

① 洞庭幽：白玉洞为凭祥市著名景点。
② 友谊关：见附录二第 1 条。
③ 中法越南界东西两路 1 号碑均从平而开始立碑。
④ 弄怀：见附录一第 10 条。
⑤ 浦寨：见附录一第 11 条。
⑥ 调笑令、醉春风：均是词牌名。
⑦ 金牛：即宁明爱店镇金牛潭。

高山发射台之晨
——广西广播电视凭祥白云山发射台投入使用

银塔擎天叩白云，烟从脚起树为邻。
山花烂漫迎霞出，粉蝶翩跹庆福临。
一望层峦笼瑞霭，几声翠鸟报佳音。
微波奏响和谐乐，万户千村颂曲吟。

凭祥市关前隘①临感

凤尾山前日渐曛，金鸡啼唱国旗新。
长墙②虽毁心墙魄，锈剑仍留胆剑魂。
萃勇③冲锋捐碧血，壮民助战护家门。
一行归雁鸣冬早，几句寒诗告子孙。

崇左印象
——为崇左建市 10 周年而作

十年征战马行田，花艳天蓝各自然。
神路穿梭牵远梦，银桥飞渡越长川。
名园菊影添诗意，古塔榕魂泛紫烟。
更待来春新浪起，双龙欢舞白云边。

友谊关④

两侧营盘一道栏，雄鸡报晓醒边关。
千年战事垂青史，几度魂飞锷未残。
翠岭云峰银汉接，松涛雾壑日霞丹。
新宾旧客常忘返，立马城墙盼久安。

晨登友谊关城楼

梅蔾⑤雨霁雾云残，日灿崚嶒万仞山。
南北长衢通友国，东西峭壁护雄关。
周胡⑥座椅千秋暖，中越情谊万代欢。
此日财扉赢四海，登临满目似金滩。

凭祥观音岩⑦

古寺悠悠佛运长，大雄殿里袅烟扬。
西湖月影牵花影，东堡楼光接水光。
九曲连通三洞近，万丛山拥一峰香。
婆心细语情殷切，晨鼓声声送吉祥。

凭祥市金鸡山⑧上怀先贤⑨
——镇南关起义旧址游感

百年一炮震苍穹，威撼南疆惊帝封。
虎跃丛林摇五岭，龙飞峭壁克三熊⑩。
黄兴河内施谋略，高野⑪营盘倡大同。
风瘦桃开诗满地，古时明月照关桐。

---

① 关前隘：1885 年中法战争镇南关大捷所在地。
② 长墙：抗法名将冯子材为御敌所筑的从小青山至凤尾山的一堵城墙。
③ 萃勇：冯子材所率部队时名萃军。
④ 友谊关：见附录二第 1 条。
⑤ 梅蔾：梅蔾岭为友谊关右侧的金鸡山的别称。
⑥ 周胡：周恩来总理与胡志明主席，曾有友谊关楼上会晤。
⑦ 凭祥观音岩：见附录二第 77 条。
⑧ 金鸡山：见附录二第 71 条。
⑨ 先贤：1907 年 12 月 2 日，孙中山领导举行镇南关起义，占领了金鸡山上的镇南、镇中和镇北三座炮台。
⑩ 三熊：指三座炮台。
⑪ 高野：当时孙中山的化名。

谒凭祥市大清国万人坟①
——镇南关大捷

九月枫红草著花，梅黎岭下听啼鸦。
闪刀光剑三山啸，蔽日旌旗五岳斜。
老将越墙惊法鬼，清兵举械砍"冬瓜"。
捐躯报国忠魂舞，化作南天七彩霞。

凭祥市大连城②游感

仙洞连城梦里芳，叮咚水滴剑琴扬。
飞泉百态祥云绕，玉乳千姿素缟妆。
北极荫分添福宇，南辕半月照幽堂。
曾欣此地屯兵角，步步为营护国疆。

凭祥市白玉洞③

群山锦绣辟连城，此处曾藏百万兵。
青石洞开名白玉，红宫嶂险自天成。
绿围花影迎丹月，紫阁泉流出好音。
苏公踞此谋边略，固土开疆留美名。

登临凭祥市大连城得月门遐思

天险崇山大垒营，凡人苦越鸟飞惊。
百年古道余遐想，一隧通关至福城。
银塔云霞摇朗月，炮台烟雨入丹青。
摩登楼宇霓光闪，化作诗情笑语声。

平公岭地下长城④吟

平而水道绕青山，华夏军魂岭下岚。
七月骄阳无酷暑，隆冬飘雪不严寒。
盘根错节千支脉，古韵青坭百岁砖。
云锁咽喉飞鸟尽，一夫扼守万夫难。

凭祥市白云山餐馆有感

窗外何人懂落花，春风洗白少年华。
梅魂直面云天远，柳梦横塘雨点斜。
西麓尝鲜欺小径，南楼叙旧话桑麻。
半觞陈酒和鸣曲，一抹残阳写晚霞。

游大新县龙宫仙境⑤

积忆时光造地宫，如帘似幔巧玲珑。
龙游万里归王室，鹤越千峰访岱宗。
浩瀚云浮三岭雨，广田日照五粮丰。
遥看洞外山村美，碧瓦新楼嵌绿丛。

大新县归春河⑥风情

裁剪春花缀碧峰，淡脂烟柳溢香浓。
云飞浪击山风劲，电闪琴鸣桃雨红。
道道晨虹呈彩练，潺潺叠瀑展妖容。
情歌迭起迷宾客，鹭立梢头羡硕龙。

---

① 大清国万人坟：见附录二第 4 条。
② 大连城：见附录二第 78 条。
③ 白玉洞：见附录二第 69 条。
④ 平公岭地下长城：见附录二第 79 条。
⑤ 龙宫仙境：见附录二第 13 条。
⑥ 归春河：见附录一第 12 条。

大新县明仕田园①

卢山溪水绿缠绵，楼碧桥弯蜂蝶旋。

一叶兰舟游画苑，半窗楼宇叩云烟。

曾经梅影迷霞客，又见蕉林醉李仙。

几度琼台邀朗月，倚栏把酒问苍天。

车过大新县卢山②

天连水尾远朦胧，春到闲游明仕冲。

日照平湖云影动，星浮嶂岭溢香浓。

幽篁绰绰酥情韵，水草萋萋陪倩容。

雾里嫦娥抒广袖，疑为仙境落凡中。

观音山上看桃城③

站在峰头天已低，更闻郊外鹧鸪啼。

如蛇幽径盘山过，似雨轻岚绕庙移。

绿影丛丛垂玉串④，黄云片片拥银溪。

城西极目寻仙洞，桥上情人话梦思。

游龙州县紫霞洞⑤

仙踪鹤影了凡心，历代佳人喜问神。

古庙无僧风扫地，深山有鸟月为邻。

庭中黛石诗多首，槛外明江联几村。

满目彤云含丽景，郊游何必到龙津。

重游龙州县紫霞洞

五百云阶少六墀，闲斜松影绿迷离。

一岩仙洞分僧道，两处神龛隔穴居。

探秘客来神路远，寻经人去丽江西。

崇山早已通灵性，只怨江郎⑥旅步迟。

宁明县花山岩画⑦画意探秘

彪炳明江近百寻，轻弹绿影暮云深。

画魂剑气光千丈，诗魄梅花艳几分。

绝壁奔驰皆骁勇，龙门戏水总清纯。

青山德厚留宾客，去浪悠悠系古今。

钦州市刘冯⑧故居游感

云高海阔树缤纷，明月今宵照古人。

少保关前歼白鬼，三宣安邨扫乌云。

新园脉脉连芳甸，老舍幽幽载巨勋。

莽莽乾坤遗壮志，心心常系战神魂。

红八军决战龙州城

几道寒光照古碉，如同战火在燃烧。

英雄喋血争龙地，壮士捐躯护铁桥。

放眼北楼庭柏翠，回眸南岸馆樟萧。

瑞金望断情千缕，革命风潮逐浪高。

---

① 明仕田园：见附录二第6条。

② 明仕田园在广西大新县卢山境内。

③ 桃城：大新县桃城镇。

④ 玉串：龙眼果是大新名优特产，成熟时像串串玉坠。

⑤ 紫霞洞：见附录二第16条。

⑥ 江郎：南朝梁江淹，济阳考城人，以文笔见称于世，世称江郎。

⑦ 宁明花山岩画：见附录二第5条。

⑧ 刘冯：刘永福带领黑旗军横扫越北法国侵略军，取得安邨大捷，越皇授予其三宣提督。冯子材是镇南关大捷的主将，清皇帝授予太子少保官衔。

崇左市边陲览胜感怀

青山丽水叠峰峦，处处犹如别有天。
雨去禽鸣千岭树，风来阁隐一溪烟。
岩屏似绝人间路，桃谷疑开世外园。
无限幽奇观不止，边陲胜景总流连。

神奇的广西十万大山

盘踞边陲起浪波，松魂鹤影互穿梭。
花溪直泻无留意，石径迂回有劫科①。
百里明江余妙韵，千峰药圃去沉疴。
但闻雄麝携香过，远近牛羊醉满坡。

东兴市北仑河畔素描

一江横卧两边情，小艇穿梭百业荣。
泊岸乌金呈异彩，漫街翠玉耀华庭。
戈隆桥下多娈女，芒市城头少哨兵。
泼墨疾书歌盛世，抚琴劲舞话边城。

广西十万大山

雾绕沿边一秀嵩，山花古树郁葱茏。
南源珠水②连云岫，北去明江缀彩虹。
喜见溪间藏妙画，曾欣虎胆③铸奇功。
登临绝顶芳菲尽，霞染西崖万寿松。

夏日南宁市名树园游感

数度横桥踏草坪，埌东烟雨绿新城。
湖边拂柳心波漾，镜外飞来别墅营。

凝望青山云霭锁，回眸会展看东盟。
新枝古树千秋梦，不羡琼台玉浆醒。

重游崇左市斜塔④有感

骄阳映照水中峰，碧绿轻波细细声。
百舸争流欺烈日，千帆竞发会寒星。
似今似古情难辨，亦幻亦真大圣蒙。
喜看壶关添秀色，烟云斜塔影相成。

夜宿龙州县大青山⑤

晨览霞光晚摘星，天衣扯下作帏屏。
龙云播雨沙沙落，烟水生蛙蝈蝈鸣。
古树参天成大将，深杯满酒见真情。
榴花裙舞千层韵，歌罢依依袖满风。

南宁市郊游

晨雾缥纱十月朦，霞光难染晚修亭。
轻车绕过弯弯径，饮马溪流洛洛鸣。
三角梅开荧惑惑，百香果挂满棚棚。
湖边对弈欢声朗，醉倒青山待月明。

秋上隆安县龙虎山⑥

溪流咽石水潺潺，一棹中游敢自安。
卧虎枫红山雀跳，藏龙水碧小猴颜。
愁心每有青灯伴，世态炎凉别样观。
幸有同舟陈小凤，强将诗力斗清寒。

① 劫科：广西十万大山，曾经是土匪出没之地，杀人越货常有之。
② 南源珠水：珠江的南面源头来自十万大山。
③ 虎胆：解放军某部侦察科长打入盘踞十万大山股匪，配合大军歼敌，成为虎胆英雄。
④ 崇左斜塔：见附录二第 22 条。
⑤ 大青山：见附录一第 13 条。
⑥ 龙虎山：见附录二第 18 条。

秋登南宁青秀山①

郊原重九菊儿黄，山鸟声声韵味长。
潇洒登高欺小径，从容拾翠笑斜阳。
开怀览胜青山塔，极目寻奇八尺江。
湖面泛舟情未老，城区灯火已辉煌。

同桌的你

闻卿痴恋绿芒都，魂断春桥忆故庐。
学府荷池双蝶舞，商州李苑一花孤。
渔夫击浪游新水，街女缥缈采美珠。
别后曲终音韵杳，几番香梦凤凰湖。

次韵千秋心缘《致远方的朋友》

两颗春心相见难，劝卿有泪莫轻弹。
龚州极目云披彩，北海回眸水漫滩。
今日诗情如酒醉，几时画意比珠看。
古言傍晚霞光美，怎忍痴情变短欢？

登凭祥市金鸡山②怀念战友

梅藜有幸复攀登，触景怀思战友情。
携手崖边防弹雨，轮班室内守荧屏。
凌云剑气山河壮，济世胸怀岁月馨。
一自凯旋人别后，忆君常梦到边庭。

新年致友

邕城雾锁了寰尘，绝唱栖鸦寄梦人。
虎落平阳防野狗，龙翻碧海迓佳音。

升平一曲人人乐，翠绿三山件件精。
若有晨风摇桂魄，愿将晚露润梅魂。

初　约

驾雾腾云降石门③，游蜂浪蝶斗诗魂。
藤缠古树埋幽径，曲道霉苔印履痕。
漠漠平湖双鹤影，阴阴梧柳两心温。
相逢几度春秋换，梦呓常临五象村。

重　逢

月照窗棂庭院明，夜风骤雨醉惊醒。
隔床细语频频乐，往事回眸片片情。
昔日幼苗成大树，他年旧友半凋零。
明朝又是孤车走，不懂何时再会卿。

南宁市相思湖畔送君行

顿感身虚急返邕，更深噩梦又缠胸。
两情恰似三江水，一向西流一向东。
对月吟诗催泪下，陪星歌舞笑谈中。
世间万物何须怨，把酒楼台伴冷宫。

客居他乡遇雪

雪压冬云白絮寒，莲瓜梧柳半凋残。
龙游浅海难掀浪，雁落深林夜未安。
常梦邕州花万簇，遥思故里绿千峦。
同窗捧出陈粮酿，馥郁茅台惹我欢。

---

① 南宁青秀山：见附录二第 61 条。
② 金鸡山：见附录二第 71 条。
③ 石门：南宁市石门森林公园。

再见 Le mai①

久别重逢在邕江，回眸商展品茶香。
南湖野鹭陪兰菊，柳巷游蜂恋海棠。
梅羡俏枝凝玉骨，桃欣曲线梦潇湘。
临行书送传清韵，情浅情深看里章。

怀念战友
——谒凭祥市烈士陵园感赋

松柏常青蝶似鸢，回眸军号耳边传。
曾经弹雨枪林日，始得莺歌燕舞天。
国有英雄坚似铁，胸无杂念化为仙。
人间若再硝烟起，吾辈群雄舞战鞭。

尽 兴

岁暮悲愁犟自悠，闲来今日伴君游。
东风舞动千枝翠，细雨浇开万朵榴。
远水冰凉从涧落，近山热浪聚仙楼。
明年再会知谁健，醉把春天比作秋。

送 别

雾锁松涛翠鸟鸣，妆楼绿幌忆酥情。
春宵别吻凝香露，夜语缠绵结誓盟。
皓月随君千里去，寒星留妾伴孤灯。
江湖浪险途难测，愁望村头酒幌青。

邀君共此杯
——答友人

一夜东风满眼新，晨星牵动有情人。
荆山暂借栖金凤，紫水聊将塑俏魂。

夜夜欢歌心雨曲，晨晨曼舞探戈春。
为君饮尽杯中酒，特酿陈年醉我心。

望韶山

绿荫掩映老山冲，为党倾家举火笼。
井冈呼风惩腐恶，延安唤雨铸枭雄。
腾飞五岳开新宇，倒海三江唱巨龙。
甲子春秋成伟业，情怀立国颂毛公。

重回宁明县饭包岭②

幕落山间月照坡，童年趣事荡心窝。
春情岭上追诗妹，嬉戏泉边捏土馍。
古道驼铃声已尽，山村伙伴影无多。
当年酒肆今何去，西陆凉风树唱歌。

宁明县牛头山远眺

汗湿征衣古道寒，犹闻昨日战琴弹。
曾经炮垒除狼虎，始得边庭笑管传。
河水滔滔冲旧坝，山林莽莽锁新关。
五星赤帜飘农舍，放眼疆陲一片丹。

秋 思

欣逢甲午又重阳，满眼清芬菊放香。
阵阵蛩声成过客，行行雁影泛祥光。
惊雷震慑山王虎，骤雨冲飞鼠目獐。
古国黎民怀远梦，江南江北尽苏杭。

---

① 在凭祥中越商交会上，认识参展的越南茶商翻译 Le mai（黎梅），如今再次在南宁相遇，同游南湖及名树博览园，当晚 Le mai 乘国际列车回越南河内，有感而作。
② 饭包岭：见附录一第 14 条。

甲午①中秋遐思

秋风送爽雨潇潇，更喜雷霆斩孽妖。

此地虽无丹桂宠，旧邱应有酒神邀。

廊桥亭榭欢声朗，鸢燕宫灯梦影飘。

万众诚心齐拱月，餐厅茶馆醉良宵。

宁明县小平瑶寨抒情

鸡犬相闻走半天，前人脚踩后人肩。

云收桃树层层绿，雨去山花款款妍。

情恋泉烹茶语旧，情开村酿酒投缘。

莺飞蝶舞弥幽谷，疑是瑶台落此间。

友谊关②之恋

举目南天界首楼，春花羞语暗香流。

无茶无酒心先醉，多感多情意自悠。

借月留云怀旧梦，携风逐雨放青眸。

轻轻咔嚓存娇影，挽住青山待白头。

住院感言③

曾经克敌助群雄，今作医囚似梦中。

子女临床行孝顺，家山后辈靠情浓。

诗坛墨友多关照，酒馆茶朋少影踪。

苦短人生应尽兴，莫因羞涩误初衷。

中秋抒怀

淡霞一片落天西，皓色千姿洒满畦。

丹桂参差迎玉露，素娥娴雅听黄鹂。

流萤点亮窗前夜，野菊飘香院后溪。

把酒东楼齐拱月，与君共议小康题。

天马腾空

广西凭祥市获全国优秀旅游城市有感

古堡边陲景色妍，引来蜂蝶汇成川。

奔腾飞瀑千山闹，迤逦苍峰万壑旋。

白马斜阳双玉洞，坎丘春晓一溪烟④。

城盈紫气人欢笑，一跃飞天峻岭鸢。

商　殇

利绿驱君似火牛，商场浪迹乐沙鸥。

日长如岁黄粱梦，月短无银一醉休。

铁脚敲开残巷月，篱梧影落故园秋。

欲舒慧眼寻高处，幸有南天万寸楼。

三角梅

溪畔篱园艳艳开，声声燕雀报君来。

朱唇未启秋波到，粉面含羞春满怀。

一季情花齐怒放，十年财树共培栽。

窗前笑逗屏山月，霜重峥嵘吻榭台。

---

① 农历甲午年八月十五中秋节南宁有雨无月。

② 友谊关：见附录二第1条。

③ 这首诗2016年5月23日写于广西民族医院。

④ 白马斜阳、玉洞、坎丘春晓和飞瀑：均为景点。

修篁印象

不羡桃梅花艳娇，满溪个个舞青袍。
儿孙破土冲天梦，兄弟围城扎地牢。
带雨龙头惊虎豹，乘风凤尾扫蝇妖。
虚心笑纳三江客，常报平安四海豪。

秋野漫步

十里长堤稻没蹊，千层万穗压弯枝。
闻香浪蝶翩翩舞，得意秋蛩唧唧啼。
近望枫林敷绛色，遥观湖景比天池。
沿坡踯躅时极目，西域霞云写满诗。

花仙影

恩城山水似迷宫，百涧流淙竹影蒙。
绿树垂枝亲玉液，黄姜吐蕊戏诗翁。
酷男踩棘穿幽径，烈女搴裙猎艳珑。
千骨花仙形已远，独留伊甸伴秋蛩。

初秋寄怀

岁次生来臆想高，从无艳福胜今宵。
千家焰火迎宾客，万户讴歌爆竹烧。
画苑奇葩逢盛世，骚坛花簇架金桥。
更随香梦临幽谷，饯亥诗成雪欲飘。

眸 子

乌亮浑圆圣女瞳，楚腰明艳赛霞虹。
一泓清澈秋波语，两对无言感自通。
滴露能掀三尺浪，星烟可灭万重松。
英雄纵有金刚甲，难抵娇眉慧眼功。

老兵丙申初春探南宁青秀山①

二月寒流袭绿乡，白云深处燕归航。
长亭艳卉凝诗露，短笛轻歌绕画梁。
寺宇神坛香客懒，桃花仙岛蜜蜂忙。
金杯未举心先醉，谁使英雄洒泪行？

羊年岁末晚聚得句

窗外冰风雪雨飘，觥筹交错泛春潮。
金猴未到心思醉，浊酒盈樽胆色豪。
慧眼灵犀传蜜意，明眉细语递甜蕉。
十年桃影迷寒竹，几梦梅魂系暖桥。

宁明县狮山居士吟

痴迷诗赋一骚翁，玉树临风约彩虹。
北眺花山词百首，南游丽水酒三盅。
草房偶有观光客，石径常来采蜜童。
独坐阳台弹夜曲，琴音袅袅伴归鸿。

九月九的酒

重阳秋意雁南归，独倚楼栏品落晖。
柳絮乘风频作吻，篱花借雨满园飞。
但将名酒酬宾客，更有佳肴案上肥。
送月西窗谈世俗，吟诗闲赋忘垂帏。

祝天等县诗词楹联学会成立

大石山区起凤凰，群骚妙笔写华章。
名牌神酒香千里，金榜天椒辣四方。
古邑青峰增色秀，新楼丽水少尘扬。
今朝诗族添新贵，明日联家遍壮乡。

---

① 南宁青秀山：见附录二第 61 条。

崇左文化名人谭先进

钟情翰墨更迷诗，赶日追星乐不疲。
壮馆筹谋堪重任，汉书编撰几成痴。
红棉寒舍身常在，艺苑黉门影少离。
春燕含泥孵国宝，香山丽水涌生机。

宁明县峙浪边防派出所赞歌

飞流直泻响潺潺，荡起涟漪壑未寒。
滴水难掀深海浪，千辛可炼碧霞丹。
几番香雾眉前散，两袖清风心底宽。
旭日年华豪气爽，千山踏破苦当甘。

护士风采

雪帽乌丝刘海平，穿梭如燕接铃声。
柳眉一展愁全解，杏眼三瞄症半清。
银柱潜流情有印，钢针推进体无惊。
回眸甜笑凝香露，天使仁心百味生。

阳春三月过宁明县珠山①

明江舟次晓波微，不尽风光夹岸飞。
万古花山如锁钥，一泓寒水更鱼肥。
田畴柳色村姑俏，画壁桃开勇士威。
壮寨欢歌金鼓闹，千峰回荡圣宫巍。

参观宁明县创建中华诗词之乡

冬到疆陲不觉寒，人欣书画蝶欣丹。
紫江绿岸诗千首，滨道棕亭韵百般。
更喜古榕荫赋壁，也闻新校设词栏。
寻根骆越群骚客，奋笔临笺颂画山。

边贸第一大市凭祥

逶迤国道弄春潮，共举金杯论技高。
地下长城铭史册，山巅炮垒记惊涛。
栅门开启财源近，车马穿梭客路遥。
雨去旌旗亲绿岫，风来吹送凯歌飘。

扶绥县金鸡岩②游感

飘摇翠竹吻骄阳，帆影仙踪泛圣光。
曙色掀开晨雨霁，莲台深锁暮云翔。
攀岩拾级神缘近，秉烛焚香福运长。
举目新宁怀旧雨，隔江再唱《满庭芳》。

农历九月九凭祥行感

鸡年佳节访边庭，跃上葱茏左辅营。
两腿丈量清末路，一心探索讯楼③龄。
门棂绿树根如网，壁上青砖线似筝。
威武炮台谁构筑？同行北指大连城。

---

① 珠山：广西宁明珠山岩画所在地。
② 金鸡岩：见附录二第 12 条。
③ 讯楼：对讯楼，广西对讯署法式楼，位于友谊关后面。

激流勇进
——热烈欢呼党的十九大召开

金风送爽日盈窗，党举红旗善领航。
创造力求除桎梏，凝心定可创辉煌。
纳新输血添阳气，伏虎擒魔正纪纲。
不忘初心荣社稷，复兴使命勇担当。

崇左市老年大学①成立 25 周年

丽水悠悠润故邱，黉宫岁岁结新俦。
桃林花艳千蜂采，梧苑葱茏百凤求。
舞蹈柔情歌细细，诗词婉转曲悠悠。
银丝飘逸童颜在，天籁琴音荡九州。

中秋踏月寻芳

此夜无眠此夜风，银盘含絮影朦胧。
灯华璀璨迷游客，树影婆娑戏稚童。
柳巷星罗添丽景，花溪裙舞展妖容。
青丝飘逸情难了，一记香唇半世功。

攀登凭祥市法卡山②顶峰

仗朝轻屐越冈峦，万步千阶已等闲。
汗滴疆场寻旧梦，身临坑道会新兰。
手摸界石心潮涌，脚踩芦苇血性还。
回首征程如搏击，白云深处水潺潺。

再上凭祥市法卡山③

露染征袍戍道弯，凝眸战地鸟鸣欢。
旌旗卷尽千山瘴，鼓角吹开五岭寒。

弹壁洞前思旧雨，芳林塞上遇新颜。
硝烟起灭卅余载，草树浮沉万壑兰。

咏宁明县明江④

远古飘来七彩河，西行逆境绕青螺。
珠山接去陪崖画，玉帕牵来写壮歌。
游舫浪推渔父乐，烟村竹拥浣姑娥。
仙翁击棹追星月，两岸花魂逐碧波。

卜算子·边关小草

沃野系根须，露滴眉梢舞。绿影飘摇伴石眠，几缕香如羽。　细叶吻寒星，默默看疆土。一片秋魂欲放歌，乐饮风餐苦。

少年游·别离

烟波六月吻荷青，魂断望江亭。恨花怨月，苍山渐隐，挥手泪泠泠。　痴情自古伤离别，落叶伴蛩萤。此去经年，愁言万语，更诉与谁听。

少年游·夜茫茫步踉跄

经年相恋两心伤，睹物暗思量。孤鸿万里，荧屏紧闭，何处问兰香？　他乡红豆君先采，遥寄诉衷肠。云鬓如霜，腰躬骨瘦，把酒泪千行。

---

① 崇左市老年大学：见附录三第 36 条。
② 法卡山：见附录一第 6 条。
③ 法卡山激战发生在 1981 年 5 月，作者于 1984 年陪同时任中共南宁地委书记雷振泉登上法卡山。
④ 明江：见附录一第 7 条。

浪淘沙·陪诗友踏青

节喜相逢，共沐春风。花花世界
蝶情浓。最是惹人陶醉处，桃映腮红。

惜别忆思同，泪眼蒙眬。依依顾
盼几时重。料定明年山更美，勾指
盟通。

鹧鸪天·望天涯

人去楼空雁杳还，星疏云淡雪欺
山。梧桐叶上声声雨，琴瑟帏中细细
弹。　　觞尽溢，倚栏杆，思丝织就
几斑斓。柳条不系花裙住，飞向潇湘
报早安。

鹧鸪天·思远朋

山水知音万里盟，邕州别后梦环
生。锈琴剑履歌尘散，燕子楼中忆酒
醒。　　同诗赋，共调笙，常将天地
唱年轻。相思一夜情多少，卿住林城
第几营。

鹊仙桥·寂寞的心

寒江素月，桃红绿柳，一任窗花
影瘦。无因怎奈系兰舟，珠泪落，期
梦候。　　斜阳雁过，陂塘藕冷，琴
瑟楼台慢奏。脂唇歌罢舞榴裙，情切
切，垂帏苦守。

虞美人·宁明县兴宁大桥情思

长堤花漫如流火，缓缓香车过。

一溪春水送残阳，点点宫灯波闪古斤
江。　　东皇牵出鸳鸯道，州府①联姻
妙。边陬圈地紫烟升，月照东湖辉映
醉荷城。

踏莎行·再约春天

日暖羊春，花迎猎手；当年喜上
刀山口。微碑常枕吻骄阳，擒魔断案
边关守。　　甲子回头，风光更秀；
沧桑功过云烟走。东君牵月照西楼，
满阶桃雨陪新酒。

踏莎行·车过凭祥市
油隘边防所忆战友

法卡前攻，隘油后堵，识途老马
情如故。经年梦断旧营区，而今喜见
花千树。　　卅岁凝眸，三朝回顾，
频遭敌炮群情怒。临危赤胆护边民，
炸声只作春雷渡。

临江仙·山村晨曲

青帝犁开花满树，小桥竹影人家。
溪边桃柳著新芽。鸭鹅浮绿水，浣女
涤轻纱。　　布谷声声催梦醒，叮咛
送别娇娃。飞来白鹭织云霞。初禾伸
嫩体，山后绿油茶。

临江仙·望雪原

故地别离三载后，痴迷北国冰城。

---

① 州府：宁明县明江镇、城中镇相距5公里，清代分别称为明江府、宁明州。

何年再会牡丹亭？楼台舒慧眼，碧野草伶仃。　剪断青丝凭雁送，窗前竹翠莺鸣。诗行虽短诉衷情。春心随月远，新梦寄鸿声。

唐多令·凭祥清末
边防军事指挥中心赋

探秘大连城，梨开似画屏。绿丛中、猴啸莺鸣。玉洞通天悬半月，养心处，品诗经。　宫保设军营，深藏百万兵。更移民、固守边庭。极目炮台抒远志，强国梦，壮民兴。

唐多令·游凭祥市兰花谷①

底事故园行，关山草木菁。果飘香、馥郁温馨。朵朵彩云迷峡谷，花弄影，秀芳翎。　碧柳抚弦筝，笑谈风雨情。绿涛中、珍品纷呈。今日更加枝叶茂，伏波液，醉边城。

满江红·广西凭祥市
百年战地又花香

滚滚烟云，弥漫处、龙腾虎跃。群炮响，地摇山塌，雨飞风歇。八里关前征鼓响，万人坟上忠魂悦。望凭祥、百卉共争妍，旌旗猎。　琼楼起，茅舍别；修富路，开基业。看关区保税，店连车接。金笛轻扬飘韵绕，铁骡重载穿梭卸。看今朝，面向大东盟，多优越。

沁园春·红色故乡
宁明县那练村②记忆

九转坡旋，一片庄林，十里平畴。看竹拥长村，依山望水；陲通古道，扼塞连州。地广风谆，屯连寨固，成就红军建政猷。惊天地，播南湖火种，燃续无休。　蕾沙立庙村头，振华夏雄风代代遒。便办学兴文，广栽桃李；玩狮习武，常护春秋。抗日锄奸，横刀喋血，视死如归报国仇。英雄汉，尽农家子弟，足智多谋。

---

① 兰花谷：见附录二第 38 条。
② 那练村（原简练村）：见附录一第 9 条。

玉智念（150 首）

玉智念（1952.6— ），壮族，广西南宁人，大专文化。广西壮族自治区卫生计生委正处级退休干部，中共党员。现任中华诗词学会会员，广西诗词学会理事，南宁市诗词学会副会长、《葵花》诗刊副主编，崇左市老干部诗词学会副会长、秘书长、《红棉》诗刊主编。诗词作品散见于《中国诗词选刊》《诗词百家》《诗词之友》《诗词月刊》《红叶》《老年之音》等多种诗刊、诗词集。2015 年起任崇左市老年大学诗词教师。

戊戌新春和谭先进校长诗

吟朋欲展诗，微信我先知。

唱和春风里，新词出彩时。

瞻仰德国马克思恩格斯广场

真诚见祖宗，往事荡心中。

永记宣言话，扛旗到老终。

平公岭地下长城①

依河山岭裁，地下巧安排。

百载留辉迹，名扬远客来。

友谊关②前木棉树

迎风挺拔身，沃土育强根。

凉热先知晓，终身护国门。

娄山关

川黔要道耸奇峰，历有兵家血迹红。

主席丽词传九域，雄关一座在心中。

延 安

春风引我到延安，昔日烽烟变朗天。

宝塔枣园盈喜气，山花烂漫众开颜。

三峡大坝

伟坝拦江不再愁，机声震响话春秋。

斜阳细浪千船荡，一片平湖誉九州。

左江花山岩画文化景观③申遗成功

千年岩画世遗妍，始信花山别有天。

八桂中华皆独彩，壮家瑰宝赋新篇。

花山岩画天下知

峭壁岩中展妙姿，祖先聪慧后人诗。

左江百里千张画，今是世遗天下知。

宁明县花山新咏

又到花山观赏时，新风好雨润奇姿。

传承保护莺歌舞，百里左江添妙诗。

---

① 平公岭地下长城：见附录二第 79 条。
② 友谊关：见附录二第 1 条。
③ 左江花山岩画文化景观：见附录二第 8 条。

德天跨国瀑布①

奇观瀑布画中游，百丈三层叹不休。

两国共同开发日，风光耀眼誉全球。

宁明县独木成林景观②

独木成林一古榕，盘根错节郁葱葱。

千年见证沧桑史，共话村民朴厚风。

龙州县红八军军部旧址③两棵柏树

旧址门前两柏葱，八旬壮茂傲长空。

龙州名树传华夏，世代黎民入脑中。

崇左市江州区太平府古城墙

明代城墙岁月寒，犹闻匪乱太平难。

如今观赏应欣慰，国泰民安百业繁。

扶绥县渠黎镇笃邦村印象

得遇春风景更妍，村庄蔗海换容颜。

潮流引领新农业，甜蜜之光民众欢。

游友谊关④

雄关美景誉神州，惬意楼前倩影留。

莫怨平生无出国，零公里处越边游。

在友谊关看周恩来胡志明拥抱照片

豪雄拥抱引回眸，同志情怀兄弟酬。

不论时风凉或热，相依山水共重游。

天等县椒乡掠影

早已名扬九域中，亲临其境更情浓。

由衷赞叹乡村望，所见家家火样红。

宁明县狮子山⑤五首

（一）狮子头

欣上狮头情致牵，群山颔首鸟声喧。

近观远眺增灵感，仙境神奇诗百篇。

（二）天　池

柔情萌动数天池，山顶清泉自古奇。

昔日仙姑怡戏水，今朝墨客醉吟诗。

（三）夜宿休闲养生宾馆

欣住东坡感受新，鸟声悦耳在晨昏。

心无杂念清幽境，入睡安然伴佛音。

（四）狮子山头

狮子山头雄万秋，边陲烟雨入明眸。

桃源世外今方识，仙境神奇宾客讴。

（五）哮天犬

私自下凡观景幽，伴随狮子度春秋。

千年冷落今朝火，护守平安伴客游。

贺凭祥建市60周年

六旬风雨谱华篇，埔寨商城旅贸妍。

友谊国门神气旺，明珠一颗梦魂牵。

---

① 德天跨国瀑布：见附录二第 2 条。

② 宁明县独木成林景观：见附录二第 43 条。

③ 红八军军部旧址：见附录二第 28 条。

④ 友谊关：见附录二第 1 条。

⑤ 狮子山：见附录二第 80 条。

贺宁明县《花山诗苑》创刊

喜看红霞映碧霄，荷城奋起涌诗潮。
骚人墨客精神振，共盼明天雅韵飘。

贺《龙州诗词》创刊

龙州文采古今扬，现涌诗潮翰墨香。
国粹传承依众力，骚朋挚友著华章。

贺扶绥县《上龙诗苑》面世二首

（一）

上龙雅韵历飞扬，墨客骚人意气昂。
言志抒情歌盛世，弘扬国粹著华章。

（二）

上龙文化正繁荣，雅韵飘香今更浓。
老凤新鹰抒壮志，传承国粹展雄风。

贺天等县诗联学会成立

喜看奇峰胜画中，今朝石笋更声宏。
辣乡耀眼诗联振，国粹传承气势雄。

贺宁明县桐棉镇《桐棉松》创刊

边陲又现墨痕新，文采飞扬情感真。
烂漫山花开遍野，桐棉松下醉芳春。

宁明县派阳山木材加工厂

科技尖端万众夸，加工木板映红霞。
名扬国内东盟赞，八桂欣开绚丽花。

赞凭祥市诗友二首

（一）

边境之城满眼春，诸翁携手振精神。
弘扬国粹香飘远，八桂诗坛一异军。

（二）

今日凭祥环境良，骚人壮志又开航。
诗园复垦新图展，国粹传承绩更彰。

凭祥市上石镇端午采风诗会即兴

凭祥诗友巧安排，上石寻芳情满怀。
忆昔圣贤抒壮志，好风时雨展诗才。

宁明龙州凭祥诗词联谊活动

喜看骚坛同语言，三家联谊已三年。
山花烂漫边陲秀，筑梦诗乡共向前。

蜜蜂吟三首

（一）蜂　王

拥戴当王有美名，平生少把令来行。
专心后代繁延责，对子温柔母后情。

（二）雄　蜂

少数婚交不为名，多余饱食懒飞行。
临当蜜竭艰难日，本族驱除哪讲情？

（三）工　蜂

勇敢勤劳最合名，花中采蜜万山行。
寻常益事天天做，奉献平生总热情！

登上天安门城楼

神州第一楼，登上乐悠悠。

眼底风云涌，心中岁月勾。

金声威赤县，礼炮震环球。

展望前方路，新航为国谋。

改革开放 35 年感赋

特色旌旗赖邓公，神州激荡势如虹。

鼎新使得黎民富，革旧赢来社稷荣。

治国强军明锐眼，巡天探海舞雄风。

同心筑梦豪情壮，几届中枢善政功。

崇左市江州区南津古渡①

百级南津古，雄姿负盛名。

一江无渡影，两岸有歌声。

踏石思新意，凭栏引旧情。

虹桥南北架，大道好通行。

重游宁明花山岩画④

重观美景喜心头，秀雅新容醉我眸。

两岸红棉迎面笑，一江碧水泛舟游。

春风奏曲岩中舞，夏雨吟诗画里幽。

今是世遗添异彩，壮家瑰宝耀全球。

读谭先进著《崇左文化博览》② 有感

真情兴趣浓，十载不轻松。

放眼新思路，回眸古迹踪。

采珠餐果腹，淘宝饮霞红。

立志编书史，平添一座峰。

崇左感怀

群峰叠翠白云盘，边境延绵中越间。

友谊金鸡腾浩气，宁明岩画展佳妍。

探幽览胜流连地，猎异寻奇锦绣山。

盛世糖都春意闹，左江两岸尽开颜。

庆祝中国共产党成立 93 周年

开天辟地路艰难，岁月峥嵘不等闲，

拉朽摧枯如扫地，驱魔赶鬼似搓丸。

巨龙震烁春风暖，暴虎惊闻丧胆寒。

几代豪雄擎砥柱，神州十亿尽开颜。

凭祥市白玉洞⑤游感

市区北角有珠遗，疑是蓬莱展妙姿。

洞里幽深蝙蝠舞，山中俊美锦莺啼。

万民合力维疆土，一将雄才题丽词。

欣赏风光思岁月，心随慨叹也神怡。

再上广西凭祥法卡山③

露染征袍戍道弯，凝眸战地鸟鸣欢。

旌旗卷尽千山瘴，鼓角吹开五岭寒。

弹壁洞前思旧雨，芳林塞上遇新颜。

硝烟起灭卅余载，草树浮沉万壑兰。

南宁市竹泉岛

朝阳照耀鸟争鸣，碧水斜桥把客迎。

白鹭翩翩江畔舞，红莲簇簇水中生。

无花结果盈山岭，有马驮人绕草坪。

留影格桑丛里笑，诗情画意荡心旌。

---

① 南津古渡：见附录二第 84 条。

② 《崇左文化博览》：见附录三第 51 条。

③ 法卡山：见附录一第 6 条。

④ 宁明花山岩画：见附录二第 5 条。

⑤ 白玉洞：见附录二第 69 条。

崇左市江州区桃花岛①

赴岛优游夙愿偿，登船一望意飞扬。
三湾燕舞风姿俏，两岸桃开画卷长。
蟾压琼楼凝紫气，书题峭壁灿禅光。
自然美景情怀爽，韵入相思化梦香。

重游凭祥市

重到凭祥续旧游，烽烟散去白云悠。
连城古塞人潮涌，埔寨新区车队稠。
友谊关前思岁月，金鸡山上运筹谋。
边陲名胜无双地，喜沐春风福满楼。

游凭祥市兰花谷②

南陲胜境有名园，因是兰科远近传。
入谷闻馨听鸟语，迎眸见碧看花妍。
千年珍木生山后，百种奇葩耀眼前。
到此闲游皆赞赏，日斜难舍总流连。

凭祥市上石镇马援神像感怀

南陲上石觅行踪，最是牵情姓马容。
布善驱邪留伟绩，佑民护国建奇功。
名言不朽人人敬，故事流传代代恭。
屡建铭心铜像立，千秋赞誉大英雄。

凭祥市上石镇北帝庙庙会

六百春秋故事多，彩旗商贩遍山坡。
信民快意亲斟酒，香客诚心自驾摩。
千户招朋图热闹，万人聚宴盼融和。
旅游庙会鲜明色，文化繁荣一串歌。

访扶绥县张报③故居

新宁莫姓出张翁，留美赴苏皆为公。
故事传奇迎暴雨，才思敏捷斗狂风。
译文业绩多年秀，诗社功劳一代雄。
睹物思君何感慨，振兴华夏梦相同。

宁明县狮子山④游吟二首

（一）

翠竹青松百鸟啾，自然美景引凝眸。
阙台狮岭白云绕，峡谷天池碧水流。
奇瀑奇崖舒耳目，异花异草醉心头。
双弘香火今弥盛，四海宾朋尽唱酬。

（二）

宝山福地慕名来，曲径徜徉情满怀。
地设清池悬瀑布，天生卧佛对仙台。
二弘灵气狮雄视，一犬神威云敞开。
妙境奇观生态美，游人疑是到蓬莱。

宁明县动员创建中华诗词之乡大会

近百骚朋聚一堂，荷城艺苑更飘香。
花山演唱春风荡，明水讴吟紫气扬。
烈酒三杯添雅客，浓情一串建诗乡。
梦牵国粹相随影，崇市担当勇领航。

---

① 桃花岛：见附录二第81条。
② 兰花谷：见附录二第38条。
③ 张报：见附录三第61条。
④ 狮子山：见附录二第80条。

拜读郑巨荣吟长《明江诗草》

明江荡漾涌诗潮，唱晚渔夫千里飘。
十载勤耕流雅韵，百篇佳作沁香醪。
驾舟瀚海豪情壮，擎帜红棉锐意高。
老骥奋蹄扬国粹，鱼儿得水鹤冲霄。

贺李德志吟长《晚岁诗词集》付梓

培桃育李用心栽，美德仁翁壮志怀。
笔蕴多情山有色，墨凝高洁水无埃。
千篇雅韵奇峰出，一卷豪吟异石来。
老骥嘶风蹄自奋，边陲大地展诗才。

贺吟友韦善道高凤娟合著
诗词集《边关情韵》付梓

边关风雨勇前行，宋柏唐松树长成。
善道生花留丽迹，凤娟妙笔记华程。
绪言击鼓高山韵，心语弹弦流水情。
诗海同游人不老，夕阳共乐享升平。

春游南宁青秀山①
——和谭先进校长诗

新春乍到景犹佳，邀友青山共品茶。
象塔喜观云与雾，兰园欣赏树和花。
坡前晚照绵绵柳，雨后晴空淡淡霞。
放眼邕城多热闹，黎元安乐赞繁华。

长相思·游岳阳楼

梦中楼，喜登楼。锦绣繁华洞水悠，风光醉眼眸。　　薪已酬，志未

酬。牢记先生论乐忧，丹心耀九州。

长相思·游黄鹤楼

想名楼，看名楼。今日光荣此地游，风光不胜收。　　已凝眸，又凝眸。壮丽奇观万众讴，美名传五洲。

行香子·崇左石林②

似画风光，如笋昂扬。径通幽，溶洞深藏。树藤交织，媚气弥茫。看鱼儿跃，花儿艳，鸟儿翔。　　千里飘香，八桂无双。喜神奇，灵境祺祥。天然盆景，陶醉徜徉。任真情荡，寄情远，激情长。

行香子·第七届广西（崇左）园林博览会

湿地清幽，溪水轻流。赏园林、民族琼楼。天琴神韵，蚂蚜桥悠。赞花山古，归龙秀，石林优。　　仙境巡游，欲走回眸。胜瑶池，规划奇谋。壮乡特色，驰誉神州。正看今朝，思明日，醉心头。

卜算子·海南岛游吟

看过万泉河，五指山中聚。椰子飘香众客尝，植物园林处。　　三亚往西边，海角天涯去。若是冬天在海南，就像和春住。

① 南宁青秀山：见附录二第61条。
② 崇左石林：见附录二第9条。

忆秦娥·全国首趟
白糖专列开行有感

开专列，糖都民众真欢悦。真欢悦，私人定制，运输飞跃。　　时间成本最关切，大江南北谈优越。皆优越，物流千里，翻开新页。

清平乐·宁明蓉峰塔①

江边巍立，高塔如文笔。鸽语铃声呼紫气，榕树环围秀丽。　　百年胜景蓉峰，山川灵气民崇。福泽丁财两旺，世代虎虎生风。

清平乐·宁明县狮子山②感赋

松枫争俏，上下闻啼鸟。曲径清幽云雾绕，仙气环峰蝶闹。　　千年胜景丰滋，四时各显英姿。莫羡风光外地，此山处处神奇。

清平乐·参加天等县
诗联学会第二次代表会议即兴

迎眸初夏，风景如诗画。石笋辣乡扬天下，首孝民情不假。　　诗联已谱华章，今又盛会新航。好雨时风滋润，同心共铸辉煌。

清平乐·看中华好诗词
电视节目有感

场场精彩，共探诗词海。宋韵唐风谁主宰？对答如流豪迈。　　吟坛发展千年，传承国粹有偏。年老中青亮相，华夏珍宝延绵。

清平乐·看汉字听写挑战赛
电视节目有感

挑战精彩，汉字深如海。喜看学生能主宰，听写动情豪迈。　　中文历史千年，如今手写颇虔。从小加强培养，传统文化延绵。

浪淘沙·瞻仰毛主席遗容

随队列长龙，意厚情浓。虔诚瞻仰眼朦胧。遗体安详怀敬意，盖世豪雄。

华夏正昌隆，遍地春风。同心筑梦势如虹。饮水思源常记起，主席丰功。

浪淘沙·2017年党生日抒怀

七一喜空前，处处争妍。深层改革谱新篇。气正风清黎庶赞，撸袖攻坚。　　共沐艳阳天，港岛情牵。雄鸡高唱奋当先。谋划未来同筑梦，双百期圆。

浪淘沙·习近平总书记视察芦山

地震后芦山，正处时艰。军民奋起渡难关。领导亲临添伟力，顺利风帆。　　有难不心寒，非是孤单。神州关注保平安。重建家园成美景，万众欢颜。

---

① 蓉峰塔：见附录二第14条。
② 狮子山：见附录二第80条。

浪淘沙·学习贯彻
中共十八届三中全会精神

盛会喜空前，决定宣言。深推改革绘新篇。两个百年描愿景，薪火相传。 华夏艳阳天，上下心连。乘风快马再加鞭。实干攻坚谋发展，美梦期圆。

浪淘沙·我国航空母舰
载机试飞成功

东海涌春潮，浪大风高。载机航母正咆哮。喜看试飞多气壮，威震云霄。 华夏举钢刀，谁犯难逃。巡天制海显风骚。建设国防还路远，永不能骄。

浪淘沙·嫦娥三号登月成功

浪漫广寒宫，玉兔雄风。嫦娥三号庆成功。踏月留痕双探测，互拍轻松。 壮举显昌隆，仰望苍穹。航天科技力无穷。华夏富强圆美梦，屹立寰中。

浪淘沙·神十飞天

神十逛天宫，大展神功。神州儿女显新容。授课太空和对接，梦在其中。 科技贯长虹，世界谁同？美俄中国列三雄。宇宙探幽迎挑战，再上高峰。

浪淘沙·咏雷锋精神

华夏沐新风，助困前锋。为民服务总亲躬。爱岗螺钉呈异彩，奉献情浓。 洒墨有毛公，全国推崇。精神榜样记心中。永不过时如日月，光耀苍穹。

浪淘沙·问宁明花山岩画①

岩画展英姿，存史成谜。悬岩作画在何时？日晒千年颜不退，涂料能知？ 歌舞或游嬉，众客凝思！专家如醉溯源疑。鬼斧神工呈异彩，华夏神奇。

浪淘沙·秋游德天跨国瀑布②

潋滟竹排悠，三叠温柔。和颜悦色向东流。一瀑天然跨两国，胜景齐讴。 黛绿众山头，小道人稠。时凉时热几多愁。但愿烽烟无再起，友好千秋。

浪淘沙·游大新县明仕田园③

峻岭抱风柔，曲径通幽。青山碧水鸟啁啾。鲜果繁花蜂蝶舞，垂柳轻舟。 壮族小琼楼，一片芳洲。宾朋游客几回眸。南国边陲添胜地，美景齐讴。

---

① 宁明花山岩画：见附录二第 5 条。
② 德天跨国瀑布：见附录二第 2 条。
③ 明仕田园：见附录二第 6 条。

浪淘沙·龙州县水口边关游吟

河界照斜阳，亚热风光。群山环抱鸟飞翔。互市声喧传百里，瓜果飘香。　　胜景富诗章，感叹谁妆？民间来往史绵长。贸易旅游双便利，口岸流芳。

浪淘沙·凭祥市上石镇
台湾美人椒示范园

满垌美人椒，百态千娇。青红耀眼挂枝腰。斗笠村姑园里笑，巧手轻描。　　宝岛辣王飘，全国营销。投资过亿架金桥。好雨时风添锦绣，奔向明朝。

浪淘沙·走进扶绥县

黛绿竞芳菲，林果千堆。恐龙化石九州魁。岩画金鸡宾客醉，笔架英巍。　　仙境在扶绥，山水洪嵬。楼高道美鸟来回。长寿甜乡民富裕，华夏声蜚。

浪淘沙·采风夜宿大新县
恩城乡农家乐

景色自然佳，月笼青纱。恩城再度宿农家。土鸭小鱼尝美味，共话桑麻。　　春晓露红霞，小鸟喳喳。徜徉石径赏篱笆。绿水青山回首望，遍地繁花。

浪淘沙·山村敬老院

村里建新房，平顶明窗。三间屋子有围墙。满院种花龙眼树，四季芬芳。　　翁妪话家常，棋趣平常。三餐饭菜乐闻香。喜看晚年逢盛世，幸福安康。

浪淘沙·山村环境卫生管理员

扫把舞蹁跹，清洁家园。拼寒斗暑志弥坚。汗湿衣巾村道净，蝶舞花妍。　　事毕务桑田，三代团圆。新楼初建画金檐。陋习欣除同筑梦，展望开颜。

浪淘沙·越南下龙湾游吟

美艳下龙湾，山岛争妍。两鸡好斗万千年。多彩游船风卷浪，碧海连天。　　潮涨落三番，日日循环。如诗清丽意难传。海上桂林非赞誉，仙境人间。

浪淘沙·贺苏礼滋吟长
《苏氏诗词文集》付梓

文集锦诗多，磊玉成坡。抒情达意感心窝。艺苑行家珍品出，浪逐前波。　　盛世不蹉跎，国粹研磨。余阳霞染咏山河。岁月年轮能载梦，奋笔高歌。

浪淘沙·漂流

日丽又风和，情注江河。成群小妹与阿哥。跃上轻舟同协力，击水扬波。　　上下笑声多，勇过漩涡。湿身更美是娇娥。碰撞沉浮无所谓，快乐高歌。

浪淘沙·参观龙州起义纪念馆①

壮举震长空，唤起工农。龙州起义卷东风。立马左江传捷报，赞邓公雄。　　峻岭傲青松，缅想情浓。馆前留影记心中。盛世举旗圆美梦，再立新功。

浪淘沙·友谊关②前缅怀冯子材

边境起兵烽，敌势汹汹。宝刀带血七旬冲。横扫法军成大捷，未竟全功。　　抗战壮歌中，屈指英雄。赤情报国贯长虹。事迹靖边民记述，永远尊崇。

浪淘沙·缅怀刘仁棠③先生

显绩在壶城，众赞英名。待人接物总真诚。会长离开西驾鹤，一载悲情。　　国粹要传承，任重名轻。红棉绽放迈新程。为振诗坛同奋进，后辈心声。

浪淘沙·十二生肖十二首

（一）子　鼠

从小怕金蛇，打洞成家。偷摸成性善攀爬。山上房中全下手，敢吃贪拿。　　不是一枝花，悲痛交加。过街喊打整身麻。属相排头无本领，虚有光华。

（二）丑　牛

吃草乐悠悠，献奶含羞。犁田负重为丰收。快慢挨鞭全在理，都为加油。　　不记苦和忧，名利何求。临终乏力始方休。老实勤劳无可比，赞誉千秋。

（三）寅　虎

双目有强光，长啸声昂。力压百兽勇成王。同走狐狸谋假象，借胆嚣张。　　狠毒也飘香，爱子心肠。有名无实进厅堂。世上认同皆喜爱，威震名扬。

（四）卯　兔

不吃草边窝，喜住山坡。自由跳脱找阿哥。居有三窟凭智慧，防险无讹。　　可爱伴嫦娥，相处祥和。晴灵耳敏赞扬多。潇洒宽容身体健，岁月如歌。

（五）辰　龙

剽悍在苍穹，来去无踪。千年文化众推崇。民族象征传后代，华夏同宗。　　舞动满堂红，唤雨呼风。腾飞造福保兴隆。国泰民安圆好梦，伟业如虹。

（六）巳　蛇

攀树过山崖，捕鼠开怀。因疑生幻在弓杯。心毒害人遭打骂，如遇狼豺。　　能屈又伸乖，有赞应该。祛

---

① 龙州起义纪念馆：见附录二第 17 条。
② 友谊关：见附录二第 1 条。
③ 刘仁棠：见附录三第 50 条。

风疗疾是良材。舞起小龙迎盛世，紫气东来。

（七）午　马

自古勇从军，千里弥珍。和龙一起有精神。吃苦耐劳驮重载，牛样无分。　　何惧路艰辛，奋起清晨。奔腾万众力千钧。陷阵冲锋圆旧梦，盛世新春。

（八）未　羊

曾是带头揄，也有踌躇。补牢未晚在中途。吃草强躯成贵体，胜过家猪。　　敬老不含糊，爱幼扶孤。缘由跪乳忆当初。本分善良无做作，一辈心舒。

（九）申　猴

生性好攀登，身巧翻腾。休闲公母善调情。住地族分拥领袖，动物精英。　　多数很清醒，偶不聪明。称王无虎想威名。善恶奸忠能辨别，火眼金睛。

（十）酉　鸡

报晓唱新词，守信周知。红冠彩羽斗成痴。铁距金钩虫惧怕，起舞如诗。　　公母展英姿，欢后分离。觅食让儿空己腹，大爱无私。

（十一）戌　狗

贫富尾巴摇，张嘴声娇。鼻灵声动引群嗷。疯病咬人情智乱，被打挨刀。　　多数总辛劳，焦急能跳。看家猎物显功高。对主忠心无二话，独领风骚。

（十二）亥　猪

吃睡后空闲，却也心烦。养成体壮釜中餐。肥料生财双获利，得主开颜。　　也有假神仙，温饱寻欢。天蓬元帅有何缘？乐业安居遵纪律，共建家园。

浪淘沙·民俗节日十首

（一）春　节

旧日换新天，户户欢颜。春联灯彩挂门前。对酒品茗观晚会，喜庆团圆。　　九域奏和弦，鞭炮连连。龙腾狮舞戏翩跹。互祝豪情传短信，共谱新篇。

（二）元宵节

喜气笑声高，爆竹烟飘。龙腾狮舞闹元宵。喝碗汤圆家里坐，全乐陶陶。　　盛世显英豪，绩不能骄。一年之计在春朝。百倍信心谋事业，要出新招。

（三）壮族歌节

日夜乐悠悠，各显风流。山歌对唱又抛球。男女青年传爱意，缔结同俦。　　老少共筹谋，展望回眸。今年更上一层楼。五色饭香谈致富，风雨欣酬。

（四）清明节

男女着轻装，祭祖奔忙。鲜花美酒又烧香。细雨和风春意暖，缅念悲伤。　　永记我家乡，正谱新章。先贤恩德泽流长。后辈真诚怀敬意，盼业隆昌。

（五）端午节

重午起高潮，不惧辛劳。骚人墨客又挥毫。众赛龙舟包粽子，艾草香飘。　　世代诵离骚，纪念英豪。诗坛奋起看今朝。舜日尧天怀国运，冲在前茅。

（六）七夕节

戒律断人肠，盼望祺祥。银河织女会牛郎。浪漫鹊桥呈七彩，瘦影成双。　　一载梦茫茫，相见无方。忠诚专一暖心房。婚恋人间烦两地，表面文章。

（七）中元节

七月草芳菲，万户含悲。迎亲祖上把家归。地狱大门开放禁，野鬼魂飞？　　做事不心亏，守法遵规。一身正气有余威。日照前程行大道，一世光辉。

（八）中秋节

岁岁过中秋，传统遗留。万家游子记心头。品饼团圆欢笑语，盛世齐讴。　　共话看神州，乐有余愁。高歌一曲又筹谋。民族复兴同奋进，圆梦丰收。

（九）重阳节

又是菊金黄，正吐幽香。妪翁欣喜少年狂。远望登高霞夕照，共赏秋凉。　　盛世志昂扬，妙笔文章。诗书歌舞颂隆昌。物阜年丰堂满彩，最愿安康。

（十）冬　至

地冻又天寒，雾罩山峦。赶回团聚合家欢。饺子汤圆鲜美味，冬至如年。　　吉日报平安，几梦魂牵。天时人事永相传。展望来年充暖意，顺利风帆。

浪淘沙·南宁四季美四首

（一）春

苍翠换新装，鸟语花香。蜂飞蝶舞燕低翔。柳绿桃红山水碧，媚气弥茫。　　大道洒朝阳，如画风光。奇葩芳树缀长廊。龙虎猿猴添乐趣，美丽家乡。

（二）夏

生态境优良，朱槿成行。明山良凤正清凉。茉莉花茶香万里，四海名扬。　　五象扮新妆，园馆开张。宜居生态纳千祥。魅力水城如梦幻，美化天堂。

（三）秋

黛绿竞芬芳，斗紫争黄。昆仑扬美谱新章。青秀南湖萌醉意，信步徜徉。　　博览更辉煌，展品琳琅。民歌异调喜登场。两岸迷人多异彩，美妙邕江。

（四）冬

碧野衬楼房，紫气绵长。温泉几处暖山冈。伊岭金伦奇洞秀，胜境无双。　　高铁伴民航，到海边防。如春温暖偶冰霜。绿树繁花依旧在，美好南疆。

鹧鸪天·游大新养利古城①

形似仙桃谁妙裁？闻名遐迩客朋来。养山叠翠观音壁，利水流清月镜台。　　观外悟，赏中猜，多姿多彩小蓬莱。沧桑五百春秋史，出彩边城情满怀。

虞美人·登上八达岭长城

想当好汉今天了，思绪知多少？凭墙放眼拂东风，锦绣河山变易荡心中。　　壮观雄伟姿犹在，只是游人改。金瓯保护不忧愁，喜看今朝人物最风流。

虞美人·左江花山岩画
文化景观②申遗成功

申遗十载今朝了，手舞知多少。花山瑰宝沐春风，骆越名扬寰宇荡心中。　　千年岩画姿犹在，只是颜稍改。尧天舜日有何愁，喜看传承保护续风流。

一斛珠·陕州地坑院游吟

临村一望，人房不见传歌唱。深坑天井还真棒。别墅双层，窑院灯光亮。　　奇妙穴居多异样，民间智慧堪欣赏。物华天宝名声响。好雨时风，处处山花放。

一剪梅·加入《红棉》诗刊③
编辑部有感

乐看诗坛一景妍，二秩红棉，绽放红棉。应邀加入喜空前，诚谢英贤，携手英贤。　　正沐春风志更坚，文化承传，国粹承传。开怀骚客又加鞭，已赋华篇，再续华篇。

唐多令·左江花山岩画
文化景观申遗成功

底事梦魂牵，明江峭壁前。韵图形、靓丽蹁跹。岩画悬崖存百处，多神秘，溯千年。　　寰宇赞奇鲜，壮民聪祖先。为传承、保护心坚。十载申遗成正果，情难已，醉花山。

唐多令·天等县立屯见闻

入屋鸟声喧，出门山挡前。百余家、穷且弥坚。三代支书双十载，凿隧道，靠扛肩。　　五百米娟妍，人民不等天。路开通、车到屯边。致富农家同筑梦，跟时代，舞蹁跹。

渔家傲·龙州印象

数百年来齐赞慕，繁华曾是南疆著。遗迹感怀存几处。连城雾，更添红色精神助。　　历史名城文化富，旅游贸易开新路。艺术天琴华夏妩。春风度，盛时奋发华章谱。

---

① 养利古城：见附录一第15条。
② 左江花山岩画文化景观：见附录二第8条。
③ 《红棉》诗刊：见附录三第62条。

渔家傲·扶绥县掠影

水秀山清奇石妩，恐龙化石中华著。矿产交通南国数。猿猴舞，左江岩画存多处。　　人杰地灵齐赞慕，养生长寿豪情吐。蔗菜麻瓜民致富。时风度，十佳奋进新篇谱。

喝火令·游隆安县龙虎山[①]

峻岭丛林秀，奇峰叠竹楼。索桥花艳鸟啁啾。仙洞古榕藤枯，碧水泛轻舟。　　夏日斜阳照，微风曲径幽。看游人近戏群猴。我也心怡，我也几回眸。我也相机拿出，倩影此时留。

江城子·凭祥市上石镇采风

边陲名镇雨初晴。趁风轻，览山青。伏波北帝，敬马似神灵。规划三农豪气壮，公园美，辣王盈。　　举旗开拓获佳评。赞文明，赏安宁。四家吟友，诗赋吐心声。喜看西州同筑梦，新常态，勇前行。

满江红·满怀豪情迎新春

龙去蛇来，神州地，生机永驻。龙后代，举杯同庆，献歌词赋。心系民生图绩显，胸怀社稷谋民富。数十年，皓首与青春，皆回顾。　　为伟业，迈阔步；须苦战，争朝暮。喜中央盛会，指明航路。聚力凝心成好事，真抓实干完新务。满怀情，携手众英贤，跨新步。

水调歌头·北京奥运会感赋

盛会最高兴，奥运幕开时。寰球瞩目京城，到处五环旗。华夏开花不易，民族扬眉吐气，此梦百年思。圣火冲霄汉，表演世间稀。　　巨龙啸，春风荡，五洲知。鸟巢内外，文明科技众称奇。共奏和谐乐曲，同唱欢歌庆祝，崛起看雄姿。举国沸腾日，振奋赋新诗。

水调歌头·走进江州区

古府壶城地，把酒论江州。山清水秀如画，十里耸新楼。八桂无双石景，世界闻名斜塔，诗意涌心头。赏自然生态，探白叶猿猴。　　河畔美，城区秀，引人游。砚山壁字，文羊洞里景清幽。市道园林靓丽，蔗海松涛旖旎，陶醉总回眸。壮妹歌声起，胜地众齐讴。

水调歌头·大新县伏那花溪[②]

生态自然美，此景记心头。纵横阡陌浓荫，奇石隐冈丘。碧水林中欢绕，翠柳溪旁摆俏，百啭鸟儿啾。红豆无人捡，岛屿小桥幽。　　花田艳，青岭秀，惹寻游。瑶池仙境，花千骨影展歌喉。正像梳妆少女，还在春娇

---

① 龙虎山：见附录二第 18 条。
② 伏那花溪：见附录二第 46 条。

欲语，初恋尚含羞。打扮须时日，定把客魂留。

满庭芳·扶绥县龙谷湾恐龙公园

两大园区，三千亩地，现添多少奇传。恐龙数百，物种古来全。更有一窝同现，三龙聚、化石相连。仙歌伴，昂头低吼，惊讶这新天。　景妍。当此际，不由喷赞，稀有资源。看宾朋凝视，陶醉空前。尤是儿童王国，欢声里、谁愿回还？归来说，欣游一次，十载梦魂牵。

念奴娇·南宁那考河湿地公园①

蜿蜒十里，看花海、悦目赏心诗意。赞美人蕉，颜色路、透水平衡大雨。雕塑风车，梯田栈道，小鸟相喧语。清波荡漾，水中多少鱼戏。
回想那考当年，岸边荒草乱，污河之地。惠政新风，凭打造、三载变身华丽。霞蔚云蒸，豪情何止我，众添福气。海绵城市，未来江水澄碧。

念奴娇·龙州县小连城②怀古

将山胜地，看层岭、赞赏清人遗迹。青裹长龙，雄伟势、绵旦边陲屹立。宫洞门楼，炮台药库，构筑铜墙壁。三关一琐。寇妖来撼何易？
遥想提督当年，戍边怀壮志，舞旗挥

载。骤雨狂风，防再度、屏障表明心赤。伫望神怡，见闻感叹，犹感烽烟急。保家卫国，子孙应立功绩。

念奴娇·拜读谭先进 《崇左文化博览》③

益然声趣，为崇左、文化繁荣心铁。集腋成裘空白补，压力自加尽竭。细辑谋篇，精编摘句，妙笔情深切。发行宏著，十年凝就心血。　桑榆暮景何求，望平安体健，合家欢悦。正气传播圆国梦，奉献发挥光热。老树坚强，晚霞美丽，好雨时风拂。诗书相伴，一生都写新页。

桂枝香·杭州湘湖

惊奇瞩目，看仙妹湘湖，少女装独。林翠山清如画，雅亭荷馥。木舟出土全球早，碧波中，千帆嬉逐。叹双遗址，赏三园景，季真诗熟。
任追忆，诸多蕴蓄。正好雨时风，脱颖而出。陶醉今天，开发十年朝旭。著名美景添佳话，似瑶池，四时春簇。休闲愿景，宾朋赞赏，浙杭新曲。

桂枝香·广西药用植物园

引人注目，看世界名园，清新馨馥。十里山峦苍翠，阁楼林木。小桥流水青藤蔓，架棚垂，径幽道曲。药

---

① 南宁那考河湿地公园：见附录二第59条。
② 小连城：见附录二第72条。
③ 《崇左文化博览》：见附录三第51条。

材千种，树花百国，悉心培育。暖暖风吹，朝阳雨沐。赏综合基地，七彩云簇。游览休闲，药膳养生充腹。铁皮石斛如仙草，说中医、特色无数。一年四季，千男万女，莅临添福。

沁园春·颂党的十九大

续步长征，撸袖加油，再上高坡。看目标两步，宏图壮丽；先锋一亿，大地安和。八个明确，四新领会，勇立潮头闯巨涡。朝前望，赞小康决胜，暖众心窝。　　再描祖国山河，更威武航天荡月波。喜军强国盛，冷风减少；政廉民富，好雨增多。不忘初心，担当使命，吴越同舟激浪波。新时代，为复兴圆梦，奋进高歌。

沁园春·崇左游兴

南国边陲，独特风光，佳境眼前。叹花山岩画，世遗瑰宝；德天瀑布，中外魂牵。友谊雄关，归龙斜塔，大小连城十里穿。天然秀，有石林芳景，明仕田园。　　山河处处争妍，看埠寨凭祥红木鲜。赏白头猴种，全球珍贵；黑衣琴韵，华夏奇弦。历史风云，龙州起义，红色精神励后贤。糖都美，令神州刮目，四海相传。

沁园春·崇左建市 12 周年感赋

十载爬坡，发展辉煌，巨变难描。看城区大道，千楼耸立；乡村沃野，百里香飘。党政筹谋，干群倾力，虎跃龙腾赶浪潮。宏图展，正和谐共建，步步新标。　　新兴城市多娇，引中外宾朋赞美高。喜投资打造，广西后秀；蔗糖饮誉，华夏前茅。陆路东盟，壶城看好，开放沿边优势昭。春风里，数木棉花美，更属今朝。

沁园春·凭祥建市 60 周年放歌

南国边城，无尽烟霞，气象万千。忆当年小镇，宾难凤愿；今朝闹市，贾易魂牵。变幻风云，严防霜雪，时热时凉护主权。雄关傲，看金鸡高唱，步步新颜。　　春秋六十挥鞭，有无数精英勇克艰。喜粮丰林茂，青山斗艳；人来车往，红木争妍。货往东盟，物流西部，两路开通笑语喧。随时代，望丝绸路带，续谱华篇。

沁园春·贺崇左市
老年大学[①] 25 华诞

九月金秋，崇左黉宫，桃李飘香。看琴弦歌舞，充盈情爱；诗词书画，挂满厅堂。习德修身，崇文养性，鹤发童颜犹激昂。多陶醉，赏春秋廿五，步步辉光。　　春风化雨华章，喜获奖金银耀壮乡。赞老师倾力，耐心善诱；学员尽兴，勤学坚强。岁月虽增，

---

① 崇左市老年大学：见附录三第 36 条。

热情未减，甜蜜天年心体康。抬头望，正年轻心态，学海新航。

沁园春·劳动
敬而步韵毛主席《沁园春·雪》

冷雨寒风，戴月披星，酷热汗飘。赞下田耕作，开通道路；上山放牧，治理河滔。机器轰鸣，楼房耸立，钢铁煤砖堆积高。四时里，靠能工巧匠，大地妖娆。　城乡如此多娇，有十亿黎民挺壮腰。正加强协作，绘描锦绣；提高科技，展现风骚。举帜凌云，扬帆壮志，美丽中华细琢雕。新常态，喜同心筑梦，奔向明朝。

沁园春·农民工

地北天南，西去东来，遍找目标。想瘦田耕作，真难治理；荒丘种养，不易经销。路远山高，林疏石耸，一世何时能自豪。家乡外，对未来憧憬，四处萍漂。　繁华城市香飘，有无数民工双手描。看盖楼筑厦，房中苦战；修桥铺路，园里辛劳。美丽都堂，风光小苑，沐雨餐风昼夜熬。心中愿，购城中房住，逐梦新潮。

沁园春·清明祭双亲感怀

又到清明，敬祭先人，泪似涌泉。缅家严早走，香瓜有苦；慈亲晚去，甘蔗无甜。半个劳工，一间房屋，烟火同眠度数年。节衣食，忍痛心风湿，泪洒桑田。　堪怜育子单肩，督后辈勤功意志坚。忆披星戴月，赶生华发；寒风冷雨，催老苍颜。十载艰辛，一朝提干，寸草春晖梦里牵。虔三拜，记恩深似海，哭叩茔前。

旷　玲（55首）

旷玲（1955— ），女，广西全州人，大专文化。广西老年大学书画研究会副会长，中华诗词学会会员，广西诗词学会理事，崇左市老干部诗词学会副会长、《红棉》诗刊副主编。2010年9月至2012年6月到崇左市老年大学学习诗词、书法、国画。2013年9月至今到广西老年大学学习国画、书法。国画先后师从李宪宏、谭明彪、陈史文、黄卫生老师。2018年秋季学期开始到崇左市老年大学任诗词专业教师。

春

春风柳拂堤，桃李满东溪。

芳草连天碧，幽禽绕树啼。

天等县百灵岩①

寻芳何处是，灵洞最优哉。

山色浮云外，溪清诱客来。

南宁青秀山②

万壑千岩四面山，白云深处锁松关。

一泓泉水涓涓细，柳岸飞花冉冉还。

龙州县丽江③行

两岸青山烟笼楼，沿江岩画再凝眸。

斜阳映照千人舞，琴瑟和鸣万代留。

法卡山英雄纪念碑

魏巍碑塔纪忠魂，丽水三千化泪奔。

赤胆忠心为国战，永垂不朽世人吟。

法卡山④

驱车千里探亲人，翠岭高峰一线新。

泼墨挥毫书敬意，诗词首首战营吟。

新春颂

金蛇飞舞霞光照，鞭炮频传迎百福。

人寿年丰如意伴，民安国泰绘蓝图。

爬 山

春光明媚踏歌行，交友结朋笑语盈。

道路崎岖相勉励，山峰碧翠境澄明。

赞老年大学国画老师

一挥毫笔山河秀，七彩生成万岭花。

废寝忘餐情不改，换来春色满天涯。

崇左《九牛爬坡》雕塑⑤赞

扬蹄奋勇上山坡，雨打风吹一路歌。

甘为民生添富裕，呕心沥血不蹉跎。

崇左斜塔⑥

归龙宝塔立江边，守护航船数百年。

风雨沧桑情不改，蜚声美誉九州传。

贺扶绥县老干部诗词学会成立

盛夏南方热浪横，诗词学会笑声盈。

国强民富和谐景，书写华章志更精。

歌 厅

何人白日明星梦？麦克风前尽展兴。

惟妙惟肖为己乐，高歌曲曲诉衷情。

邕城无处不飞花

绿瘦红肥韵意深，千枝万朵映游人。

满园春色关不住，大地芬芳碧草茵。

① 百灵岩：见附录二第 82 条。
② 南宁青秀山：见附录二第 61 条。
③ 丽江：见附录一第 8 条。
④ 法卡山：见附录一第 6 条。
⑤ 《九牛爬坡》雕塑：见附录二第 7 条。
⑥ 崇左斜塔：见附录二第 22 条。

扶绥县"甜蜜之光"

风吹蔗海千重浪，雨打园林色更新。
示范新区楼宇秀，果蔬铺地醉红尘。

江州区驮卢镇桃花岛[1]

丽日寻芳半岛中，清幽雅致景千重。
婆娑竹影鱼欢跃，流水花桥接圣宫。

南宁市民歌湖之夜

溢彩流光不夜天，游蜂浪蝶舞翩跹。
民歌唱响云霄外，无限风光在眼前。

民以食为天

熙熙攘攘好金秋，瓜果蔬禽任尔兜。
民富物丰歌盛世，小康路上荡悠悠。

南宁市金湖广场夜色美

琼楼耸立入苍穹，七彩流光相映虹。
社会和谐民满意，马龙车水韵无穷。

城市美容师

夜送晚霞晨接曦，栉风沐雨未言奇。
文明清洁城区美，怒放心花谱乐诗。

思　友

昨晨逸乐花山里，今日远行南北间。
心上空蒙无可奈，青山依旧隐容颜。

天等指天椒[2]

小小天椒美誉佳，红红火火醉天涯。
几经风雨秋时壮，辅佐佳肴辣万家。

纪念抗日战争胜利 70 周年

浴血捐躯歼敌寇，军民利剑灭狼烟。
保家卫国英雄志，伟绩丰功万古传。

重阳节

蟹肥菊美又重阳，携母郊游笑语长。
果灿花红秋实壮，登高望远醉心房。

秋　韵

金风摇曳果飘香，寒袭残荷凝白霜。
野岭红枫人已醉，东篱黄菊又情长。

春　韵

紫荆醉了探花人，细雨染来一市芬。
明月多情堪入梦，女儿有梦总连春。

龙州县文化广场

攘攘熙熙好个秋，欢歌艳舞荡悠悠。
太平幸福英雄铸，古镇边陲万众讴。

雨中赏荷

雨打莲塘色更新，烟波十里绿无尘。
微风摇曳幽香远，绰约婷婷媲美人。

---

① 桃花岛：见附录二第 81 条。
② 天等指天椒：见附录三第 8 条。

咏凭祥市美人椒

南国边陲特色乡，兴农科技满园芳。

椒红枝翠香千里，美味闻名四海扬。

书画情

翰墨有情心梦牵，儿时梦境一朝圆。

云舒云卷春光好，方寸之间景万千。

游龙州县中山公园①

胜景天成空气新，山光水色涤凡尘。

五亭三洞人如织，望断危桥思绪深。

欢度重阳节

虎岁金秋天爽朗，登高携母赏风光。

欢声笑语行一路，花果飘香醉四方。

紫薇花

十里长街百日红，邕城处处紫薇荣。

嫣红姹紫游人醉，花卉海洋伴客行。

元旦放歌

与时俱进臻佳境，斗转星移辞旧年。

虎跃龙腾新万象，放飞梦想谱鸿篇。

沉痛悼念刘仁棠②校长

噩耗传来全校惊，老年学子泪眸盈。

良师益友今何在，一曲悲歌慰故公。

咏昙花二首

（一）

玉颜欲见待更残，绝世娇容一瞬欢。

偶尔偷窥寰宇外，银光闪耀映天蓝。

（二）

玉身一现胜芳晨，夜半幽香入梦频。

帘下树荫偷绽放，骚坛墨客咏诗新。

左江③颂

日暮烟波阔，扁舟把月牵。

千山青树绿，百里碧江涟。

勇士旌旗展，花山古画嫣。

春风无限意，雅韵舞蹁跹。

凭祥平公岭地下长城④游感

踞岭筑城墙，苏公护国疆。

兵营神秘秘，大炮气昂昂。

战役功勋记，英魂碑刻扬。

客怀无限意，回首暮云祥。

庆祝崇左市老年大学⑤
建校 20 周年

莫道退休空寂寞，校园学子乐无边。

琴棋书画陶情性，歌舞剑拳怡晚年。

吐故纳新心境广，强身健体百花妍。

太平盛世和谐景，再为人生续锦篇。

---

① 龙州县中山公园：见附录二第 25 条。

② 刘仁棠：见附录三第 50 条。

③ 左江：见附录一第 1 条。

④ 平公岭地下长城：见附录二第 79 条。

⑤ 崇左市老年大学：见附录三第 36 条。

绿城南宁中秋

花红叶绿果飘香，十里商街不夜场。
海角天涯圆梦寐，外边邕裔恋家乡。
家家灯火浓情照，色色蟾华惬意藏。
佳日盼台归母抱，神州万里任飞翔。

贺崇左市老年大学①建校 25 周年

拨亮边陲万户心，糖都处处溢芳芬。
晚霞染透桑榆美，翰墨耕深书画新。
千首诗词迎校庆，连台歌舞谢师恩。
满园春色谁描绘？廿五年华靓丽吟。

凭祥市白玉洞②

奇峰异景古难寻，迈步高台草木森。
天外天成天外景，洞中洞见洞中文。
运筹帷幄连城固，历尽沧桑古韵存。
胜地留芳游客乐，吟诗作对满山囤。

崇左石林③

轻车便道逛石林，鸟语花香空气新。
曲径通幽无底事，小桥流水洗凡尘。
云缠雾绕山河秀，心旷神怡画意深。
融入自然情恰恰，徜徉世外不思春。

大新县明仕田园④

原野田园瑞气升，奇峰异景鸟争鸣。
泛舟明仕清河上，疑是漓江画里行。

远眺山村烟雨绕，近观叠嶂树林兴。
悠然世外归真处，心旷神怡诗意浓。

留住美丽

画册打开人眼醒，江河秀丽景中行。
清泉流水叮咚响，峻岭山峰骀荡迎。
万紫千红蜂戏蝶，层林滴翠鸟争鸣。
时光易逝春常在，留住人间总是情。

宁明花山岩画⑤

久闻岩画惊寰宇，今日初游梦幻中。
百丈宏图铺峭壁，一江绿水映山红。
风吹雨打难移迹，雾绕云缠只隐踪。
千古之谜成胜景，先人文化傲苍穹。

G20 峰会感言

杭州峰会世人崇，经济齐飞日日红。
科技创新波万顷，激情活力景千重。
扶持联动同发展，互利包容共盛丰。
合作双赢结硕果，明天史册记丰功。

春之韵

阳春三月鸟争鸣，万物峥嵘总带情。
细雨染来一市绿，紫荆醉了半坡莺。
无声明月堪流韵，有梦儿郎爱抚筝。
无限风光诗曲赋，桃花人面映双红。

---

① 崇左市老年大学：见附录三第 36 条。
② 白玉洞：见附录二第 69 条。
③ 崇左石林：见附录二第 9 条。
④ 明仕田园：见附录二第 6 条。
⑤ 宁明花山岩画：见附录二第 5 条。

壮族天琴①

圣女抚琴天籁声，笑弹边寨几多情。
云缠雾绕歌难断，月满星稀调润鸣。
古瑟双弦鸣壮曲，新风一夜动京城。
山间小寨奇葩美，牵动游人无数行。

老年大学学员写生

金沙湖畔听莺鸣，鹤发群骚笑语盈。
郊外野炊添雅趣，潭边垂钓更抒情。
心连水碧诗潮涌，耳进松涛画意生。
天地悠悠留倩影，游兴未尽梦新程。

浪淘沙·天等县立屯隧道

万仞立村前，生计维艰。攀岩过
岭买油盐。小屯农民多有怨，有口难
言。　　支部作中坚，村干为先。凿
山辟洞靠钢肩。隧道修通新世界，史
册留传。

临江仙·国画写生

三月踏青春意暖，百花吐艳香浓。

采风觅景景千重。寄情山水秀，快乐
溢心胸。　　挥舞手中新画笔，攀描
陌上欣荣。高山流水挂如虹。线条如
乐谱，笑语满山隆。

行香子·南宁那考河湿地公园②

十里花荣，一路草茵。清波漾、
鱼戏虾惊。梯田栈道，雕塑添情。看
蕉儿绿，桥儿美，树儿箐。　　清风
款款，霞照彤彤。想当年、杂草丛生。
河床污染，科普新生。愿花长好，人
长健，月长明。

行香子·天等县百灵岩③

一洞多奇，百态千姿。立人前、
石乳空垂。通衢平展，曲径通池。看
水如玉，鱼如艇，石如锤。　　芳菲
四月，诗友同驰。弯山道、飞越田梯。
同游共乐，触景吟诗。赋灵岩美，仙
岩近，古岩稀。

---

① 壮族天琴：见附录三第 25 条。
② 南宁那考河湿地公园：见附录二第 59 条。
③ 百灵岩：见附录二第 82 条。

第五部分　莘莘学子咏诗韵

（39 位作者，462 首诗词）

陈明谦（24 首）

陈明谦（1934—2003.10），广西贵港人，中专文化。历任县及地区党政部门办事员、股长、科长，原南宁地区粮食局纪检组组长。广西诗词学会、南宁市葵花诗社、广西革命大学丹桂诗社、广西老年书画研究会会员，原南宁地区老干部诗词学会、原南宁地区老年书画研究会常务理事。崇左市老年大学 1995 级文学班学员。

为老伴山水画而作三首

（一）

崇山雾霭嘉，更著木棉花。

南国春来早，预陈好年华。

（二）

飞流直下大江东，一棹临津觅旧踪。

欲慕霞城攀翠径，迷魂忘返自无穷。

（三）

山明水净道衣馨，数树纯青恋晚亭。

野渡渔翁迷燕舞，岂知寨外更升平。

宁明县风光奇观三首

（一）宁明花山岩画①

峭壁悬崖百丈楼，人腾马跃各千秋。

若无走壁飞天术，猴子攀登也发愁。

（二）洞廊古榕

独木成林百岁榕，根深叶茂树称雄。

一枝哺育千枝秀，十亿同心万代红。

（三）陇瑞自然保护区②

长白森林陇瑞同，珍猴稀鸟嶂中丰。

灵猫巨蜥穿山甲，尚有美人湖上宫。

宁明县明江民族风情

明江潋滟向西流，竹舸牛拖古渡头。

宦海沉浮官府事，淡泊名利一轻舟。

秋　感

星稀月朗雁南翔，暑往寒来发染霜。

红叶漫山秋露劲，无须惆怅怨斜阳。

端午节诗会感赋

百业俱兴惊九霄，端阳诗节会江桥。

缅怀屈子凌云志，敢教《离骚》万古娆。

---

① 宁明花山岩画：见附录二第 5 条。
② 陇瑞自然保护区：见附录二第 83 条。

游崇左斜塔①

凭山俯瞰左江洲，孤立无援搏激流。
何许神仙施妙技，倾斜数度竞千秋。

牡丹赋

雍容豪放牡丹花，出自巴人下里家。
笑舞春天迎盛世，风光无限我中华。

"五一"节感赋

梅子流酸五月天，诗书画海展人前。
白首就学何曾晚，璀璨文坛胜昔年。

扶绥巨榕独木成林②

嵳楼一树发千根，似马如龙景万分。
学子游人联袂至，竞留墨迹表亲巡。

广西马山县金伦洞

沉睡深山亿万年，端倪初露顿惊天。
千姿百态谁雕出，鬼斧神工大自然。

为老伴竹兰鹊画而作

野竹茂山间，寒冬翠未残。
兰花长做伴，喜鹊永相攀。
不畏风霜骤，历经冰雪寒。
心随图画乐，洁似玉壶泉。

赠老伴

山盟海誓结鸳鸯，苦辣酸甜共品尝。

逆境相随排劫难，顺风互济破澜狂。
墨城齐步先贤路，画苑同瞄劲竹芳。
借得夕阳光一束，红霞朵朵绘华章。

春日抒怀

横塘翠竹草芊芊，峪里梅花喜斗妍。
好雨知时蛙奏乐，和风吹暖柳浴烟。
长龙滚滚穿山野，大厦巍巍傍日边。
不尽芳华频入目，神州处处艳阳天。

崇左胜景游感

霜染丹枫访石林，风光无限恋游人。
峰奇洞秀湖亭俏，虎蔼狮祥草木深。
古郡壶城风独厚，昔时斜塔貌犹新。
如君有兴抒胸臆，百里江州莫惜行。

南宁市伊岭岩游感

万里长空一望秋，轻车伊岭共朋游。
仙山古木频招手，起凤莲花竞点头。
洞景奇观真饱眼，郊原秀色更兴喉。
常居闹市思田野，无限风光在九畴。

南歌子·扶绥行感赋

郁郁青龙岭，巍巍笔架山。地灵
人杰堪称冠。武将文官，自古迭相延。
　改革春雷响，南巡指示颁。千村
万户向高攀。百岁双千，楼宇遍乡间。

---

① 崇左斜塔：见附录二第 22 条。
② 扶绥巨榕独木成林：见附录二第 23 条。

卜算子·红棉赞

身处太空中，根植荒山下。任尔风霜摧，我自横空驾。　　不等绿绒装，先把红花挂。待到芙蓉出水时，飞絮成天价。

西江月·故乡巨变

武思江滩村落，白云岭下山庄。寒来暑往种皇粮，少有农工合唱。

改革春风浩荡，千家万户图强。故乡一觉迓朝阳，农牧工商齐上。

浪淘沙·和吴子厚教授《岁暮偶成》

春意满楼台，泼墨衔杯。枯枝重茂向阳开。多赖园丁勤灌溉，画竹吟梅。　　迟暮众相偕，潇洒书斋。争分夺秒乐开怀。留取丹心传后代，继往开来。

浪淘沙·赞《红棉》诗刊[①] 10 周年

华夏几千年，诗国渊源，名篇代代有才员。国粹宏扬花烂漫，光照无边。　　南地办红棉，承继先贤，双为双百主题鲜。盛世来临当竭力，再迈高天。

曾杰民（2 首）

曾杰民（1949—　），女，广西宁明人。原南宁地区拖拉机内燃机配件厂职工。广西老年书画研究会会员、崇左市老年书画研究会副秘书长，崇左市老年大学书画摄影诗联研究会副会长。崇左市老年大学2002级国画班学员，2004年至2019年春季学期国画班班长，2019年秋季学期始任写意花鸟班教师。

画苑抒情

北国红梅傲雪霜，南疆翠竹伴兰芳。百花争艳迷游客，美景长留在丽江。

学国画

宣纸铺开抒好韵，挥毫泼墨画情浓。少年梦想今如愿，晚风送爽夕阳红。

---

① 《红棉》诗刊：见附录三第62条。

韦志芬（1 首）

韦志芬（1934.1— ），女，广西宾阳人。曾任原南宁地区工商局纪检组副组长。广西诗词学会、崇左市老干部诗词学会、崇左市老年书画研究会会员。崇左市老年大学 2004 级文学班班长，2004 级至 2010 级诗词班学员。

鸡年感赋

金鸡报晓唱丰年，虎跃龙腾奋争先。

互动中西齐发展，振兴东北快扬鞭。

人才开发添光彩，科技支农越岭巅。

反腐倡廉华夏固，小康生活倍甘甜。

杜娟萍（25 首）

杜娟萍（1954.4— ），女，壮族，广西崇左人。退休前是崇左市江州区审计局干部。崇左市老干部诗词学会常务理事、副秘书长，崇左市老年大学书画摄诗联研究会副会长，崇左市老年大学 2007 级声乐班、舞蹈班，2013 级、2015 级诗词班学员。

咏　竹

万竿擎宇笑，劲骨唱风骚。

不屑俗为伍，虚怀品自高。

感慨党的十九大

十月金秋喜气浓，中华追梦有东风。

扬帆走向新时代，特色征程志更雄。

戊戌春节和谭先进校长诗

江州是首诗，变美若新知。

拥抱家乡日，心花绽放时。

木棉花①

拔地穿云指太空，辛勤采得日边红。

青娥疑是烧天火，不敢携霜下九重。

---

① 木棉花：见附录三第 5 条。

水仙花开迎新年

清香烂漫一枝开，抱上金鸡携运来。
贺岁迎新春使者，满堂暖色映厅台。

年　粽

碧装束裹贺团圆，玉带缠身网络连。
未解罗裳香溢出，娘亲情爱在心田。

宁明县明江①乘船得句

高秋气爽下江堤，喜赴花山赏妙姿。
竹翠菊黄扶岸影，一船骚客一船诗。

戊戌春节和谭先进诗

金宵团聚意方佳，守岁围炉品热茶。
遍地笙歌喧似沸，满天焰火灿如花。
书符换旧迎新岁，土屋生辉胜彩霞。
盛世太平百姓乐，再吟新韵颂中华。

凭祥市诗词采风

觅句寻诗国界旁，怡神最是稻花香。
身临边塞闻硝气，脚踏台阶问古墙。
最羡民居皆特色，更欣红木美名扬。
古城新貌骚人醉，颂咏讴歌赞凭祥。

凭祥市兰花谷②

深山亭榭涓涓水，伴有柔姿逗晚香。
远看和风梳北岭，近观雾雨洒西窗。

青溪世外明尘道，花语桃源暖寂凉。
两侧青峰如傲骨，一身正气永留芳。

宁明花山岩画③

无字天书入半空，岩开仙境露真容。
千人举掌神灵祭，万物躬身福气同。
丰岁欢欣鸣乐鼓，挥戈驭马撞金钟。
先民智慧施图彩，壮宝今迎世界风。

崇左市江州区南津古渡④夜景

深秋暮色未绸缪，江畔依稀横小舟。
古道风侵形愈老，今桥雾盖力刚遒。
澄波平展连楼宇，黛霭飘升绕鹭鸥。
一抹月光余岸影，徘徊佳境意悠悠。

大新县明仕田园⑤

青山绿影抱琼楼，桥畔清波竹柳羞。
曲径风车花弄影，幽泉水草燕凝眸。
耳欣亭榭喧歌舞，身倚栏杆看泛舟。
请莫高声惊远梦，姮娥凡界正遨游。

大新县龙宫仙境⑥

边陲洞府有桃园，曲径通幽著巨篇。
但见石花燃子夜，更欣笋苑响辰弦。
心随岩洞情为客，身在银河幻是仙。
尘世几多烦扰事，流霞尽处化云烟。

---

① 明江：见附录一第 7 条。
② 兰花谷：见附录二第 38 条。
③ 宁明花山岩画：见附录二第 5 条。
④ 南津古渡：见附录二第 84 条。
⑤ 明仕田园：见附录二第 6 条。
⑥ 龙宫仙境：见附录二第 13 条。

端午观龙舟赛

栀子花香沁绿城，端阳南北会群英。
风吹两岸千旌奋，日照栏杆万鼓鸣。
轻桨齐狂排浪上，龙舟飞渡越涛征。
少儿幼稚嬉江水，告慰先贤乐太平。

天宫二号发射成功

一声巨响震长空，火箭神驰夜色融。
微妙千寻经皓月，半分万里傲苍穹。
嫦娥赞叹今科技，玉帝震惊绝代功。
且揽冰轮当月饼，再呈桂酒敬英雄。

香港回归祖国 20 周年感赋

百年香港千般泪，丁丑迎来宝贝回。
喜看五星旗猎猎，欢歌义勇壮威威。
一国两制成功路，万紫千红云彩飞。
再向台湾呼共识，中华翘首盼伊归！

崇左市老干部诗词学会①第四次代表会议召开

韵吟盛会未为迟，喜见《红棉》绽满枝。
信念坚贞笺起舞，豪情奔放笔飞驰。
千秋国粹留辉影，万里斑斓入锦诗。
边境又呈新翰苑，百花开放正宜时。

读郑巨荣老师《明江诗草》感赋

洋洋洒洒数千言，韵巧词精哲理篇。

勇越书山寻美律，勤耕诗海觅佳联。
语平句句真情在，意雅行行动感间。
智慧才华追梦笔，桑榆夕照色尤鲜。

崇左市老年大学②诗词班开班

承唐继宋创新风，花甲古稀当学童。
堂上良师传技艺，窗前弟子练书功。
新俦慢品诗词律，旧友细敲平仄宗。
不论尊卑不服老，梦随夙愿乐由衷。

祝贺崇左市老年大学建校 25 周年

芬芳桃李育人篇，艰办辛劳廿五年。
严训校风堪示范，将才师谕可称贤。
黉园逐觅桑榆后，学室欢娱至圣前。
开拓向前齐奋力，老骥扬蹄不用鞭。

观谭先进校长书法有咏

校长才高悬腕勤，创新书法技超群。
锋出八面龙腾水，笔落三山鹤舞云。
形意双收臻化境，刚柔并济卷成珍。
书涵魏晋千秋韵，墨写人间入木深。

鸡年咏鸡

矮树蓬蒿凛雪霜，喔出莽野醒村庄。
只将杯血盟毛遂，敢使函关过孟尝。
婉转歌喉鸣四季，悠然玉爪走三荒。
肚肠莫怪生来小，卓立高崖似凤凰。

行香子·诗词的春天

——献给崇左市老年大学诗词班
Q群"诗词的春天"的诗友们

筑梦春天，网会诗林。醉墨香、尔赋吾吟。激情飞荡，举酒遥斟。赏唐朝律，宋朝韵，近朝音。　　无分地域，无分身份。笔为媒、四海如邻。妙词锦句，共唱同心。颂风之柔，花之美，月之馨。

行香子·聆听习主席《新年贺词》

辞旧时光，喜气洋洋。暖心头、无比馨香。鸡年回顾，国运鸿昌。看水含情，山含笑，蔗含糖。　　人民伟大，再创辉煌。促脱贫、精准扶帮。崭新时代，步伐铿锵。为民之福，军之壮，国之强。

江　倩（3首）

江倩（1960—　　），女，广西防城港人。原广西南宁市味精厂职工。广西老年书画研究会、南宁市老年书画研究会、崇左市老干部诗词学会会员。2007年以来先后入学崇左市老年大学书法班、国画班、声乐班、舞蹈班、钢琴班、二胡班、电子琴班、英语班、交际舞班、口才与朗诵班，2015级诗词班学员。

老年学舞

夕阳身影舞翩跹，笑脸扭腰狂似癫。
烦事忧愁抛脑后，心宽体健赛神仙。

咏　荷

七月莲荷最诱人，出泥不染自清纯。
冰心玉洁非争艳，绰丽柔情众爱珍。

柳

千丝荡漾水边撩，细叶蛮腰风雨飘。
曼舞轻歌娇百态，绿荫飞絮更娇娆。

伦贵清（2首）

伦贵清（1934.4—　　），壮族，广西扶绥人，大专文化。原崇左左江华侨农场医院党委书记、副院长。崇左市老年书画研究会会员。崇左市老年大学2006级书法班学员。

扶绥县中东镇石铲

榕林苍翠盖树头，觅宝寻珍曲径幽。
此地人居源史远，遗存考古待深究。

扶绥县中东镇铜钟

曾催奋志读书郎，声震云天出壮乡。
昔日铜钟今国宝，京城一展美名扬。

韦谢评（12 首）

韦谢评（1948—　），瑶族，广西上林人，大学本科毕业，法学学士，高级讲师。原南宁民族中专教师。曾任崇左市老年书画研究会常务理事，崇左市老干部词学会副会长、《红棉》诗刊副主编。崇左市老年大学 2009 级书法班学员，2010 级诗词班学员。

木棉树

挺干凌空气宇昂，任凭日晒雨风狂。
着花二月英雄色，千百红铃耀太苍。

大新县恩城乡那望叠瀑①

湍急飞流有落差，天然叠瀑溅银花。
江风送爽怡骚客，迷恋敲诗忘品茶。

龙州蚬木王②二首

（一）

神树陇呼蚬木王，栉风沐雨尽沧桑。
三千年寿知今古，傲立山间佑八方。

（二）

咬定青山不计年，高标卓尔美名传。
繁枝似伞能遮日，硕干如柱可擎天。
毓秀含珠天宝韵，钟灵哺玉物华妍。
四方荫庇呈祥瑞，万众讴歌老树仙。

大新县龙宫仙境③二首

（一）

如醉如痴画卷中，美轮美奂鬼神工。
流光溢彩佛仙界，要问天宫第几重。

（二）

大新那岭探龙宫，信是苍天鬼斧工。
海市蜃楼呈化境，蓬莱梦幻显灵空。
千姿玉质迷宾客，百态珠霞醉妪翁。
洞里乾坤铺锦绣，山中瑰宝映霓虹。

---

① 那望叠瀑：见附录二第 40 条。
② 龙州蚬木王：见附录二第 26 条。
③ 龙宫仙境：见附录二第 13 条。

崇左建市铸辉煌

新城崛起铸辉煌，建市八年奔小康。

锰矿蔗糖兴产业，旅游边贸旺南疆。

宜居生态家园美，富裕和谐崇左强。

改善民生齐给力，老区焕彩更芬芳。

龙州起义纪念馆①

龙州烽火起硝烟，奋起工农改地天。

洒血抛头求正道，挥戈举义铸雄篇。

苍生有恨风云聚，怒发冲冠敌胆寒。

壮士精神昭日月，豪歌一曲撼坤乾。

龙州县上金乡紫霞洞②

洞天福地紫霞光，宝相庄严炷鼎香。

共仰慈云求保佑，同沾花雨兆祯祥。

禅参妙谛心缘静，壁刻诗题意蕴藏。

碧影瑶台开远势，普陀德泽溢芬芳。

大新县明仕田园③

大新大美此中看，蓄秀含英韵不凡。

碧水兴波船涌浪，青峰滴翠柳摇烟。

风光旖旎蓬莱景，旷野葱茏南国天。

极目芳菲游客醉，置身仙境尽流连。

龙州县大新县诗词采风

轻车一路见娇妍，丽日寻芳若等闲。

探洞犹如观蜃景，踏青仿佛步桃源。

奇峰耸翠云天外，旷野氤氲山水间。

造化神工谐雅韵，自然魅力赋华篇。

浣溪沙·参拜龙州县
革命烈士纪念碑④

　　缅昔追怀三鞠躬，丰碑肃敬眼朦胧，煌煌青史颂豪雄。　　先烈九泉含笑慰，承前继后奋腾龙，中华崛起告英灵。

罗修奎（6首）

　　罗修奎（1942.10—2017.6），广西宾阳人。广西师范学院（现广西师范大学）毕业，曾在广西宾阳中学任教。曾任原中共南宁地委办公室副主任、南宁地区教育局副局长、南宁地区文化局局长、南宁地区行署副秘书长等。广西老年书画研究会会员，崇左市老年书画研究会副会长兼秘书长。书画作品常入展省级书画展并获奖。崇左市老年大学2009级书法班学员，2010级诗词班学员

---

① 龙州起义纪念馆：见附录二第17条。
② 紫霞洞：见附录二第16条。
③ 明仕田园：见附录二第6条。
④ 龙州县革命烈士纪念碑：见附录二第85条。

重阳节偶感

白发如霜雪，时和意志坚。
宜将余热奉，心有艳阳天。

贺崇左市老年大学①成立 10 周年

左江岸上英雄树，盛世逢春吐嫩芽。
十载桑榆枝更挺，容光焕发绽新花。

咏桂花

金秋时节正开张，绿叶丛中散米黄。
不与群英争艳丽，只知默默吐芬芳。

题自画鲤鱼

清流出自绿山头，戏水锦鳞欢畅游。
湖海江河清若是，人间万物乐无忧。

上海世博会

盛世申城披盛装，五洲汇聚竞辉煌。
琳琅满目高科技，多彩多姿靓馆场。
城市民生添美景，寰球发展谱新章。
真诚拓出双赢路，华夏明天更富强。

浪淘沙·怀念帅立志②老师

满首发霜丝，满脸祥慈。终生刻苦索真知。艺术人生丰硕果，中外名驰。　　年少即临池，篆刻情痴。为民为国事无辞。一曲新词讴帅老，走好恩师。

周穗岐（7 首）

周穗岐（1946.6—　），女，汉族，大学文化。原广西南宁市种畜场职工。崇左市老年大学 2009 级舞蹈 3 班学员，之后分别进入声乐班、电子琴班、钢琴班学习，2017 级诗词班学员。

戊戌春节和谭先进校长诗

春节这首诗，传给子孙知。
世界龙狮舞，中国强盛时。

广西漓江桃花影

三月春花开正艳，漓江两岸绿葱茏。
山移树转疑无景，却见飘摇在水中。

---

① 崇左市老年大学：见附录三第 36 条。
② 帅立志：见附录三第 63 条。

赞南宁市花卉公园

四季来园景不重，千姿百艳巧神工。
花仙诗圣寻香遇，轻舞欢歌乐意同。

应对自如

狂风劲柳垂横舞，暴雨袭香荷曳摇。
根固茎柔何惧撼，风云莫测显绝招。

闲中好·思乡三部曲三首

（一）

闲中好，思告老还乡。土话听着
顺，山花闻泌香。

（二）

闲中好，游子返乡欢。老幼盘膝
坐，长聊都忘眠。

（三）

闲中好，乡径引妻行。忆往垂钓
处，今时还有鳞？

黄品雄（4首）

　　黄品雄（1949.12—　），广西大新人。原大新县五金交电公司副
经理，南宁烟厂党委办公室主任、党委副书记兼纪委书记、工会主席。
崇左市老年书画研究会常务副会长。崇左市老年大学 2009 级书法班班
长，2010 级、2011 级诗词班学员。

重九感怀

重九霞光照，深秋有乐章。
黄花争艳丽，处处溢芳香。

赞绿城南宁

邕江碧水穿城过，花果满街名远扬，
生态和谐迷醉客，游人忘返恋仙乡。

游南宁狮山公园竹影桥

雕刻诗联留墨迹，轻歌曼舞贺升平，
远观小鸟双双对，近看游人对对行。

端阳节悼屈原

身葬汨江河，忠贞传古今。
千秋存浩气，万代刻民心。
傲骨昭星月，高风勉子孙。
端阳花束束，遥祭慰英魂。

黎　霜（5首）

　　黎霜（1959.4—　），广西横县人，高中文化。南宁市防汛抗旱物资储备中心仓库原保管员。广西老年书画研究会会员、书法院会员，崇左市老年书画研究会常务理事、副秘书长，崇左市老干部诗词学会、南宁市诗词学会、南宁市葵花诗社、南宁市老年书画院会员。崇左市老年大学2009级书法班学员，2010级诗词班学员。

情寄全国两会

三月京城喜讯连，群英又聚会堂前。
新纲唱响民生曲，良策书成强盛篇。

银林山庄写生

写生书画同源聚，秋色山庄雅韵浓。
碧水凉亭文墨秀，夕阳光热乐融融。

话鱼生

横县鱼生美味扬，清凉解暑美食王。
口尝二片精神爽，天下游人醉郁江。

"一带一路"荣

一带芬芳一路荣，中华倡导各兴隆。
环球发展财源广，友好邻邦互利通。

咏南宁昆仑关①战役将士

瞻仰昆仑感触深，我军奋勇守和攻。
血花飞溅寒敌胆，英烈为民报国忠。

陈　晖（10首）

　　陈晖（1959.9—　），女，广西桂平人，大专文化。崇左市老干部诗词学会会员，崇左市老年大学书画摄影诗联研究会副秘书长。崇左市老年大学2010级电子琴班、舞蹈班、音乐班学员，2016级书法基础班、口才与朗诵班学员，2017级诗词班学员。

---

　　① 昆仑关：见附录二第55条。

春节和谭先进校长诗

青阳吟古诗，平仄报春知。
草木争时长，奇花绽放时。

冬至有感

时已见寒霜，安然又健康。
炉边朋友聚，欢笑乐开阳。

忆

清明凄雨下，叹叶落花残。
弹奏哀思曲，情怀念故牵。

夜

飞流直泻雨，飘落送楼阁。
倦指敲情曲，谁来与我合。

诵 读

吟诗寻韵味，喻又在情中。
细雨潜窗入，知音送酒觥。

江 南

慕名探到深山处，满栅繁花引蜜忙。
美景他乡留醉客，庭园四溢送清香。

菊

街头巷尾美菊开，阵阵清香扑面来。
灿烂黄英风雪舞，城乡美化笑开怀。

赞党的十九大

盛会精神传四海，举国上下共欢欣。
精心谋划中国梦，社稷安康为富民。

崇左市老年大学① 25 周年校庆感怀

斗转星移廿五秋，悠悠岁月共回眸。
同窗个个齐努力，时短情深脑际留。

崇左市老年大学诗词班

垦田戴月勤浇灌，作腊飞花分外忙。
桃李争妍齐绽放，秋实累累晚来香。

黄锦安（7 首）

黄锦安（1952— ），广西南宁人，大学文化。原崇左市粮食局副局长。中国民族书画研究会理事、中华诗书画研究会研究员、中国老年书画家协会会员、南京长江书画家协会名誉主席、北京清大华文书画院院士、北京华夏国艺书画院院士、广西老年书画研究会会员、广西诗词学会会员、崇左市老年书画研究会理事、崇左市老干部诗词学会会员。崇左市老年大学 2010 级书法班、诗词班学员。

---

① 崇左市老年大学：见附录三第 36 条。

蝉

夏日吱喳闹不停，催生万物迈新程。
烈火炎炎情未了，叶荫低唱不为名。

荷　花

莲塘盛夏荷花艳，出自污泥质丽妍。
多少文人施笔墨，迎来情侣笑开颜。

南宁青秀山①赏牡丹

三月踏青上秀山，牡丹万朵秀长廊。
互相盛赞同争艳，如蚁游人赏众芳。

盛世感怀

歌馆酒楼不夜天，琳琅铺店客流连。
金银首饰商机旺，城市农村玉宇添。
春夏秋冬交往盛，东南西北互相联。
繁荣经济年年好，明日神州胜乐园。

农村新貌

农门吉宅对群峰，春暖花开一片红。
楼宇阳台闻燕雀，歌声电视响堂中。
和谐农户天伦乐，勤奋人家事业丰。
处处农村如市样，九州同颂党峥嵘。

咏水稻

清明时节好抛秧，不日转青迎旭阳。
五月随风翻绿浪，暑天结穗放芳香。
专同粮莠争肥土，乐为人民供食粮。
库满黎民心绪稳，振兴国业是良方。

崇左石林②

天造生成石景林，树稠花美径幽深。
十弯九曲迷神眼，百洞千峰诱客魂。
夏日穿崖凉气浸，春时登顶雾霞临。
方圆数里桃源境，秀水奇山献世人。

梁素清（17首）

梁素清（1956—　），女，广西贵港人，大专文化。曾任原南宁地区氮肥厂工会主席、南宁地区糖业供销社总公司副总经理。现任广西老年书画研究会诗联院副院长、崇左市老年书画研究会副会长，崇左市老干部诗词学会会员。崇左市老年大学2010级诗词班学员。

---

① 南宁青秀山：见附录二第61条。
② 崇左石林：见附录二第9条。

冬 牧

朔风飞雪狂，极目尽银妆。

忽听半铃响，何人放牧忙。

中国龙

山高我是峰，昂首傲苍穹。

四海同驰目，东方有巨龙。

中秋自勉

中秋大雨绵，难觅美婵娟。

若使人长久，心中月自圆。

蔗乡新村

漫山翠干胜竹长，科学种蔗奔小康。

待等冬来深绿尽，高楼栋栋炫白墙。

车行蔗海

千冈碧叶似潮掀，恍若舟行大海间。

飞鸟掠窗惊我梦，何风能有这般甜。

窗前三角梅

种不属梅名又同，暑寒无惧有其风。

但得帘下三杯土，满树嫣红报主公。

咏南宁昆仑关①青松

棵棵挺立势千钧，仿佛排兵待布巡。

可是英雄魂尚在，化为树戍守昆仑。

德天跨国瀑布②

惊心动魄气吞河，道路崎岖更放歌。

跌宕高崖无所惧，铿锵起步又扬波。

春 笋

欲把清辉化碧涛，出泥待等暖风邀。

解除护甲身方硬，留住虚心节始高。

登崇左石林③观景亭

桂树飘香玉兔翩，宛如来到广寒天。

俯观大地皆奇景，我是凡人还是仙？

国之利刃

——纪念抗日战争胜利 70 周年大阅兵

南昌出鞘露锋芒，浩气千钧对手惶。

御寇驱倭除暴虎，摧枯拉朽建新邦。

践行马列刀尖利，报效中华腰脊刚。

今日威风摄鬼魅，高悬天国睨谁狂。

南宁狮山公园

一湾碧水柳烟中，轩榭亭台隐树丛。

修竹婷婷尽眼绿，圆前姹姹满池红。

观鱼桥头靠情侣，捉蝶花间跑稚童。

已是园遭楼宇耸，蓬莱何意落城东。

---

① 昆仑关：见附录二第 55 条。
② 德天跨国瀑布：见附录二第 2 条。
③ 崇左石林：见附录二第 9 条。

大明山兰花

盛夏明山草木新，独居涧上与石邻。
风拂劲叶扬青袂，日照晨姿露锋唇。
潭月松声修雅韵，峰岚雾霭酝清身。
孤芳溢远高崖处，何必尘嚣媚贵人。

赞中国航天

厉兵秣马是高精，几度攻坚战果盈。
亘古幽霄初放曲，瞬时澄宇再接星。
仙娥探月遥邻喜，壮士行空新霸惊。
问鼎天庭为梦想，造福人类举旗旌。

南歌子·瑶族篝火舞会

烈焰随风舞，芦笙伴鼓喧。阿哥
阿妹火边旋，燎辣情歌唱彻月儿圆。

清平乐·多彩金秋

秋风送爽，田野飘金缎。西岭山
枫红烂漫，装点桑榆更灿。　　休嗟
鬓惹霜斑，童心追梦依然。今日中华
崛起，自当加瓦添砖。

行香子·大新县明仕田园①春行

翠柳微掀，白鹭低翔。小河清、
鱼戏萍旋。游船慢棹，绿尽眸前。正
蔗苗翠，稻苗壮，豆苗芊。　　农家
庭院，素瓦青砖。竹轩长、瓜豆攀缠。
举杯迎客，妹唱哥连。羡歌声美，笛
声脆，笑声圆。

李　莉（26首）

李莉（1954—　），女，山东郯城人，大学文化。原广西电影集团
工会负责人。崇左市老年书画研究会、崇左市老干部诗词学会、崇左
老年大学书画摄影诗联学会、南宁市诗词学会会员。崇左市老年大学
2012级书法班、国画班学员，2015级诗词班学员。

松

雪中挺且直，华盖翠如春。
默默坚贞志，一如壮士魂。

竹

性直不附势，固本志弥坚。
心傲君之态，身躬礼逊谦。

---

① 明仕田园：见附录二第6条。

柳

河边婷玉立，舞动细腰肢。

扯上春风布，裁出碧绿衣。

初　春

立春小雨旧尘除，杨柳新芽嫩绿酥。

老叶护花无觅处，生机一派入新图。

相　思

秋染枫黄野岭彤，蟹肥菊美酒香浓。

两情南北相思苦，泪滴金杯眼底朦。

收　获

夏日南疆烈焰天，瓜熟果美满篱园。

挥毫泼墨银笺里，纸上花香果更甜。

昙花恋

玉洁冰清一瞬间，万般娇艳使人怜。

无言相对情难诉，丽影香魂把梦牵。

三月三

燕穿桃李雨花飞，满眼风光叠翠微。

两岸歌声拉不动，轻舟只带早春归。

四　月

柳城春雨浥轻尘，芳草青青万象新。

又是江边追念处，菊花泪里忆亲人。

秋　景

金风送爽醉心房，不是春光更盛装。

秋色秋声秋韵美，千红万紫吐华芳。

望　月

重阳岁岁又今同，阵阵秋风菊万丛。

远眺故乡来去路，乡愁借月照樽中。

教师节

阳光雨露栽桃李，汗水浇花处处香。

日暮东风芽吐绿，千红万紫报春光。

茉莉花

洁白娇小惹人怜，淡淡清香浸满园。

夜半微风潜入室，绵绵情意伴人眠。

咏　梅

凌霜傲雪迎风雨，铁骨柔情留暗香。

品质高洁心自许，何须后世做文章。

走进新时代

时代新歌寰宇响，百花怒放满园晖。

千家万户东风暖，奋进前行鼓角催。

朱日和阅兵有感

沙场三军气势雄，点兵亮剑吼声隆。

中华圆梦征途上，不忘初心大地红。

屈　原

志高才广写离骚，忧患情怀卷浪高。

千古一歌惊后世，引来五月泛诗涛。

重阳节有感

黄菊肥蟹酒香稠，红叶纷飞漫野游。

年暮迎来新岁月，诗书赋画喜心头。

画 兰

青衣颜素傍石开，不与他花沃土栽。
酒意半酣挥笔处，淡香阵阵纸中来。

漓江春早

东风吹柳入清流，鱼在云中惬意游。
罗带玉簪飘晓雾，轻波荡漾彩虹幽。

菊

金风玉露醉秋光，粉紫红黄扮盛装。
不与李桃争宠幸，霜天万里绘华章。

南宁市狮山公园采风

狮山秋季无秋意，草绿竹青郁郁葱。
亭上诗书添雅韵，文人墨客笑评中。

崇左市老年大学① 25 周年校庆

左江流水泛青波，灿烂红棉缀满坡。
学校青春桃李艳，师生勤奋果实多。

诗词书画新图美，歌舞琴拳曲艺卓。
昔日辉煌光正好，征途路上谱新歌。

戊戌春节和谭先进校长诗

桃红雨燕丽图佳，绿水青山献美茶。
万里江山添异彩，千年画卷绽鲜花。
诗词相伴增情趣，书画挥毫映晚霞。
走进改革新世代，众人筑梦大中华！

邀友人赏牡丹

小园玉骨无双艳，新韵仙妆气质高。
金粉飘香蜂百绕，阳春明媚锦千摇。
清风漫漫撩人意，丽水悠悠与尔邀。
雅兴心欢情未尽，再留倩影伴花娇。

渔歌子·秋收

肥蟹黄菊淡水虾，浓浓秋意乐无涯。收硕果，话桑麻，山高雾里喜人家。

欧建邦（19 首）

欧建邦（1945— ），广西永福人，大学文化。崇左老干部诗词学会理事、南宁市诗词学会会员。崇左市老年大学 2013 级诗词班学员。

德保红枫

枫香薰客醉，满树火烧红。
胜似春花美，温情含笑中。

大花紫薇

暖风吹出嫩枝桠，盛夏成荫开紫花。
独恋青天炎热气，浓情艳丽胜春华。

① 崇左市老年大学：见附录三第 36 条。

木棉树

不见春来绿叶浓，枝头花绽火烧红。

傲然挺立南疆地，守卫国门姿态雄。

南宁滨水公园

邕水之滨秋日游，黄花紫蕊入双眸。

难寻霜叶红如火，却见绿荫无尽头。

登华南之巅

猫儿山顶走一回，雾滚云翻海浪飞。

高处寒流千万变，勇攀天险看朝晖。

中国天眼[①]工程

巨霸形圆射向天，明眸炯炯不需眠。

苍穹注视明如镜，远在天边若眼前。

南宁格桑花

雪域飞来客，安居在壮家。

纤身风起舞，娇手雨中擎。

南面红棉树，西边金露花。

歌声传唱远，朋友遍天涯。

靖西鹅泉

地下甘泉涌，山前明镜宽。

鲤腾三尺浪，鹅唱四时欢。

碧水滋田野，清流入海川。

源头呵护好，活水永潺潺。

诗词班毕业感怀

三月春播十月收，平平仄仄运筹谋。

无私教授玫瑰赠，有幸学员香气留。

展示中华文化秀，传承汉语古诗优。

百花齐放红棉艳，绿树新枝更茂稠。

荷叶杯·广西老年大学古文班诗集《秋圃》

古典韵文精粹，珍贵。继承人，老年千百首诗荟。陶醉，尽芳芬。

南歌子·枫

五月香枫树，三秋落木桐。潇潇洒洒待寒冬。一抹丹霞似火，醉人瞳。

渔歌子·毛主席南宁冬泳亭

击水邕江领袖风，芳亭冬泳绿荫中。朱槿艳，木棉红。游人思念毛泽东。

忆江南·兴安县海洋银杏风景区

秋叶落，叶落灿如金。银杏历经风雨后，海洋风景耐人寻。游客把诗吟。

南乡子·崇左市老年大学[②]

老大读书郎，歌赋诗词尽丽章。唱和诵吟心境乐，芬芳。光热温温暖

---

① 天眼：世界最大的单口径球面射电望远镜（FAST），位于贵州省黔南布依族苗族自治州。

② 崇左市老年大学：见附录三第 36 条。

学房。　　节后露春阳，欢乐收心返课堂。领悟先生真善语，昂扬。学海行舟有导航。

南乡子·桂平市国家地质公园

相聚桂平游，地貌丹霞有看头。白石洞天山色秀，云浮。携手攀肩把影留。　　奇妙扩音优，南北心声对应收。更有龙潭深谷底，青悠。藤峡风光入眼眸。

诉衷情·感怀
（双调，依陆游谱）

当年求学到邕州，立志解民忧。行医农广天地，足迹遍山沟。　　今已暮，有何求，梦中游。心归老大，重返书山，续写春秋。

菩萨蛮·南宁大明山

巍巍山顶龙湖翠，分明地域回归北。公路绕弯弯，天低雾气寒。　　杜鹃花馥郁，举目红遮绿。挺立险崖中，沧桑一寿松。

采桑子·重阳

重阳漫步青山路。玉桂飘香，野菊金黄。枫叶红缘一夜霜。　　人生苦乐抓机遇。来也相当，去也相当。脱下晨装换晚装。

清平乐·2016 年奥运会中国女排

女排夺冠，世界皆惊叹。盈泪里约金花灿，不愧中华女汉。　　征途步履维艰，顽强苦斗逆天。赛后自拍陶醉，再接再厉挥鞭。

江秀芬（72 首）

江秀芬（1969.09—　　），女，壮族，广西宾阳人，大专文化。原凭祥市建筑技术培训中心职工，现崇左市老干部诗词学会常务理事、副秘书长、《红棉》诗刊副主编，南宁市诗词学会理事、《葵花》诗刊责任编辑，中华诗词学会、广西诗词学会会员。崇左市老年大学 2013 级钢琴班、国画班学员，2014 级书法班学员，2015 级诗词班班长。

大新县龙门乡苦丁茶树王[①]

三纪把天参，枝多绿叶繁。

无私勤奉献，高尚子孙传。

凭祥市上石镇美人椒

宝岛美人椒，随风弄海潮。

晶莹如玛瑙，前景更妖娆。

---

① 苦丁茶树王：见附录三第 9 条。

夜宿大新县德天山庄①

山风拂夜轻，皓月伴疏星。

白练窗前挂，乐团动客听。

白　鹇

羞颜银素装，仪态万千方。

溪涧竹林伴，一眸梦里藏。

拜读谭先进编著《崇左文化博览》②

一书重九斤，字字似华琳。

多少无眠夜，莹灯伴志耘。

大新县恩城乡天成那望

曲径山花漫，闲鸭水碧游。

人勤户户静，蝉鸣村更幽。

扶绥县笔架山③

山峰当笔架，蘸墨左江波。

景美群仙聚，地灵贤望多。

拜读《玉智念文学作品集》

玉质著华章，智灵情义长。

念怀儿往事，好个少年郎。

茉莉花

银裙小素裹，笑靥曳风轻。

冰雪玲珑玉，花开万物馨。

牡　丹

艳艳牡丹开，蝴蝶款款来。

天姿国色美，相顾尽徘徊。

拜读郑巨荣吟长《明江诗草》

明江泛晚舟，岸草魄魂丢。

为问缘何故，诗佳韵雅勾。

葵

娉婷立道旁，翠绿衬金黄。

莫笑清芬淡，忠贞永向阳。

荷　花

凝露芳心动，暗香透纸传。

薄衣枝上立，美誉满人寰。

兰　花

深壑幽兰美，凌晨独自芳。

不争百卉首，只为尔君香。

凭祥市平公岭地下长城④

依河泥下建，雀小肺肝全。

结构精灵妙，佑福天下安。

山村静夜思

夜黑人寂寂，寒意山风弥。

宿鸟惊飞去，林深香径失。

---

① 德天山庄：见附录二第 29 条。

② 《崇左文化博览》：见附录三第 51 条。

③ 笔架山：见附录二第 19 条。

④ 平公岭地下长城：见附录二第 79 条。

致自己

江园百卉开，郁郁秀芬栽。
流水高山和，采菊邀月来①。

崇左市老干部诗词学会②
诗书画生活微信群

诗词盛世多，挥墨荡清波。
万物皆欣画，夕阳是首歌。

画 意

久画花虫倦，遥听山水声。
今时须纵酒，桃李落纷纷。

秋 收

云淡天高净，山坡绿毯深。
金黄田陌处，俱是笑颜人。

荷

清波袅袅立，轻舞曳轩廊。
出淤尘不染，无风自有香。

樱 花

东瀛粉色花，偏爱神州家。
不惧黄黏土，春寒落满霞。

柳

湖岸婷婷立，风吹舞万枝。
临别折赠送，此物最依依。

悯建筑工地油漆工③

晨市过楼盘，工人漆抹忙。
突然泪簌簌，不是疼牵肠。

丙申中秋赋

蔽月浮云欲掩清，从来天下是非明。
乌云散尽银光照，朗朗乾坤都是情。

木棉自述

沐雨经风一野花，尽红空绿展春华。
英雄当有人间颂，不必失恭枉自夸。

凭祥市上石镇情侣石

恰似化蝶比翼翔，又如两玉诉衷肠。
真情自古多遗恨，石侣相依岁月长。

友谊关④

曾经弥漫硝烟处，今日花繁雨润泽。
但愿人间无烽火，挽手共唱幸福歌。

伉俪情深

瑟瑟秋风到友家，席间言罢尽窥她。
林深纵有分飞燕，山涧幽兰绽异芭。

苗家庆丰收

角羽声声十里知，振铃唱和妙芳姿。
苗家欢庆丰收舞，一曲高歌动地诗。

---

① "流水"二句：喻指诗友。
② 崇左市老干部诗词学会：见附录三第 57 条。
③ 早上路过在建新楼盘，被刺鼻的油漆味刺激得泪流满面，疼痛难忍，有感而作。
④ 友谊关：见附录二第 1 条。

白头叶猴①

黑衣白帽尾长长，常搂孩儿食叶忙。
绝壁精灵崇左爱，和谐生态美名扬。

天宫二号发射成功

谁言冰镜荒凉冷，神器光年载客来。
从此嫦娥无寂寞，轻歌曼舞乐开怀。

七　夕

浩瀚银河百丈冰，牛郎织女泪沾巾。
一年一度才一会，任是铁石也动情。

依韵和林其正②诗并藏头

林海无涯香草中，其词美妙诗亦雄。
正逢鼎盛花繁处，好水好山颂好风。

袁峰、林其正老师获
南宁三中教育终身成就奖

金桂馨香菊灿灿，杏坛鹤发善施学。
终身瑰冠传佳讯，重喜重阳重玉珏。

绿叶樱花③

农家馆驿美篱笆，轻舞玉蝶粉袈裟。
丽质娇颜天造化，月仙妃子向着她。

环江县长美崖刻④

谁书危壁山高水，林暗藤枯老树苔。
一江作镜修竹悦，两岸为屏青绿⑤来。

天等县派替湖⑥

波光粼域阔，九马画青莲。
湖底灵泉美，石嶙芳菲妍。
野堤珠玉溅，幽洞龙蛇盘。
多少痴情客，徜徉碧水间。

环江县哥爱天坑

崖上雄狮吼，葱葱绿被绸。
茂林仙雾绕，碧带锦鱼游。
两岸金滩卧，一坑玉柱镂。
心留神脉地，旅业写春秋。

南宁市青秀山⑦

巍峨青帝邕江畔，金凤欲飞迎碧霞。
云际红桃仙果盛，城中绿肺自然佳。
儿童急走追蝶鸟，少妇轻吟摄树花。
更喜辉煌孔庙立，中华文化永芳华。

---

① 白头叶猴：见附录三第 1 条。
② 林其正：南宁市第三中学教师。
③ 绿叶樱花：三角梅的其中一个品种。
④ 长美崖刻：位于广西环江县。
⑤ 青绿：指《千里江山图》，画中大量使用青绿色，也称青绿山水画。
⑥ 派替湖：见附录二第 86 条。
⑦ 南宁市青秀山：见附录二第 61 条。

南宁市扬美古镇

蕉海荷香老树参，溪清竹翠柳千般。
青砖黛瓦屋檐翘，碧水金滩明月圆。
杜豆沙糕存世少，孤灯浩卷举人繁。
黄兴烈亚驱豺狗，再铸丰碑谱丽章。

天等县万福寺①

良田平展清河绕，拔地南锥一柱峰。
风洞慈云随雾逸，蛟龙巨柱乘风行。
莲灯神像来人敬，枧木云梯旅客惊。
洞寺壮乡唯此有，念经圆润古今名。

天等县清音洞②

奇山腹部藏奇洞，窄缝阳光一线匆。
天地传音音脆脆，琴簧流水水淙淙。
平桥点翠虫鱼跃，罗汉飞花鸟兽腾。
金老欢愉提笔墨，顽童黄药射英雄③。

桂平市西山

思灵圣地好风光，松树参天郁翠苍。
巨赞尝茶先佛悦，觉光品石后禅忙。
一泉乳涌舒心肺，半岭云浮锁大江。
多少游人迷恋处，晨钟飘荡韵悠悠。

凭祥市白云山④

几片白云梦里家，晨曦邀我早出发。
含情郁郁山中草，送暖晴晴陌上花。

蜂吻黄英画眉鸟，鱼翔青底透明虾。
倏儿寺院钟声起，不尽诗思落晚霞。

高考期间的家长们

儿女冲锋志气豪，爹妈无语紧煎熬。
凌晨菜市挑鱼肉，午夜厨房舞铲刀。
才叹佳肴难胜意，又怜美味易烧焦。
耳边号角声声响，宝马东风向日捎。

莫文骅将军

亭子莫屋出骏马，鹅城起义露峥嵘。
姜援草地深深义，敌丧塔山赫赫功。
著作吟诗堪雅将，捐资献画为佳簧。
青龙羽扇人人敬，美好精神代代崇。

新春感怀
戊戌春节和谭先进校长诗

书读百遍意尤佳，红袖添香诗画茶。
心净唯闻君子语，年高不舍木兰花。
冬游雪岭春观海，朝侯晨曦晚送霞。
更喜旧颜新貌换，东方筑梦美中华。

渔歌子·赴南宁博物馆
参观钟家佐⑤诗书展路上

横跨西塘到象南，清凉好雨韵千
般。诗上品，字灵娟，青山路上嗅芳兰。

---

① 万福寺：见附录二第 48 条。
② 清音洞：见附录二第 88 条。
③ "金老"二句：金庸在《射雕英雄传》中对此景点作了描述，是黄药师藏《九阴真经》和关押老顽童的石窟。
④ 白云山：见附录二第 74 条。
⑤ 钟家佐：见附录三第 39 条。

如梦令·夜游南宁市心圩江

慢步心圩江畔，游客零星相伴。顽劣笑追逐，跌入草丛踉跄。何况？何况？蚂蚱纷纷逃丧！

如梦令·作画

午夜挥毫笔绘。常忘体能疲惫。画尽猛回头，才记时光易脆。欣慰，欣慰，拂晓阳光明媚。

如梦令·崇左市黑水河①

奇特风光名赫。百舸衣冠斜侧。云树绕船边，峰碧百花幽色。惊个②。惊个，河水蓝黑透彻！

长相思·思

风也欺，雨也欺。雾锁春桃枝影稀，湖边暗自思。　　爱也凄，恨也凄。望断香蹊谁可知，念君无尽期。

卜算子·纪念毛主席冬泳邕江60周年

严月雨疏寒，风动皮棉袄。凛冽街头步履行，只为恩人悼。　　浩浩碧邕江，榕树碑亭老。告慰邕城尧舜天，朗朗横波笑。

采桑子·祝贺崇左市老年大学③成立25周年

左江榕绿红棉艳，桃李春风。琅琅书声，悦曲欢歌上碧空。　　花山文化陶情趣，诗赋情浓。翰墨情浓，廿五春秋硕果荣。

采桑子·凭祥市

春风再度边城美，昨日硝烟。今日花妍，友谊关前车马喧。　　金鸡红木游人悦，凭水潺潺。玉洞婵婵，浊洒一杯天地娟。

谒金门·香港回归20周年感赋

逢盛世，香岛回归雪耻。绽放紫荆多艳丽，廿年挥彩笔。　　一国两制开范例，治港良方可喜。稳定繁荣无可比，世人同赞誉。

忆秦娥·天等县独秀峰④

名声甲，良田鹤立川河雅。川河雅，古桥拦坝，如瀑惊讶。　　景佳勤奋人和洽，穷乡巨变飞天跨，飞天跨，琼楼玉宇，如诗如画。

清平乐·天等指天椒⑤

红玛翡碧，昂首青天指。小巧玲

---

① 黑水河：见附录一第4条。
② 惊个：为崇左方言，意吓死人。
③ 崇左市老年大学：见附录三第36条。
④ 独秀峰：见附录二第88条。
⑤ 天等指天椒：见附录三第8条。

珑皆美玉，辛辣醇香人记。　中国天椒之乡，佐餐佳味欣尝。人寿物丰景丽，靓名四面八方。

清平乐·横县茉莉花

微风轻抚，百里青山妩。淡雅轻盈芬馥著，剔透晶莹玉炉。　好花绽放邕东，纵使诗赋重重。难诉心中爱慕，唯愿岁岁芳容。

鹊桥仙·成人礼

谢恩师母，精心呵护，风雨冰霜无阻。黉堂庭院有师传，惊回首、十八年度。　西装革履，英姿飒爽，谈笑红桥[①]迈步。激情澎湃在今朝，誓将那、前程锦簇。

鹊桥仙·延安

延河洗马，塔山舞蘽，七大迈开新步。运筹帷幄驭千军，凯歌壮，伟人引路。　秧歌五鼓，说书剪纸，非物传承瞩目。三黄一圣[②]誉寰球，兴国梦，精神永驻！

鹊桥仙·天等县百感岩[③]

龙盘凤舞，飞天菩萨，王母踩空艳遇。莹洁石乳耀纷呈，祥云瑞、隐真妙境。　西来第一，无以易比[④]，霞客叹为观止。清风明月正当时，游客赞、洞天福地！

鹊桥仙·凭祥市白玉洞[⑤]

群峦叠翠，悬崖险壁，玉洞天然璀璨。珠滴如乐乐声声，石钟乳、晶莹梦幻。　苏公虎帐，藏兵百万，明月与天分半。功卓史馆立生平，千秋传、如雷声贯！

虞美人·南宁孔庙游感

青山秀丽邕江岸，笔架凝眸澹。状元桥上乘春风，栩栩金龙盘跃展鹏程。　慎终追远民德厚，仁爱才学首。年年祭祀有心筹，文化传承步步上层楼！

临江仙·别后

别后清池止水，草枯石秃柳垂。窗寒月惨霎来时。风泠花沁香，夜静人独立。　记得绿荫墙外，常常欢倚柴扉。相眸无语意徘徊。别时轻执手，情义两相随。

唐多令·观建军90周年大阅兵

大漠响春雷，阅兵号角吹。展英

---

① 红桥：指状元桥，因桥红色，故称。
② 三黄一圣：三黄是指黄河壶口瀑布、黄帝陵、黄土风情；一圣是指延安革命圣地。
③ 百感岩：见附录二第34条。
④ 明朝徐霞客对百感岩的评价："西来第一，无以易比。"
⑤ 白玉洞：见附录二第69条。

姿，三帜心扉。科技尖端空海陆，震草兔，莫偷窥。　　旧址两光辉，雄师未怕谁！九十年，座座丰碑。多次还击歌响遏，国强盛、更神威。

唐多令·大新县恩城乡伏那花溪①

林密野花沟，清溪静谧流。紫蝶轻、翠鸟啾啾。更喜绿茵黄叶舞，捡红豆，在芳畴。　　景美惹人游，三回半载求②。更招来、千骨花眸③。愿今世今生永伴，只一眼，爱已留。

水调歌头·临近中秋有感

才叹鹊桥会，又悯月中秋。人间漫漫长河，都几许情愁？梁祝蝶飞千古，宝塔白蛇泪苦。孔雀向南眸，五里一回首，哀号几啾啾！　　今法制，讲民主，陋习焚。太平盛世，神州处处锦花幽。往事前尘凄楚，现代悦娱无阻。唯有品无求，愿政清民乐，琛玉永芳流。

满庭芳·祝贺左江花山岩画文化景观④申遗成功

峻岭崇山，悬崖峭壁，树佳水绿蜿蜒。长廊艺术，岩画在其间。台地隔江相望，村落掩，袅袅炊烟。连阡陌，依依竹翠，香稻蔗甜甜。　　年年，钟鼓奏，半蹲曲肘，祭祀虔虔。雨打风吹晒，屹立昂然，神韵风姿依旧！千年傲，世界奇妍。要将那，申遗盛果，共享馈人间！

念奴娇·南宁那考河湿地公园⑤

邕城新景，众人赞，度假休闲佳地。水润绿植，真是那、肥美茵茵肆意！蕉海缤纷，芳菲无数，季季新春意。红桥栈道，雨天安步惊喜。　　回想此地从前，虫出野草没，纳污藏垢！改造三秋，华丽变，游客叹疑天际。科技新光，海绵效应好，顺了民意。和谐社会，景靓民富盛世！

念奴娇·黄鹤楼

大江滚滚，浪涛去，千载旅游绝地。始建三国，真那是、屡毁屡修不弃。雄踞蛇山，俯视天堑，欲飞凌空翼。美楼胜迹，引文人墨客至。　　浮想崔颢当年，题诗楼壁上，千年诗帝。多少后人，归忘却，羞愧才疏难比。晚辈后生，痴情应似我，为寻佳句，阅读无数，只因穷尽诗意。

① 伏那花溪：见附录二第 46 条。
② 崇左市老干部诗词学会会长谭先进于 2017 年上半年来此三游并赋诗，诗云："逍遥尘世外，半载已三求。"
③ 电视剧《花千骨》在此拍摄。
④ 左江花山岩画文化景观：见附录二第 8 条。
⑤ 南宁那考河湿地公园：见附录二第 59 条。

卓中园（4首）

卓中园（1963—　），女，广西大新人，大专文化。邕江大学（现南宁学院）学生科员工。崇左市老干部诗词学会会员。崇左市老年大学2014级声乐班学员，2016级、2017级诗词班学员。

竹

竹笋尖尖嫩，沐阳茁壮成。

挺拔黄土地，风雨自心清。

游南宁市西乡塘青瓦房景区

青砖古舍散幽香，石磨瓷缸展路旁。

水碾桥边人笑闹，乡村清雅旅游忙。

桃　花

点染胭脂满树红，引来蜂蝶闹春丛。

芳菲过后甜甜果，乐坏瑶台圣母宫。

水　珠

晶莹剔透似玻球，叶面随风舞动柔。

万种风情无去意，笑陪一片绿瀛洲。

黄世凤（13首）

黄世凤（1972.5—　），女，壮族。崇左市老干部诗词学会理事。崇左市老年大学2014级声乐班学员，2017级诗词班学员。

翠　竹

翠竹枝深茂，刚强冲九霄。

全身能入药，节节品行高

桃　园

锦浪红霞缀满园，暗香浮动沁心田。

缤纷少女风姿展，装扮芳华一片天。

中秋赏月

空庭玉镜照人间，美景良辰喜结缘。

万盏花灯齐灿放，人间处处共婵娟。

十月菊

绿叶渐黄秋意到，百花凋谢尔盈庭。

一枝独斗寒霜雪，遍地如金惹恋情。

桂 花

雨后人闲踏翠坪，清香阵阵把吾迎。
依稀看到黄花影，只愿凭栏远处停。

赞崇老大诗词班郑巨荣老师

精神矍铄声洪亮，满腹经纶智过人。
长者八旬亲善诱，国学经典了如神。

党的十九大报告憧憬有感

党描丽景启新航，万众齐心向小康。
国盛民安添富贵，百年圆梦创辉煌。

忆恋人

独自休闲坐酒台，窗前风雨久徘徊。
缠绵念想频频起，怀里玫瑰朵朵开。

戊戌春节和谭先进校长诗

一元复始体康佳，招待亲朋沏好茶。
喜悦端来迎旺酒，辛劳送走越冬花。
山歌娓娓抒心意，鞭炮声声耀彩霞。
百业兴隆民富裕，千邦万国赞中华。

调笑令·小草

柔小，柔小，不畏风狂雨暴。扎
根大地深情，不惧燃烧踏凌。凌踏，
凌踏，春苴绿衣飒飒。

清平乐·崇左市老年大学[①]
歌颂党的十九大诗歌朗诵会感作

中华经典，颂党丰功建。欢聚黉
楼相竞艳，释放激情无限。　　骚人
自信腔圆，掌声如绕梁烟。汇聚师生
精锐，共描瑰丽明天。

鹧鸪天·南宁市狮山公园

雨后园林处处妍，葱茏叠翠染山
峦。欢鸣群鸟声声远，怒放繁花朵朵
鲜。　　湖碧碧，柳纤纤，亭台红舫
水中连。长廊歌舞风姿炫，天地人和
笑语喧。

沁园春·崇左市老年大学庆祝
中国共产党成立97周年暨同乐会

六月激情，展示收成，暖众心田。
看颂歌联唱，情深意切；赞诗朗诵，
字正腔圆。民乐合弹，佳人共舞，精
彩纷呈才艺全。舞台上，见多姿绚丽，
气氛庄严。　　精心策划三番，引阵
阵掌声台下欢。赏精神矍铄，热情洋
溢；视觉盛宴，喜悦飞天。化雨春风，
豪情壮志，高举锤镰永向前。夕阳美，
正同心筑梦，谱写新篇。

---

① 崇左市老年大学：见附录三第36条。

汪大洋（27 首）

汪大洋（1951—　）广西东兰人，大专学历。广西师范学院正处级退休干部。广西诗词学会会员，崇左市老干部诗词学会理事，南宁市诗词学会会员。崇左市老年大学 2015 级声乐班学员，2015 级、2017 级诗词班学员。

崇左美

雄峰昂首镇边关，拨地穿云刺破天。
岩画花山惊世界，风情万种客流连。

崇左市七县（市、区）拾贝七首

（一）江州区

石林斜塔文洋洞，美景江州不胜收。
新市振兴龙翘首，九牛追梦不回头。

（二）宁明县

蓉峰宝塔显灵光，四海游人观景忙。
遗产花山成圣地，明江两岸泛诗香。

（三）大新县

短衣壮妹苦丁茶，八大景观处处佳。
瀑布名扬国内外，叶猴明仕众人夸。

（四）扶绥县

石铲贝丘已万年，春牛白鹭舞今篇。
恐龙远古留新印，蔗海蕉香唱丰年。

（五）天等县

龙角天池百感岩，打榔拜海舞蹁跹。
红椒遍地苍穹指，致富勤劳不等天。

（六）龙州县

边关口岸贸商多，弄岗风姿景物和。
红色八军英烈地，天琴永奏幸福歌。

（七）凭祥市

古炮连城逾百年，金鸡报晓艳阳天。
红棉驻守雄关秀，边贸方兴乐于阗。

诗词班毕业照

怀诗含韵笑颜开，笔下春花老大栽。
风景国学情不舍，金秋硕果满骚斋。

木棉花①

南疆三月木棉红，火树团团旷野中。
热血丹心争奉献，苍穹傲立喜东风。

声乐老师

弦跳指尖情荡扬，宫商徵角费心肠。
音符流水千山去，曲醉夕阳润晚芳。

---

① 木棉花：见附录三第 5 条。

献给诗词班老师

东风化雨润心田，你我结缘老大牵。

枯树逢春发嫩叶，栽诗种词乐骚园。

庆祝崇左市老年大学①成立 25 周年

瓜甜果硕正金秋，老大校园簇彩绸。

廿五耕耘花正艳，春来雨润更风流。

乡村女神

众香国里那枝娇？唯我巾帼分外娆。

且看农家纤手秀，煮茶耕种一肩挑。

果 农②

多少痴情犹未休，株株长在我心头。

春来一亩三分梦，都在秋天枝上留。

农民工

雨夜潇潇打叶声，灯前牵手话征程。

行囊装满天涯梦，最怕时间到五更。

花山魂

丹崖骆越演千年，万种风情山水间。

驱瘴降魔抽利剑，呼风唤雨润桑田。

先人足下狂飙起，山下江中碧浪掀。

后辈征程何所惧，扬鞭追梦永直前。

拜读谭先进校长
《崇左文化博览》③

情系左江笔有神，艰辛数载撰雄文。

边关红土书中秀，风貌花山字里珍。

数据沉沉说巨变，歌谣美美唱精魂。

百科一部红棉颂，可敬壮乡追梦人。

拜读郑巨荣老师《明江诗草》

饱览明江品碧琳，高山流水荡佳音。

新歌励志家园颂，雅韵抒情边塞吟。

朵朵红棉香故土，篇篇力作秀彤云。

良师益友诚可敬，诗草长存养肚贫。

朱日和阅兵

铁甲黄烟卷战云，雄兵大漠震强音。

疾风尽扫军旗猎，尘雨狂飙勇士拼。

统帅沙场发号令，钢枪迷彩铸忠魂。

江山有我长城在，虎豹豺狼岂敢侵。

宁明县创建中华诗词之乡

明江古韵起诗潮，歌咏花山逐浪高。

大地春回皆目秀，国学光照尽芳娇。

激情稻笔河为墨，甜蜜蔗歌杆作箫。

曲曲壮家昌盛赋，诗乡创建下真招。

---

① 崇左市老年大学：见附录三第 36 条。
② 发表于《中华诗词》2018 年第 9 期第 29 页。
③ 《崇左文化博览》：见附录三第 51 条。

崇左市老年大学^①声乐 19 班迎春联欢

冰雪飘飘锁北国，左江碧水荡春波。

红裙起舞心花放，溪水抚琴柳岸合。

一曲老师我爱您，满腔情热酒浇歌。

青山不老夕阳照，醉卧云霞笑脸多。

戊戌春节和谭先进校长诗

京城和暖四方佳，团拜迎新一素茶。

雾散尘消风劲草，春来雨润蜜飞花。

晴空朗朗云追月，满目青青心绽霞。

百姓欢呼新世纪，长歌舞梦尽芳华。

鹧鸪天·左江^②秋

蔗海糖都桂蕊香，风吹稻穗灿金黄。瓜甜果硕招人爱，你进我出运货忙。　崇左旺，边关强，左江水起好时光。扶贫精准财源畅，社会和谐步小康。

虞美人·崇左市老年大学诗词作业

国学历史渊源久，诗赋堪称秀。夕阳西下写辞章，别有一番滋味在心肠。　传承古韵声声美，字正腔圆醉。导师执教付真情，练句学生欣笔颂复兴。

念奴娇·友谊关^③

南疆要塞，万山峻，碧树云峰如剑。矗立雄关，居险坳，气贯人间霄汉。几度狼烟，刀兵枪战，抵御妖魔犯。英魂壮举，粉身蹈血鏖战。
世事斗转星移，红棉新蕊放，城门旗换。报晓金鸡，边境俏，烂漫山花香散。商旅东盟，春光明媚处，酒歌人恋。国强关耀，五洲刮目相看！

满庭芳·左江花山岩画
文化景观^④申遗成功

丽日和风，秀山碧水，左江晨沐朝霞。赭丹人画，见灵韵神哗。鼓震欢声浪起，驱瘴疠，祈旺桑麻。欣歌舞，群情踏足，烈火绽金沙。　奇葩，芳骆越，千年怒放，万代同夸。护珍稀遗产，挥汗催芽。推向五洲四海，凭实力，威震天涯。终圆梦，邀杯相祝，喜泪赋山花。

---

① 崇左市老年大学：见附录三第 36 条。
② 左江：见附录一第 1 条。
③ 友谊关：见附录二第 1 条。
④ 左江花山岩画文化景观：见附录二第 8 条。

温国源（11 首）

温国源（1950.3—　），女，广东清远人，大学本科。退休前是南宁市第十三中学教师。崇左市老干部诗词学会会员。崇左市老年大学2015 级、2017 级诗词班学员。

赠友人

六旬不畏晚，诗赋满情怀。
逝水年光去，清风拂面来。

春节和谭先进校长诗

青松赋雅诗，学子品方知。
圆满求学梦，春风化雨时。

北海市银滩

一湾碧水抱珠城，踏进银滩细浪迎。
喜看游人留倩影，多姿多彩总欢情。

端午赛龙舟①

扬旗击鼓赛龙舟，两岸助威争上游。
昔日忧忧华夏地，今朝处处尽风流。

崇左市老年大学②庆祝
中国共产党成立 97 周年暨同乐会

党帜飘扬奏美音，飞莺流水雅诗吟。
红绸掀起千重浪，赤县人和四海欣。

初春桃花

春寒料峭吐新芽，朵朵红云缀树丫。
四面八方花烂漫，小园一景显芳华。

有感于机器人写诗

写诗机器好疯狂，转眼已成韵四行。
微信群中多李杜，临风把酒唱夕阳。

山　村
——和谭先进校长诗

鸡鸣鸭叫万方佳，更喜环村稻与茶。
塘畔溪边垂翠柳，门前屋后吐红花。
山歌唱出千家乐，画笔描来七彩霞。
待到秋天瓜果熟，琼楼碧瓦放光华。

戊戌仲夏与诗友
到南宁人民公园采风

六月荷花映碧空，采风演练树茏葱。
导师石点成金道，学子心知会意融。
同议比兴抒南北，共研平仄问西东。
逢春枯木滋活水，卷卷诗篇韵味浓。

① 赛龙舟：见附录三第 10 条。
② 崇左市老年大学：见附录三第 36 条。

如梦令·忆童年跳绳

喜爱跳绳灵巧，操场课间吹哨。
舞动手和足，跃起高歌长调。欢笑，
欢笑，应是时光最俏。

调笑令·佛肚树

奇树，奇树，最像活佛大度。心
装万物笑颜，黄花绿叶映天。天映，
天映，惊喜游人崇敬。

王利然（3 首）

王利然（1950— ），女，广西南宁人。原南宁手扶拖拉机厂幼儿园教师。崇左市老干部诗词学会会员。崇左市老年大学 2015 级诗词班学员。

柳

宛如少女立湖旁，舞动青裙百絮扬。
不与鲜花争艳丽，欣随小草洒芬芳。

上崇左市老年大学①

老树逢春发嫩芽，新来奇想纺诗纱。
胸怀忐忑师谆训，暗下诚心栽梦花。

黄山松

顽干盘根立峻岩，凌风傲雪雾云间。
躬身笑靥迎宾客，铁骨铮铮福气添。

吴声益（13 首）

吴声益（1953.06— ），壮族，广西马山人，大专文化。曾任部队营教导员、原南宁地区行署机关事务管理局副局长等。崇左市老干部诗词学会理事。崇左市老年大学 2015 级诗词班学员。

---

① 崇左市老年大学：见附录三第 36 条。

春意盎然

纷纷细雨送春归，嫩叶攀枝紫燕飞。

解冻江河奔碧浪，山中又绽艳红梅。

抗洪前线

初晴云月上枝头，战士排洪累已休。

江岸潮湿身不顾，鼾声甜美梦中游。

友谊关①景区法式楼

友谊关区黄色楼，经风沐雨历千秋。

滚滚硝烟无所惧，钢身铁骨卫金瓯。

大新县恩城乡游记

晶莹溪水响哗哗，蝶舞蜂飞采野花。

龙眼满枝沉甸甸，蕉林生处有人家。

崇左斜塔②

一条玉带系腰间，昂首称臣看大川。

雨打风吹全不顾，百年阵守护航船。

预祝宁明创建中华诗乡早日成功

创乡会议启风帆，诗友平民勇上船。

明日颁发荣誉匾，酒樽同举共酣干。

凭祥市边贸观感

风高七月到边关，山寨双方贸易繁。

热带果蔬车满载，芳芳往返笑流岚。

宁明县明江③行

梦中卅四到明江④，路顺机合会老乡。

昔日田头营露宿，今来稻穗又金黄。

凭祥市上石镇庙会

青年抢炮满场追，娇妹歌甜醉眼飞。

绽放山花迎贵客，争龙逐凤闹春晖。

崇左园林博览园⑤游兴

碧湖荡漾雄灵塔，创意桥连两岸家。

绿树婀娜迎贵客，仙山惟妙送金纱。

早观岩画迷游客，夕照琼楼映晚霞。

石鼓频敲歌盛世，天琴和籁颂中华。

保护左江花山岩画文化遗产

明江峭壁壮悬崖，风雨千年古画佳。

蝶舞蜂飞亲万卷，星辉月照吻千花。

声声金鼓摇三寨，步步丹身染九霞。

今日申遗成正果，精心保护放光华。

戊戌春节和谭先进校长诗

青春龄妙四方佳，银首楼台喜品茶。

心恋琴胡弦瀑布，情怀书画墨飞花。

登高远眺云峰彩，田野心读水寨霞。

时代奔潮腾巨浪，神州处处吐芳华。

---

① 友谊关：见附录二第 1 条。

② 崇左斜塔：见附录二第 22 条。

③ 明江：见附录一第 7 条。

④ 1983 年作者所在部队曾露营于明江边的板棍乡，2017 年作者写此诗，已经 34 年。

⑤ 崇左园林博览园：见附录二第 58 条。

渔歌子·宁明县明江^①游

倒影江中艳似梅。船头船尾彩蝶追。人欢笑，浪花飞。天蓝水碧醉心回。

陆秀华（1 首）

　　陆秀华（1978— ），女，壮族，广西宁明人。曾任宁明县明江中学教师、崇左市委老干部局办公室副主任。崇左市老干部诗词学会会员。崇左市老年大学 2015 级诗词班学员。

宁明县明江

春江烟雨柳婆娑，点点浮槎泛碧波。

水动云开涵日月，花开莺舞自欢歌。

农桂春（2 首）

　　农桂春（1971.2— ），女，壮族，广西大新人。广西师范学院（现南宁师范大学）毕业。崇左市直属机关老干部服务所所长、崇左市老年大学学员工作科科长。崇左市老干部诗词学会会员。崇左市老年大学 2015 级诗词班学员。

桂林漓江游

梦中仙境浩无涯，九马画山沐彩霞。

鸟悦风清天下甲，村村寨寨小康家。

漓江徒行

悠悠漓水碧波晶，倒影奇峰诗画情。

江畔徒行身体壮，健康工作五十龄。

---

　① 明江：见附录一第 7 条。

陈伟珍（35 首）

陈伟珍（1941—　），女，广西陆川人。原南宁地区老龄委员会办公室正科级干部。广西诗词学会会员，崇左市老干部诗词学会常务理事、副秘书长、诗刊《红棉》编辑。崇左市老年大学书画摄影诗联研究会常务理事，崇左市老年大学 2015 级、2017 级诗词班学员及工作人员。

思　君

残月映纱窗，孤单夜漫长。
忆君情万缕，思念断愁肠。

窗外玉兰花

玉兰窗外静如常，叶茂枝繁雅素妆。
绽放含苞千万朵，清白一片吐芬芳。

崇左建市 10 周年二首

（一）

南疆建市十春秋，昔日荒山变绿洲。
美丽壶城添异彩，蔗田绿海蜜甜稠。

（二）

乡村面貌换新装，彩电摩车走四方。
科技兴农民有福，精粮瓜果遍幽香。

清　明

跋山涉水祭双亲，野草萋萋儿女心。
袅袅香烟生百感，三杯美酒黯伤神。

纪念长征胜利 80 周年

万里长征震宇寰，枪林弹雨越重山。
丰碑永在豪情壮，筑梦同心勇向前。

新春颂二首

（一）

雄鸡报晓喜迎春，经济繁荣百业欣。
狮跃龙腾歌盛世，党恩似海好风熏。

（二）

盎然春意喜盈盈，精准扶贫惠民生。
筑梦复兴催奋进，高科发展速航程。

宁明花山岩画①二首

（一）

千年绘彩气恢宏，栩栩如生尽画中。
万象仙踪何处觅，岜莱赫赫展雄风。

（二）

百丈悬崖染迹同，千年风雨隐仙踪。
先民睿智青山绣，绚丽明江画映红。

---

① 宁明花山岩画：见附录二第 5 条。

龙州过凭祥道中

崇山峻岭路盘旋，杂树青藤映碧天。
峡谷流泉溪水秀，琼楼别墅隐林间。

葵　花

傲然昂首向阳开，斗艳金黄迓客来。
曼舞蜂飞添异彩，嫣容赏尽籽生财。

荷

日照青莲缕缕馨，幽姿洁雅立清漪。
含苞绽放迷人醉，更慕出淤不染尘。

大新县恩城乡伏那花溪①

碧水花溪静谧流，蝉声鸟语闹青丘。
绿荫盖地多名木，骚客流连拍照游。

大新县恩城乡水上世界山庄

绚丽奇峰春意生，风光旖旎伴蝉声。
山清水秀蓬莱景，梦绕诗词晨早耕。

读郑巨荣吟长《明江诗草》有感

妙笔生花雅韵华，孜孜诗海绘桑麻。
弘扬国粹豪情壮，佳句流芳灿晚霞。

阳春木棉花②

傲然挺立耸苍穹，绽放枝头炽热红。
妩媚山边成秀景，笑迎春雨展芳容。

端午缅怀屈原

岁岁龙舟竞渡忙，汨罗滚滚粽飘香。
离骚读罢心伤痛，屈子忠魂似水长。

读抗日家书感怀

血染家书壮世言，铮铮铁骨震心弦。
舍生忘死歼凶寇，弹雨枪林若等闲。

勉励孙子上中国传媒大学二首

（一）

学海无涯废寝餐，勤攻苦练勇登攀。
名题金榜皆欣喜，盼望书山再闯关。

（二）

车程路漫许多弯，河道崎岖有险滩。
灿烂前途多艳丽，鹏程万里览云山。

大新县恩城乡三叠瀑布二首

（一）

峻岭葱茏别样天，一川碧水润心田。
凭栏纵目蓬莱景，欣赏桃源益寿年。

（二）

漫步河劲意坦然，微风送爽水潺潺。
三层逐浪涛声响，心旷神怡诗满坛。

崇左斜塔③

屹立江中塔影斜，饱经风雨历年华。
激流浊水难侵蚀，日日躬身迓早霞。

---

① 伏那花溪：见附录二第 46 条。
② 木棉花：见附录三第 5 条。
③ 崇左斜塔：见附录二第 22 条。

明仕田园①风光

紫燕旋飞垂柳长，林荫漫步果飘香。

扁舟荡漾清波里，两岸青竹美壮乡。

嫦娥三号

嫦娥三号舞长空，玉兔追随探月宫。

浩瀚星球寻奥秘，誓和俄美比豪雄。

崇左石林②

石峭嶙峋碧水溪，池边亭院柳依依。

幽篁绕洞迷蝶舞，藤蔓穿岩诱客痴。

远看红棉花半树，近观青李果盈枝。

蝉声鸟语添情韵，疏雨林间总有诗。

大新县那岭乡龙宫仙境③

地下岩宫旷世稀，宛如仙境客痴迷。

琳琅钟乳催龙舞，闪烁神针唤鸟啼。

一处阴山藏战舰，三潭碧水长灵芝。

奇观满目千般景，陶醉今秋梦里思。

大新县宝圩乡板价屯④

四面青山板价屯，群峰争艳绿葱茏。

弯溪碧水迎宾笑，直道琼楼映日红。

靓女短衣留倩影，俊男黑服继先宗。

淳风民俗名幽远，此地传承前辈功。

读谭先进会长《崇左文化博览》⑤

寒来暑往夜光前，十载辛劳著玉篇。

查找民俗一串串，搜寻资料万千千。

孜孜翰墨无休日，默默耕耘不计年。

竭智尽能情切切，拜读感赋赞高贤。

崇左园林博览园⑥

繁花点缀展芳菲，湖水粼粼映日晖。

石垒奇峰成妙景，手编壮锦醉心扉。

绣球纵目迎宾到，铜鼓横桥送客归。

特色风情添异彩，未来崇左更生威。

秋游江州区桃花岛⑦

果满枝头蝶舞花，悠悠碧水映朝霞。

运观振笔梵书妙，近享幽林聚鸟哗。

黛绿金黄舒倦眼，嫣红姹紫望无涯。

缤纷野色迷骚客，诗意绵绵雅韵华。

扶绥县渠黎镇笃邦村

如画乡村别样娇，诗词赞语很难描。

琼楼幢幢新装式，公路宽宽古道桥。

蔗海茫茫风起浪，果园郁郁鸟声嘹。

综合种养科研好，示范蓝图意气豪。

---

① 明仕田园：见附录二第 6 条。
② 崇左石林：见附录二第 9 条。
③ 龙宫仙境：见附录二第 13 条。
④ 板价屯：见附录一第 2 条。
⑤ 《崇左文化博览》：见附录三第 51 条。
⑥ 崇左园林博览园：见附录二第 58 条。
⑦ 桃花岛：见附录二第 81 条。

壮族三月三①

春光明媚鼓锣隆，三月风情雅兴浓。

起舞踏歌声楚楚，踩跷斗马乐融融。

夺魁花炮威风凛，争霸长龙气势雄。

糯饭糍粑香可口，宾朋好友喜相逢。

鹧鸪天·乘船游明江②观花山

绚丽明江泛彩舟，翠屏两岸荡悠悠。野花含笑迎宾客，绿树招风送晚秋。　　山耸立，水深幽，雄兵骏马壁中游。赭红岩画谜今解，极目蓬莱兴未收。

黄飞明（10首）

黄飞明（1949.7—　　），广西南宁人。南宁市江南区沙井中学原教师。崇左市老年大学2015级、2017级诗词班学员，2016级交谊舞班学员。

戊戌春节和谭先进校长诗

春节作美诗，赞颂我心知。

只有英明党，幸福在此时。

竹

出身贫苦家，磨砺向天涯。

解掉孩儿饰，人当美凤夸。

桂 花

蜂蝶从未惹，富贵也难当。

默默迎风雨，幽幽送蜜香。

中国象棋

炮车烈烈应声开，兵马纷纷犯界来。

尔砍我杀争霸主，群情激愤战方坟。

戊戌春节和谭先进校长诗

春风吹暖备耕佳，哪有工夫慢品茶。

两耳多闻环宇事，一心频念创新花。

丝绸之路开新境，美梦征途有彩霞。

正是时宜撸袖干，拼搏奉献趁年华。

家乡的老榕树

顶天立地傲村边，历受风霜数百年。

前瞰田畴阡陌布，后依农舍巷街连。

虬根曾烙先贤印，繁叶今遮夏日炎。

后辈不谋前辈面，恩承绿茂写诗篇。

乡 愁

沟池已顺机鸣去，阡陌交通荡无留。

---

① 壮族三月三：见附录三第4条。

② 明江：见附录一第7条。

一片蛙声难再唱，万畦稻穗不重收。
平平展展惟街道，密密层层尽宇楼。
环望乡愁何处觅，白云缥缈去悠悠。

三角梅

热风冷雨更红观，贫土肥泥即可安。
不必耕耘枝自长，无须浇灌叶能繁。
休同莲朵拼高傲，岂与牡丹争不凡。
唯有轻盈如万翼，花团锦簇众亲玩。

蝶恋花·和谐

高大层楼环碧树。簇簇拥拥，花

朵飘香处。谁筑小家窗口住，清晨傍晚将心诉。　　绿水青山真羡慕。谁为吾图，一曲衷肠吐。回报人们来爱护，翻飞捉害虫无数。

行香子·楼旁红花羊蹄荚

树恋人居，窗吻台含。叶绿繁，似盖如轩，遮风挡雨，柔和阴凉。看闲中我，疲中你，恋人牵。　　储多精绽，花开枝俏。满披红，广溢香缠，神爽心沁，红毯绵绵。正蝶儿飞，蜂儿醉，鸟儿欢。

戴丽佳（4首）

戴丽佳（1956— ），女，湖南长沙人。大专文化，桂林理工大学南宁校区原职工。南宁市诗词学会、崇左市老干部诗词学会会员，崇左市老年大学2015级诗词班学员。

咏紫荆花

窗前满目紫霞光，秀色奇葩尽馥香。
冷雨寒风情不改，依然娆艳笑迎霜。

游德天跨国瀑布①

边陲飞瀑响鸣轰，一泻千寻气势雄。
春夏深潭翻碧浪，秋冬轻雾挂高空。
浮云片片流中过，漉玉颗颗眼底丛。
好水好山中越共，闲游就在画图中。

咏凭祥平公岭地下长城②

炎风雨后探奇宫，古树盘根护壁砼。
营垒东西精设计，炮台南北紧相通。
戍边镇守歼敌寇，除暴安良显赫功。
临水迎云烽火战，硝烟散尽艳阳红。

---

① 德天跨国瀑布：见附录二第2条。
② 平公岭地下长城：见附录二第79条。

鹧鸪天·凭祥平公岭地下长城①

翠岭深藏地下宫，驱车前往探真容。东西连贯兵营固，南北接通古炮雄。

歼恶寇，显神功，戍边镇守气如虹。书勋奏凯英雄史，化作红棉分外红。

陈立礼（14首）

陈立礼（1946.7—　），壮族，广西贵港人。大专文化。原南宁市明阳第二初级中学老师。崇左市老干部诗词学会会员。崇左市老年大学2016级诗词班学员。

戊戌春节和谭先进诗

新春和美诗，骚友最相知。

国粹流芳日，花开烂漫时。

乘公交车所见

岁末邕城已入冬，满街三角艳花红。

后生让座人情暖，流动车厢春意浓。

2018年中国军队新年开训

冰封塞北展旗飞，热血南疆战鼓擂。

铁甲雄兵如猛虎，长城万里护国威。

灵山县大佛

铜像巍峨立岭巅，慈眉善目笑开颜。

四方游客摸佛趾，只为求得半世缘。

宁明花山岩画②

悬崖峭壁立明江，绛色蛙兵气势昂。

骆越先人留圣迹，神工鬼斧画图扬。

龙州蚬木王③

耸立山峰百尺高，狂风暴雨不弯腰。

沧桑阅尽坚如铁，神似中华战恶妖。

戊戌春节和谭先进诗

春回大地万方佳，日丽风和好品茶。

岁月如梭人未老，生活似蜜铁开花④。

国逢盛世谋发展，党领人民绘彩霞。

旭日东升无限好，高歌一曲颂中华。

---

① 平公岭地下长城：见附录二第79条。
② 宁明花山岩画：见附录二第7条。
③ 龙州蚬木王：见附录二第26条。
④ 铁开花：铁树开花。

端午情

九州同庆过端阳，户户飘来粽子香。
艾叶菖浦驱瘟疫，雄黄老酒酿芬芳。
挥毫骚客填新赋，擂鼓龙舟渡古江。
敬仰先贤奇志在，中华圆梦百年强。

弄岗国家级自然保护区[①]

融融春日照群山，霞蔚云蒸更壮观。
野树千丛翻碧浪，山花万朵赛红莲。
飞岩攀壁群猴乐，酣唱登枝百鸟欢。
尤敬千年神蚬树，山头屹立守边关。

广西民族博物馆

雄奇铜鼓映蓝天，八桂风情展馆间。
苗寨阿哥吹唢呐，天琴少女按琴弦。
花山岩画千古耀，壮锦瑶裙百年传。
多彩家乡文化美，五洲四海客流连。

浙江省嘉兴市乌镇

夜幕轻纱笼水乡，排灯明月照河央。
轻波小艇搭游客，水墨江南入画框。
才赏评弹听软语，又斟龙井品茶香。
千年古镇沧桑事，尽在石头黛瓦藏。

南　宁

风和日丽好出游，地铁公交暖客流。
青秀山中观寺院，南湖水上划龙舟。
桃花世界陂堤艳，青瓦房村曲径幽。
假日寻芳何处是，绿城美景醉人眸。

纪念红军长征胜利 80 周年

万里长征无史前，英雄功绩耀云天。
驱除倭寇家园保，打败蒋帮社稷全。
强盛神州需努力，复兴路上克辛艰。
初心不改红旗艳，使命依然铸巨篇。

知青聚会感怀

花样年华听党唤，戍边屯垦到南疆。
铁犁翻起层层浪，汗水换来担担粮。
晨起割胶迎旭日，暮归练武送残阳。
五十年后再相聚，不怨青丝已花霜。

梁启应（25 首）

　　梁启应（1948.3—　），广西隆安人，中专文化。南宁市明秀小学原职工。南宁市老教师书画协会、崇左市老干部诗词学会会员。崇左市老年大学 2016 级、2017 级诗词班学员。

---

① 弄岗国家级自然保护区：见附录二第 41 条。

戊戌春节和谭先进校长诗

迎春品美诗，学子更心知。

漫漫求知路，夕阳给力时。

香港回归 20 周年有感

蒙羞百载香江怨，荡气回肠有廿年。

纵有内忧和外患，拨云见日艳阳天。

看南宁市明秀小学今天

黉堂明秀四时春，艳丽花儿朵朵鲜。

学子苦读师善教，红白桃李满芳园。

赞余旭①

蓝天逐梦写青春，矢志从军报党恩。

血洒长空终不悔，人生亮丽铸英魂。

赞崇左市老年大学②诗词班老师

谁言夫子是凡人，学富五车功底深。

作赋吟诗惊四座，俨然个个是诗神。

城市美容师赞

凌晨橘色亮街坊，环卫工人挥帚忙。

酷暑严寒无所惧，清洁首府不言脏。

环卫新车赞

卫车载管喷雾烟，润路防尘空气鲜。

环境清洁新技艺，路人目睹悦欢颜。

木棉花③

凌空花朵傲春风，似染如涂血样红。

君是英雄常赞美，年年春艳韵无穷。

青松赞

高山屹立叶葱茏，何惧冰霜与飓风。

秉性清幽长乐寿，世人仰慕万年功。

浙江金华市诸暨五泄村

青山环抱水涓涓，别致民居落涧边。

曲径通幽之字上，西施故里胜桃源。

黄山看日出

旅途今早起诗情，云海金轮缓缓明。

始信峰巅凝目仁，众人惊艳一声声。

南宁市嘉和城温泉

温和泉水自天然，品种繁多功效全。

赐洗凝脂防未病，身心愉悦又安眠。

乘缆车登柳州市马鞍山

马鞍登顶瞬时间，手可攀云别有天。

峰壑楼群收眼底，龙城美景胜桃源。

纪念莫文骅将军 107 周年诞辰

邕州骄子莫将军，戎马一生为庶民。

百战身经功显赫，广西解放建奇勋。

---

① 余旭：中国空军上尉，二级飞行员，八一表演队中队长，2016 年 11 月 12 日在河北省唐山玉田县飞行训练中发生一等事故，壮烈牺牲。

② 崇左市老年大学：见附录三第 36 条。

③ 木棉花：见附录三第 5 条。

述 怀

投身教育不彷徨，愿为家国育栋梁。
三尺讲台施抱负，年年桃李尽芬芳。

戊戌春节和谭先进校长诗

新春岁首意绝佳，好友亲朋品美茶。
喜看家家吉利字，更欣户户爆竹花。
帅翁俏妪舒新意，翰墨诗书醉晚霞。
感慨改革开放策，城乡处处竞繁华。

春夏韵

春回大地郁葱茏，浩荡东风改旧容。
树木新芽出母体，飞禽雏鸟舞巢蓬。
生机活力年年旺，景丽风和日日同。
待到夏来风景异，粮丰果硕百花荣。

退休感怀

青年深造赴邕州，物换人非数度秋。
大好年华虚度过，激情岁月志难酬。
教坛励志施身手，桃李芬芳慰壮猷。
花甲韶光均不再，诗书翰墨续风流。

崇左市老年大学①建校 25 周年感言

老年学府意情长，退岗离职茶不凉。
雨露阳光泽万物，妪翁惬意胜天堂。
琴棋书画怡情趣，歌舞诗词谱丽章。
未晚桑榆枝叶健，正能添量慰夕阳。

四川省九寨沟

景观名胜九寨沟，夏日无炎似晚秋。
峦嶂蜿蜒千尺翠，碧潭深浅四方幽。
青松倒影鱼亲树，旷野云霞鸟恋舟。
造化天公仙境美，游人观赏乐悠悠。

南宁市隆安县那桐镇定典村

红墙绿瓦右江边，浩荡春风换旧颜。
昔日村屯脏又差，今朝别墅靓还坚。
丰收禾稻翻金浪，茂盛蔗林起碧烟。
逐梦百年今遂愿，回眸先辈可安眠。

南宁市西乡塘区青瓦房

民房坐落小溪边，绿树修竹美景连。
黛瓦青砖彰古意，飞檐挑角耀苍天。
厅门雕画托风水，庭院高深出状元。
融入精尖高技艺，引来众客乐休闲。

浙江省武义县坛头村

翠岭迂迴清涧边，天蓝水碧景相连。
碧湖桥下青虾乐，绿草溪边白鹭闲。
钓客执竿怡雅趣，果农护树笑欢颜。
奇花异果蓬莱景，盛世太平极乐天。

---

① 崇左市老年大学：见附录三第 36 条。

鹧鸪天·初中同学首聚

毕业分飞五十年。践约相聚在今天。重说母校生活事，倾诉离别思念言。　　情切切，意绵绵。今朝别去又何年？相拥互勉言珍重，但盼来生还有缘。

浪淘沙·"一带一路"峰会

世界甚迷茫。经济彷徨。千年丝路闪金光。环宇众贤来聚首，圆桌同商。　　新舰已开航，道路康庄。开足马力向前方。合作共赢新举措，世界齐昌。

蒙贤锋（2首）

蒙贤锋（1948.7—2017.1），大专学历。曾任宾阳县芦圩镇中学（现宾阳县宾州镇第三初级中学）副校长、党支部书记。崇左市老年大学2016级诗词班学员。

宁明花山岩画①

悬崖峭壁涂朱粉，绚丽斑斓映左江。
疑是马良挥画笔，原来骆越墨流芳。

越南下龙湾

雾绕碧海滩幽静，旭日掀帘气象新。
壁险峰奇浮水面，船穿峡谷过山林。

刘伟林（10首）

刘伟林（1956.10—　　），广西玉林人，大学文化。崇左市政协外事联谊民宗委员会原主任、崇左市书法家协会秘书长。广西摄影家协会会员、崇左市老年书画研究会副会长、崇左市老干部诗词学会会员、崇左市老年大学书画摄影诗联研究会副会长。崇左市老年大学乐团团长，2016级书法班提高班、口才与朗诵班学员，2017级诗词班班长。

---

① 宁明花山岩画：见附录二第5条。

戊戌春节和谭先进校长诗

迎春创首诗，韵典可助之。

迈入新时代，辉煌灿烂时。

咏 竹

从篁立翠岗，挺拔又坚强。

抗雨迎风长，虚心举世扬。

党的十九大召开

京城盛会壮山河，举国欢欣四海歌。

破浪同心奔富路，党旗指引创新科。

崇左市老年大学[①] 25 周年校庆

廿五年华育栋梁，桑榆虽晚也辉煌。

与时俱进根须壮，书画诗琴颂左江。

咏 桃

雨染风熏暗放香，琼肌醉脸女儿妆。

娘娘大圣倾心爱，可致长生贺寿忙。

赞木棉花[②]

左江人爱木棉花，满树通红胜彩霞。

铁干繁枝经万苦，英雄儿女乐天涯。

访凭祥市平公岭地下长城[③]

硝烟已逝功碑立，先烈英名永缅怀。

赤县长城今筑梦，灭烽广宇画图开。

崇左市老年大学乐团
成立 1 周年汇报演出

桑榆美景颂夕阳，嫩笋生辉巧似簧。

共享和谐歌盛世，普天快乐永安康。

辞去崇左市老年大学乐团团长职务

新芽老树秋实美，愿做人梯岁月长。

散尽芳华春自在，万花丛里一枝香。

赞崇左建市 15 周年

发牛荷轭奋耕耘，食草迎风万木春。

十五年来兴伟业，青山绿水美乾坤。

覃芝浩（2 首）

　　覃芝浩（1949.10— ）女，广西钦州人，大专文化。原灵山县灵山中学一级教师，初中部英语教研组长。崇左市老干部诗词学会会员。崇左市老年大学 2016 级声乐班、2017 级诗词班学员。

① 崇左市老年大学：见附录三第 36 条。
② 木棉花：见附录三第 5 条。
③ 平公岭地下长城：见附录二第 79 条。

戊戌春节和谭先进校长诗

青山是首诗，天地自相知。

舞动万山树，莺歌燕舞时。

戊戌年三八节有感

一年一度庆三八，满岭春潮绽万花。

女性独拥今美誉，感恩强盛大中华。

王　萍（4首）

　　王萍（1959.10—　），女，河北唐山人，本科学历。曾任广西工业职业技术学院电子与电气工程系党总支书记、学院党委办公室副主任、副调研员等。崇左市老干部诗词学会会员。崇左老年大学 2017 级诗词班学员。

和谭校长《戊戌正月初一》

春潮生万物，花朵最相知。

招引群蜂到，勤劳酿蜜时。

桃　花

细雨飘纱山色朦，谁邀清月舞春风。

桃花巧妙知时令，遍野绯云映日红。

翠　竹

夕阳映照翠林中，雪打霜侵不改容。

刚劲空灵志气见，品德高尚世人崇。

崇左市老年大学①建校 25 周年

廿五春秋美舞台，鬓毛霜染又蓬莱。

学为致用添兴趣，觅了知音做秀才。

剑舞健身除病痛，图音展妙乐心怀。

校园虽小情无限，老树新花照样开。

玉晨娜（9首）

　　玉晨娜（1962—　），女，壮族，广西天等人。大学文化。曾任广西南宁技师学院高级讲师。崇左市老干部诗词学会理事。崇左市老年大学 2017 级诗词班班长。

---

① 崇左市老年大学：见附录三第 36 条。

和谭先进校长《戊戌正月初一》

新春喜赛诗，绝句遇新知。

韵海行舟苦，开怀到岸时。

赞 竹

莫笑腹中空，冲天气贯虹。

寒冬犹碧玉，气势耀苍穹。

竹 筏

身轻能负重，常载客人游。

渔父抛罗网，鱼虾满篓稠。

桃花园

千枝吐艳展芳颜，万态风情迷世间。

蝶舞蜂飞怡采蜜，穿梭男女觅良缘。

2018年元旦靓妈舞蹈队赴桂林猫儿山参赛夺冠

瑟瑟寒风挟冻雨，英姿飒爽擂台登。

红裙舞动丹霞出，金履飞梭急浪生。

气势恢宏齐赞叹，舞姿曼妙众口称。

谁言只有朝霞美，我看夕阳艳倍增。

游日本白川乡

合掌民居①古朴美，远山近树裹银毡。

绿涛欢唱歌婉转，玉栗无声舞若翩。

放眼皆为风景画，倾听满是静悄然。

舟车颠簸身疲惫，领略自然苦也甘。

闺密团圆

密友立春来喜聚，经年卅六不寻常。

光阴流水心难老，岁月穿梭鬓染霜。

重阅留函心涌动，畅谈人事泪飞扬。

问君友谊情多少？五岳三山不足量。

崇左市老年大学②庆祝中国共产党成立97周年暨同乐会

六月骄阳红似火，银龄学子气轩昂。

平时学海兴心浪，今日欢声响礼堂。

燕舞莺歌天地动，诗吟乐奏肌肤凉。

太平盛世夕阳乐，赤县鲜花万载香。

江城子·56岁过六一儿童节

靓妈聊发少年狂，焕容妆，迎朝阳。还童穿越，稚趣尽张扬。竹马青梅歌伴舞，玩游戏，躲迷藏。　　曲终人散复如常，细思量，不心茫。恰逢盛世，自信不彷徨。有志何愁乌发去，读老大③，醉诗乡。

---

① 合掌民居：当地居民为抵御严寒和大雪创造出的民居建筑，屋顶呈很尖的三角形，像一个合掌得名，世界文化遗产。

② 崇左市老年大学：见附录三第36条。

③ 老大：老年大学。

钟夏玲（12 首）

钟夏玲（1962.5—　），女，山东烟台人，大学文化。曾任宾阳县委党校副校长、讲师，崇左市老龄委员会办公室业务科科长。崇左市老干部诗词学会常务理事。崇左市老年大学 2017 级诗词班学员。

戊戌春节和谭先进校长诗

喜读唐宋诗，翁媪更增知。

不问功名禄，兰心蕙质时。

咏　菊

秋寒重访菊，醉卧路边篱。

一夜敲窗雨，满阶金蕊泥。

立春赏樱花

东君醒粉花，翠鸟舞枝桠。

风软云湖暖，顽童摇落霞。

春

山黛青烟一色融，低飞墨燕觅春虫。

莫言暮雨无颜色，三月桃花最粉红。

窗　菊

黄菊朵朵破寒来，冬令时节灿灿开。

冰冻若非穿棉袄，疑是晚秋又回还。

墨香稀客

月下倚窗寻律句，银光洒落入心田。

绮靡丽则声情茂，虫小也争读赋篇。

邂逅茉莉

枯荣辗转香如故，惊喜凝眸隔岁花。

炎夏恰逢安逸雨，细尝这碗老村茶。

忆江南·送同窗

千帆尽，同砚欲出征。叹御姐英姿飒爽，朱颜嫁与好春风。何日再相逢。

如梦令·童年拾稻穗

辫翘鬓年神气，竹扫簸箕斗笠。南垄北田间，谷子土中拾起。清洗，清洗，颗粒归仓给力。

钗头凤·桑榆田园

银丝发，挥锄画，垄生香果攀新栅。休霜雨，千般语，鱼翔虾戏，小鸭清羽。趣、趣、趣。　　青藤架，蝉说夏，扇拂摇椅悄悄话。凉棚聚，茶瓯举，朝花夕拾，赤橙蓝绿。叙、叙、叙。

天净沙·祖屋

城南榕树吾家，石阶小鸟窗花，天井砖墙绿瓦。旧街老宅，米油盐醋娇娃。

天净沙·日子

街头墙院藤芽，推车吆喝甜瓜，纽扣拖鞋讨价。纳凉闲话，老婆子女全家。

李裕宁（1首）

李裕宁（1957.4— ），笔名李祎哲。壮族，广西隆安人，本科学历。曾任南宁市第十九中学老师。崇左市老年大学2017级书法班学员。

成都武侯祠

幽森松柏掩旌旗，古迹庄严旧貌遗。

定计三分图一统，巧排八阵御强敌。

蓝卡宁（3首）

蓝卡宁（1957— ），壮族，广西忻城人。中央党校毕业，在职研究生学历。崇左市政协原副秘书长、委员联络委员会原主任。崇左市老年干部诗词学会会员。崇左市老年大学2018级诗词班学员。

戊戌春节和谭先进校长诗

（一）

新春醉美诗，好景众人知。

建设同发力，欢歌报喜时。

（二）

春回大地景观佳，老友知音聚品茶。

论地谈天言美事，跋山涉水摄鲜花。

银球舞动舒心境，掌上娱学度晚霞。

社会和谐民富裕，赋诗点赞我中华。

沁园春·大美大新

南国边陲，与越为邻，全域景观。看田园明仕，风光秀媚；德天瀑布，白浪滔天。黑水仙河，龙宫奇洞，利水清流弹奏欢。饮食美，度佳节侬峒，板价名衫。

壮乡物产名宣，锰矿苦丁八角桂圆。更水能发电，蔗糖殷富；全民创业，经贸强边。长寿之乡，旅游名县，美丽乡村瑞霭天。新时代，更高歌奋进，圆梦娟娟。

甘石福（15 首）

甘石福（1944.3—　），广西南宁人，大专学历。原工作单位南宁市公安局。崇左市老干部诗词学会会员。崇左市老年大学 2018 级诗词班学员。

赛龙舟①

鼓锣强劲催，水手桨齐挥。
号子同声吼，龙舟似箭飞。

英雄花

生来质娇艳，竞放向蓝天。
一树万千火，燃红江岸边。

南疆桃花源大新县明仕田园②二首

（一）

山环水绕顶蓝天，阡陌青竹景色妍。
国画天然收眼底，恍如仙境落人间。

（二）

轻舟浮碧荡悠悠，迎客篁枝频点头。
彩蝶翩跹添美景，顽童戏水跨黄牛。

崇左斜塔③二首

（一）

导航勇士立江中，三百余年仍伟雄。
古代匠人精测算，壮民智慧显神通。

（二）

身斜心正志尤坚，电打雷轰只等闲。
倒海翻江浑不怕，凛然豪气在人间。

---

① 赛龙舟：见附录三第 10 条。
② 明仕田园：见附录二第 6 条。
③ 崇左斜塔：见附录二第 22 条。

盛夏榕树

叶茂根深枝干长，勇撑巨伞向骄阳。

浓荫树下清风至，避暑游人喜纳凉。

南宁河堤公园

紧依繁闹市，雄踞大江边。

冬季树披绿，春天花绽妍。

防洪堤重任，环保勇从先。

忧乐同民众，辛劳无怨言。

德天跨国瀑布①

地处南疆国界间，条条银练挂崖前。

急流滚滚风云泻，飞瀑层层天水连。

万马千军声震耳，烟岚雾气势升天。

中华最美桃源慕，画境蓬莱万古传。

龙州县丽江②观感

载地浮天弯又弯，莹莹碧水映青山。

岸边高耸玲珑塔，河里轻飞竞渡船。

冷铁残桥一碑记，红军故事万家传。

为求解放全中国，身死千回心也甘。

忆江南·南宁赞二首

（一）

南宁好，草木吐清香。座座虹桥

飞水上，排排榕树立街旁，密叶挡
骄阳。

（二）

南宁好，城市像花园。碧水一江
穿市内，鲜花万朵缀河边，景美客
流连。

清平乐·枯南山③远眺

涧深路绕，车走盘龙道。直上枯
南山大坳，欣喜忘情远眺。　　层峦
叠翠连天，峻岭轻吐云烟。昔日巡查
边界，曾经登彼山巅。

清平乐·壮族三月三④赶歌圩

不管晴雨，黎庶心欢喜。万众赶
圩迎旭日，一脸笑容绽溢。　　人流
涌动如河，姑娘牵手阿哥。曲曲山歌
竞唱，诙谐斗智谦和。

蝶恋花·南宁市大王滩诗友聚会

万顷碧波明似镜。几片轻舟，揉
皱青山影。隐隐虫鸣林寂静，小亭曲
径添幽景。　　十几骚朋多雅兴。湖
岸评诗，争辩何其劲。歌颂唱吟高引
颈，弘扬国学登珠顶。

---

① 德天跨国瀑布：见附录二第 2 条。
② 丽江：见附录一第 8 条。
③ 枯南山：位于宁明、上思、东兴交界处。
④ 壮族三月三：见附录三第 4 条。

附　录

附录一：地名和行政区域简释

（以各名词第一次出现的页码为序）

序号	名称	释义	在本书所处页码
1	左江	崇左市地表最主要河流，因在邕江上游左方而得名。左江上源跨国河流水口河、平而河均源自越南，在水口关、平而关入中国广西，于龙州县汇合为左江，经江州区、扶绥县，到南宁市以西与右江汇为邕江。	16、27、113、149
2	板价屯	大新县宝圩乡板价村辖屯。板价屯壮族村民是壮族先民古骆越后裔，在语言、服饰、饮食、习俗等方面仍保留着壮族古老的文化传统。	22、156
3	顺风坳	位于宁明县桐棉镇南部，宁明县、防城港市与越南的交界处，防城港市称其为北风口。高山沿边境道路风景区，有盘旋道路、高山草甸、悬崖深谷、飞泻瀑布等景观。2000年8月至2002年9月开展广西边境建设大会战，顺风坳修通了沿边公路。	30
4	黑水河	左江左岸一级支流。流经大新县、龙州县和江州区，大多为高山峡谷地貌，河水颜色黛黑，风光绮丽。	42、60、76、142
5	十九埠	位于大新县硕龙镇，有19个山弯，道路盘旋逶迤。属喀斯特山地景观。	42
6	法卡山	位于凭祥市上石镇板旺村，壮语意思为天雷劈杀之山，位置十分险要。	72、91、97、111
7	明江	①江河名，又称紫江。发源于广西上思县叫安乡十万大山，流经上思县、宁明县，至龙州县上金乡汇入左江。②明江厅，行政区域名，清雍正年间设置，治所今宁明县明江镇。③明江镇，行政区域名，今宁明县辖镇。	73、91、122、152、153、157
8	丽江	平而河、水口河至龙州县城南面相汇之段称为丽江，又称丽水、龙江，为左江之始。	74、111、170
9	那练村	宁明县寨安乡辖村，原名简练村。1929年11月，俞作豫派人到宁明县简练村（现那练村）进行革命宣传，组织一支农民赤卫队。龙州起义后，红八军撤离，农民赤卫队仍坚持革命斗争。1931年10月，国民党"清乡"，农民赤卫队撤进山区中仍坚持斗争4年。	78、93

续表

序号	名称	释义	在本书所处页码
10	弄怀	位于凭祥市中越边境 16 号界碑中方一侧。中越边界线上较大的边民互市点之一，广西最活跃的边境贸易市场、最大的日用品和五金机电出口批发市场。	81
11	浦寨	位于凭祥市友谊镇南端边境处，与越南相邻。1990 年 8 月，辟为对越贸易互市点。现在日成交额达两三百万元，是凭祥市最大的边贸口岸和边贸旅游点。	81
12	归春河	位于大新县硕龙镇。发源于中国，流入越南后又流回中国，称归春河。为中越界河，有德天跨国瀑布等景区、景点。	83
13	大青山	山脉，横亘龙州县、凭祥市。龙州县大青山位于龙州县城西南，西与越南毗邻，又名龙州秀岭。凭祥大青山古称扣甲山或屯甲山，位于凭祥市友谊镇隘口村隘口街东面。	85
14	饭包岭	又名藩葆岭。位于在宁明县城南面 25 千米处，山高峻，旧时从宁明县城去爱店镇的必经之路。	87
15	养利古城	位于大新县桃城镇。养利古城（桃城古城）遗址属广西壮族自治区文物保护单位。	106

附录二：景点、景区和相关名词简释

（以各名词第一次出现的页码为序）

序号	名称	释义	在本书所处页码
1	友谊关	位于凭祥市友谊镇卡凤村，凭祥市西南18千米的中越边界线上中方一侧，中国、越南两国的交通孔道。国家AAAA级景区。始建于汉代，初名雍鸡关，后改为界首关、大南关（简称南关）。明永乐年间，改名镇南关。1953年改名睦南关，1965年改名友谊关至今。中国九大名关之一。这里发生过镇南关大捷、镇南关起义、红旗插上镇南关等重大历史事件。全国重点文物保护单位，广西爱国主义教育基地。	2、5、17、40、74、77、81、82、88、94、95、103、139、149、152
2	德天跨国瀑布	世界第四大、亚洲第一大跨国瀑布，国家AAAAA级旅游景区，大新县新八景之一。因位于崇左市大新县硕龙镇中越边境的德天村，横跨中国、越南两个国家而得名。从归春河汤浦岛断崖上三级跌落形成瀑布，最大宽度200多米，纵深60余米，落差70余米，年均流量50立方米/秒。四季观瀑，景色各异。2005年10月，在《中国国家地理》杂志社主办、国内34家主流新闻媒体协办的评选中国最美的地方活动中，德天跨国瀑布被评为中国最美的六大瀑布之一，排名第二。	2、3、7、16、28、29、45、59、64、95、101、132、158、170
3	龙州起义	1930年2月1日，邓小平、李明瑞、俞作豫领导驻左江的广西警备第五大队在龙州举行的武装起义。起义后，成立中国红军第八军和左江革命委员会。后因强敌进攻，退到右江地区，与红七军会合。	3
4	大清国万人坟	位于凭祥市友谊镇卡凤村南面200米处，即友谊关城楼北面500米处的右辅山（旧称梅黎岭）山麓旁的小土山上，集葬着在1885年镇南关大捷中清朝阵亡的数千名英烈的遗骨，故称万人坟。	3、17、83
5	宁明花山岩画	位于宁明县城中镇耀达村。作画年代为战国至东汉时期，作者为壮族先民骆越人。以其规模宏大、场面壮观、图像众多而居左江花山岩画和左江花山岩画文化景观之冠。全国重点文物保护单位。	3、7、26、46、84、97、101、114、118、122、154、163

续表

序号	名称	释义	在本书所处页码
6	明仕田园（明仕风光）	地文景观类自然风景旅游区，国家 AAAA 级旅游景区，大新县新八景之一。位于崇左市大新县堪圩乡明仕村，总面积约 20 平方千米。典型的喀斯特地貌，山清水秀，风光优美，有"隐者之居"的美誉。电视剧《花千骨》拍摄基地。	4、7、18、48、84、101、114、122、126、133、156、169
7	《九牛爬坡》雕塑	崇左市城市主题雕塑，象征崇左精神。铜质，位于崇左市城南新区文化广场上。创意源于壮族俗语："九牛爬坡个个出力。"	4、28、40、111
8	左江花山岩画文化景观	左江花山岩画与所在的山崖、河流、台地和村落等构成的文化景观。位于崇左市的宁明县、龙州县、江州区、扶绥县境内，分布着 38 个岩画点，河段长约 105 千米。2016 年 7 月 15 日，联合国教科文组织将左江花山岩画文化景观列入世界文化遗产名录。	4、47、70、94、106、144、149
9	崇左石林	又名左江石景林、崇左石景林、江州石景林，简称石林，即石头森林。位于崇左市城南新区。喀斯特地貌型景区，被誉为"全国少有，广西第一"。	6、51、54、99、114、131、132、156
10	崇左白头叶猴生态公园	又名崇左弄官生态公园。位于崇左市江州区罗白乡弄官山区。公园内有北京大学崇左生物多样性研究基地，主要研究崇左白头叶猴自然史。可以在晴天的清晨、黄昏直接观赏白头叶猴。	6、34
11	葫芦八宝洞	位于扶绥县昌平乡陇锦村葫芦山中。山洞形状似葫芦，神话传说洞中贮藏金银珠宝，故得其名。洞内钟乳石琳琅满目，色彩绚丽，奇形怪状。	7
12	金鸡岩	新宁州（今扶绥县境）八景之一。鸡岩又名金鸡岩、金鸡洞。位于扶绥县城西北面左江左岸笔架山之腰上，相传有金鸡出入其洞，故名。岩内供奉有花王暨金鸡娘娘等。洞口朝左江，左下方有清代人刘宅镕书的"鸡岩帆影"四个大字。	7、8、13、90
13	龙宫洞（龙宫仙境）	原名布岩，又名龙宫岩，景名龙宫仙境。位于大新县那岭乡那岭村伏旧屯伏旧山腰。洞内钟乳石林林总总，色彩绚丽，千姿百态。洞中宋代至清代古人修建的岩洞城寨防御工事为大新县文物保护单位。	7、17、83、122、125、156
14	蓉峰塔	八角形五层楼阁式砖塔。位于宁明县城中镇福仁社区福仁街明江畔，始建于清道光元年（1821 年），历时 30 多年落成。塔建于平坦的田垌中，形如芙蓉出水，故名。宁明县文物保护单位。	7、78、100
15	红八军纪念馆	全称中国红军第八军革命纪念馆。位于龙州县龙州镇新街 19 号。原为瑞丰祥钱庄，内有红八军军部（红军楼）旧址、左江革命委员会旧址、红军井等革命旧址。全国重点文物保护单位，著名红色旅游景点。	8

续表

序号	名称	释义	在本书所处页码
16	紫霞洞	位于龙州县上金乡中山村河抱屯。原为洞穴寺庙,始建于明末,清初至民国期间信士陆续捐资修建。附近的紫霞大桥横跨明江。龙州县文物保护单位。	8、29、84、126
17	龙州起义纪念馆	广西规模比较大的红色主题展览馆之一。位于龙州县城东区独山路,收藏龙州起义、中国红军第八军和龙州起义时期的珍贵文物历史图片,全面反映了龙州起义的光辉战斗历程和夺取革命胜利的伟大业绩。著名红色旅游景点。	11、30、60、71、103、126
18	龙虎山	又名龙虎山风景区。位于南宁市隆安县,广西壮族自治区级森林和野生动物类型综合自然保护区,中国"四大猴山"之一。森林覆盖率达 98.7%,其中有珍贵濒危的国家一、二级保护动植物,天然的动植物基因库。繁衍栖息着近 3000 多只八大群猴子。	12、29、47、85、107
19	笔架山	位于扶绥县新宁镇左江左岸,山上有金鸡岩,供奉观世音菩萨、财神、金鸡娘娘等神仙和马援伏波将军、关羽、花木兰等神话人物的塑像。	13、39、138
20	人间仙境	又名上金锦绣田园。位于龙州县上金乡根村。蓝天白云,农田层次分明,河流蜿蜒,群山连绵不断。根村民俗风情主要有歌圩和传统节日。	13、30
21	上映自生桥	又名上映天生桥、上映仙桥。位于天等县上映乡桃永村。石桥由几块巨大石板块自然相叠形成,横跨在天等至上映公路上。	13
22	崇左斜塔	五层砖塔。古称镇海宝塔,归龙塔。因四面环水,又称水宝塔。现代又名左江斜塔,俗称歪塔。位于崇左市江州区太平街道大村归龙滩左江河道中间鳌头山顶部。明天启元年(1621 年)始建。广西唯一的斜塔,世界八大斜塔之一。全国重点文物保护单位。	14、44、59、68、85、111、119、152、155、169
23	扶绥巨榕独木成林	位于扶绥县中东镇上余村弄楼屯。树高约 38 米,最大处胸径 235 厘米。树龄 1000 多年。	14、119
24	紫霞大桥	位于龙州县上金乡,横跨明江。紫霞大桥附近有紫霞洞,以洞名为桥名。	14
25	龙州县中山公园	民国时期,为纪念伟大的革命先行者孙中山先生,各地纷纷将所辟公园定名或更名为中山公园。该公园是广西最早的纪念孙中山先生的中山公园,位于龙江(丽江)右岸。公园内有革命烈士纪念碑,碑面上有邓小平 1963 年题词。	15、113
26	龙州蚬木王	位于龙州县武德乡三联村陇呼屯后山上。最高大的一株蚬木树龄 1800 多年,高 48.5 米,地径 4.23 米,胸径 2.99 米,单株材积 106 立方米,是我国南方同类树种单株立木材积之最,故被称为蚬木王。	15、27、55、125、159

续表

序号	名称	释义	在本书所处页码
27	邓小平手植侧柏	侧柏：观赏树种，常绿乔木。邓小平手植侧柏：名木。位于龙州县城新街中国红军第八军军部旧址前。红八军政委邓小平1929—1930年两次到龙州，都在这里居住办公。邓小平第2次到龙州期间种下这两株侧柏。	16
28	红八军军部旧址	又名中国红军第八军司令部旧址、红军楼。位于龙州县龙州镇新街19号中国红军第八军革命纪念馆内。龙州起义期间，邓小平在门前种下两株侧柏。全国重点文物保护单位，著名红色旅游景点。	16、60、95
29	德天山庄	大新县德天瀑布景区的主要宾馆，位于德天瀑布对面小山上。	16、138
30	绿岛行云	位于大新县硕龙镇归春河上，浅滩流水如飘动的白云，故名绿岛行云。	17
31	龙州县中山公园大肚佛造像	位于龙州县城中山公园内，在一块原生石上雕琢而成。	18
32	红八军阻击战旧址	又名龙州保卫战遗址。位于龙州县龙州镇兴龙路、旧铁红八军桥头南端。1930年3月20日，国民党桂系梁朝玑部400多兵力突袭龙州城，红八军二纵队为掩护主力撤退，坚守铁桥南端阵地，战斗异常惨烈，400多名红军官兵壮烈牺牲。龙州县文物保护单位。红色旅游景点。	18
33	陈勇烈祠	又名陈嘉祠，清末抗法名将陈嘉的祭祀专祠。位于龙州县龙州镇北帝巷。陈嘉（1839—1885），广西荔浦人。中法战争中他被委派统领镇南军10营，身先士卒，在作战中多处受伤仍坚持战斗，为镇南关大捷立下汗马功劳。1885年6月13日，他旧伤复发不治，在龙州去世，清廷赐谥勇烈并批准建祠纪之。	18
34	百感岩	广西著名的喀斯特自然景观之一。位于天等县向都镇，岩内有大小洞穴数10个，遍布钟乳石，景色壮观。徐霞客游览过并记入其游记。	18、43、143
35	都峤山	位于广西容县城南。著名旅游景区。	22、35
36	凤凰古城	位于湖南省湘西土家族苗族自治州的西南部。湖南十大文化遗产之一、国家历史文化名城。	22
37	板小屯	凭祥市夏石镇新鸣村辖屯。社会主义新农村、美丽乡村等建设示范屯，利用天然地下泉水建游泳池，开发农家乐旅游。	23

续表

序号	名称	释义	在本书所处页码
38	兰花谷	全称广西凭祥市白云兰科植物园。位于凭祥市区北面，国家 AA 级景区。前身是中国林业科学研究院热带林业实验中心树木标本园。引种世界上 1000 多个品种、10 万余株兰花。	24、93、98、122
39	越南革命者在龙州秘密机关旧址	又名胡志明展馆。位于龙州县城南街 99 号。胡志明等越南领导人在此工作和生活，从事革命活动。全国重点文物保护单位。	24
40	那望叠瀑	位于大新县恩城乡恩城社区那望屯。恩城河水清澈如镜，流水被河中岩石所阻，形成多处叠瀑，两岸古树茂密。	24、125
41	弄岗国家级自然保护区	国家综合性自然保护区。地处崇左市龙州县、宁明县境内，由陇呼、弄岗、陇山 3 个片区组成。主要保护对象为石灰岩季雨林生态系统、珍稀物种及岩溶地貌。	25、38、160
42	大新县恩城乡土州遗址	位于恩城乡恩城社区。岜翠山上有郡守查克擅所题隶书石刻"小玲珑"三字，所以恩城土州遗址又称"小玲珑"景区。明代地理学家、旅行家徐霞客曾到此考察，写进其游记。此地建有徐霞客纪念墙。	25
43	宁明县独木成林景观	又名明江古榕、多干成林，大叶榕树奇观。位于宁明县明江镇洞廊村洞廊屯。一棵榕树的气根繁衍成 4 棵树，形成此景观。总高 17 米，冠幅 94 平方米。树龄 400 年以上。	26、69、95
44	连城要塞遗址	清末中越边境广西段中方 10 个州县的边防设施。中法战争后，广西提督兼广西边防督办苏元春，率领国防军士兵和边境民工，在中越边境中方重要山头上修筑炮台，山峰与山峰之间的山脊上、炮台间有石砌的城墙相连，故称垒城、连城。依规模大小，分为凭祥大连城、龙州小连城，合称大小连城，被誉为南疆长城。全国重点文物保护单位。	28
45	河池小三峡	又名姆洛甲女神峡，位于河池市金城江区西北部 23 千米处，是龙江的一段，叫打狗河，约有 12 千米。因为不能与雄伟壮丽的长江三峡匹敌，所以河池这段峡谷谦称"小三峡"。	28
46	伏那花溪	位于大新县恩城乡护国村。恩城河水清澈如镜，流水被河中岩石所阻，形成叠瀑，两岸古树茂密。电视剧《花千骨》曾在此拍摄。	29、44、107、144、155
47	真武阁	位于广西容县城东绣江北岸经略台上，面向绣江。建于明万历元年（1573 年）。与黄鹤楼、岳阳楼、滕王阁并称中国江南四大名楼。全木结构的建筑，以杠杆结构原理，组成优美稳固的整体，全阁未用一件铁器。更为奇特的是，二楼四根大内柱的柱脚悬空不落地。	29

续表

序号	名称	释义	在本书所处页码
48	万福寺	广西壮族地区喀斯特溶洞寺。位于天等县向都镇北面500 米处的巴浪山（又名万福山、独隆山）山洞中，故名。建于清康熙十一年（1672 年）。广西仅存的洞窟寺。广西壮族自治区文物保护单位。	30、141
49	龙州县邓小平铜像	位于龙州县独山路红八军纪念广场上，龙州起义纪念馆前方。雕塑名"大地的儿子"。邓小平铜像身着红军军装。铜像高 8.22 米，寓意邓小平生于 1904 年 8 月 22 日；铜像基座高 7.5 米，寓意龙州起义 75 周年。	32
50	沙屯叠瀑	位于大新县硕龙镇硕龙村沙屯的归春河段上。河水从 10米高的河段泻下 4 级矮坡，级间差在 2～3 米。	33
51	金牛潭	位于宁明县爱店镇中越边境公母山麓，由山溪长年累月冲刷而成，流水潺潺，怪石嶙峋，古木参天，景色迷人。生长着种类繁多的亚热带植物。历代文人名士曾在潭边题字留墨。	33、73
52	崖洞葬	壮族和其他一些少数民族葬俗。把死者的棺木或遗体、遗骨安葬在高山或悬崖上的一种安葬方式。为悬棺葬、岩洞葬或洞穴葬。左江流域是崖洞葬较多的地区，龙州县、大新县、天等县、江州区等地发现多处崖洞葬遗址。	33
53	姑婆山	位于湖南、广西、广东三省区交界处的萌渚岭南端，广西贺州市八步区境内，桂东第一高峰。建有姑婆山国家森林公园。	34
54	桂平西山	我国著名的七大西山之一，全国重点风景名胜区。位于贵港市桂平市城西 1 千米处。西山茶、乳泉酒是该山特产，有松海听涛、濂溪飞瀑、栈道悬崖、龙亭观日、一线长峡等景点。	34
55	昆仑关	位于广西南宁市邕宁县（现为南宁市兴宁区）昆仑镇与宾阳县交界处间的昆仑山和领兵山之间，海拔 306 米，距南宁市 59 千米。古代是广西内地的门户，有"南方天险"之称。昆仑关曾发生过数次大规模的战斗，其中 1939 年中日昆仑关战役是抗日战争的大型战役之一。	36、68、129、132
56	老木棉紫园	位于广西大新县硕龙镇老木棉酒店，有木棉树群和紫薇花园，故得其名。附近河溪流水潺潺，极富诗意。	37
57	木村屯	又名木村坡。南宁市江南区江西镇同新村辖屯，南宁市人民政府命名其为古树园，国家住房和城乡建设部命名其为中国传统古村落。	38

续表

序号	名称	释义	在本书所处页码
58	崇左园林博览园	位于崇左新城区西南方的左江河畔，总面积约 1.01 平方千米。2011 年开始筹建，2014 年申办成功。2015 年 12 月 11 日，第七届广西（崇左）园林园艺博览会在该园开幕。该园主题：壮乡情，崇左美。	38、152、156
59	南宁那考河湿地公园	位于南宁市兴宁区邕武路，通过采取河道治理、截污治污、河道补水、景观美化、海绵建设、改造环境等措施而建成。2017 年 4 月 20 日，习近平总书记考察了那考河生态综合整治项目。	38、108、115、144
60	邓家大院	亦称"七十二道门"，位于南宁市武鸣区双桥镇八桥村大伍屯。为防御匪盗，清末民初邓氏家族三代人克勤克俭，团结协作，用了 25 年时间建成这一广西南部农村壮族民居建筑群落。	39
61	南宁青秀山	南宁市主要的风景区，有"首府城市绿肺"之称。位于南宁市中心，邕江畔。景区有凤凰岭、龙象塔、兰园、壮锦园，桃花岛、观音禅寺等景点。山麓有孔庙。	39、86、89、99、111、131、140
62	明仕壮族民居博物园	大新县明仕田园风景区的核心部分，融观赏、游乐、人文、购物于一体，立体化展示壮族文化风情。分为山色河景、壮族村落、土司民居、民俗表演、摄影基地、风情小街、烧烤美食七大功能区，由黑衣壮寨、图腾广场、壮廊、明仕大舞台、弓箭场等组成。	41
63	乔苗平湖	乔苗水库，位于大新县全茗镇乔苗村。	42
64	广西恩城国家级自然保护区	位于大新县恩城乡，国家湿地公园。	44
65	龙角天池	位于天等县天等镇仕民村龙角屯后半山腰，巨池浩水，天然生成。水面面积 0.2 平方千米，最深处 37 米，平均水深 15.1 米，池水大旱不干涸，久雨不外溢，水位平稳，水面升降仅 1 米左右，高山平湖，风景秀丽。	45
66	宁明县花山民族山寨	位于宁明县城中镇花山风景区内，背靠陇瑞自然保护区，濒临明江，依山傍水，林木繁茂，鸟语花香，环境幽雅。1987 年，自治区旅游局下属的南宁邕州饭店开始建设山寨宾馆，建成了壮楼、侗楼和瑶楼共 3 栋木楼和 1 栋颇具现代化的花山民族风情楼。	46
67	南宁地委大院	位于南宁市明秀东路 238 号，原中共南宁地委、南宁地区行署办公场所。现在是崇左市驻南宁管理处大院。高大浓郁的绿树成荫，鸟语花香。广西南宁著名四大院之一。	48

续表

序号	名称	释义	在本书所处页码
68	雨花石生态旅游景区	又名雨花石地质公园。位于崇左市江州区太平街道公益村冲登屯，左江河畔，依山傍水。景区 3 平方千米，多彩的雨花石颗粒堆积成圆鼓肥厚的五彩石岩，规模巨大，形状奇异，有幽谷、老林、洞石、隧道等，洞中有景，景中有洞，很具观赏价值、探险价值和科考价值。	52
69	白玉洞	又名玉洞。凭祥市旧八景之一，景名玉洞天然。位于凭祥市友谊镇连全村大连城东侧的半山腰上。洞内的钟乳石玲珑剔透、洁白如玉，故名。苏元春督办广西边务时，大连城为军事指挥中心。	54、77、83、97、114、143
70	丽川	又名丽川森林公园。位于天等县天等镇丽川村莹坡屯旁。主要由丽川河、独秀峰组成。河水绕山而流，河两岸古树丛生，河水清澈碧秀，水中游鱼可数，山清水秀，故名丽川。	55
71	金鸡山	古称梅梨岭，即右辅山。因如金鸡昂首啼鸣，故名。位于凭祥市友谊镇卡凤村友谊关右侧，护卫着友谊关。3 个山头鼎足而立，有清末构筑的炮台。亦为镇南关起义旧址。	65、82、86
72	小连城	清末中越边境国防设施。位于龙州县将山（榜山）。全国重点文物保护单位连城要塞遗址组成部分之一。	70、108
73	龙州起义纪念广场	位于龙州县龙州镇新填地广场。1930 年 2 月 1 日，这里曾举行龙州起义大会。红色旅游景点。	74
74	白云山	凭祥市友谊镇连全村后背山，海拔 621.3 米，为市区周围群山之冠。	76、77、141
75	荷城	宁明县城古称，也是宁明县城中镇的别称，其缘有三。一是古宁明州城墙高大，形似荷叶，故名。二是古宁明州的城墙筑成几弯几曲而闭合。每临洪灾，十里汪洋唯见城墙浮现水中，高处观之酷似水面荷叶，故名。三是古宁明州城有两垅水塘，塘中遍植莲藕，夏日满城荷花香，故名。	78
76	风门岭	又名交贡山。位于宁明县明江镇北面。旧时砌石拱门上书"雄镇西南" 4 个大字。	79
77	凭祥观音岩	又名观音岩正法寺。凭祥市佛教寺院和旅游景点。位于市区西南面市政府办公楼对面的青龙山腰。正法寺始建于 2002 年。	82
78	大连城	1885 年中法镇南关（今友谊关）战役结束后，苏元春督办边务时，在广西凭祥市白玉洞建设的军事指挥中心。四周炮垒林立，沿山修筑长城相互贯通，设有演兵场、军械厂、火药厂、碾米厂、监狱等。全国重点文物保护单位连城要塞遗址组成部分之一。	83

续表

序号	名称	释义	在本书所处页码
79	平公岭地下长城	平公岭又名平岗岭，地下长城又名炮台。位于凭祥市友谊镇平而村西南面平公岭上，清光绪二十四年（1898年）建。平面成工字形，占地面积约1530平方米，由南北炮台和相连接两炮台之间的地下营垒组成，故名地下长城。	83、94、113、138、158、159、164
80	狮子山	位于宁明县海渊镇那才村，新开发的旅游景区。2016年3月26日至27日，宁明县诗词楹联学会邀请崇左市和龙州县、凭祥市诗词学会在那才狮子山举行诗词楹联创作笔会。	95、98、100
81	桃花岛	位于崇左市江州区驮卢镇莲塘村花梨屯。该岛三面环左江，山清水秀，主要景点有桃花园、般若波罗蜜多心经壁、空灵谷、崖寿山等景点。	98、112、156
82	百灵岩	位于天等县天等镇百灵村上屯，距离县城2.5千米。后依青山，前有碧潭，内有100多个景点。	111、115
83	陇瑞自然保护区	位于宁明县西北部明江河畔。北热带气候，大部分为原始森林，地质结构属石灰岩纪及下二迭碳酸岩溶地，主要植被以喀斯特季雨林为主，动、植物种类繁多。主要保护动物为白头叶猴等。	118
84	南津古渡	又名南津码头。太平府（今崇左市江州区境）十景之一，崇左市名胜古迹之一。位于崇左市江州区太平街道中渡社区，左江右岸，与原太平府南门隔江相望，故旧名府前渡。宋皇祐五年（1053年）设置太平寨时就有渡口，明代至崇左一桥通车前为南北交通的主要通道。132级石阶从江边架到岸上，部分为天然石蹬，道狭陡峭，是北岸通南岸必经之路，故名南津。	97、122
85	龙州县革命烈士纪念碑	位于龙州县龙州镇利民街中山公园内。1961年为纪念和缅怀1930年2月1日龙州起义中牺牲的红八军和左江革命委员会烈士而建造。红色旅游景点。	126
86	派替湖	位于天等县天等镇。山区湖泊，水面面积约0.2平方千米，能调节水位，湖上散落小岛屿，湖光山色，俏丽俊秀。水域风光类自然风景旅游区。	140
87	清音洞	俗称穿窿岩。位于天等县天等镇。前后（南北）贯通，一条小河溪经洞中流过，终年不枯，流水淙淙作响，声音动听，故得其名。清音洞摩崖石刻是天等县文物保护单位。	141
88	独秀峰	位于天等县天等镇丽川村莹坡屯旁，孤峰独秀，故名。清澈的丽川河水绕山奔流，山清水秀，故又名丽川秀峰。高约60米，峭壁挺拔，气势雄伟，树繁枝茂。环山道从山脚达山顶，县城全景尽收眼底。	142

附录三：其他名词简释

（以各名词第一次出现的页码为序）

序号	名称	释义	所处本书页码
1	白头叶猴	全球珍稀濒危灵长类动物，国家一级重点保护野生动物。全部在崇左市境内，所以是崇左市独有的、特有的。其头、颈长白毛，食绿叶。崇左市是中国白头叶猴之乡。2020年4月公布共有1200多只。	3、18、32、140
2	崇左市行政中心	位于崇左市城南新区龙峡山麓，龙腾湖畔。崇左市直属机关办公场所。	4、51
3	中国糖都崇左市	崇左市是中国甘蔗高产高糖优势产区之一，在全广西、全国具有举足轻重的地位。2010年4月27日，中国轻工业联合会、中国糖业协会授予崇左市"中国糖都"称号。	5、22
4	壮族三月三	三月三即每年农历三月初三，壮族的传统节日——歌节，持续2日至3日。1983年，广西壮族自治区人民政府将三月初三定为壮族的歌节。家家户户制作五色糯米饭，还举行丰富多彩的节日活动，对唱山歌是壮族三月三节日活动的主要内容之一。也是壮族男女对歌定情结姻缘的节日。有的地方还扫墓祭祖。	9、32、69、157、170
5	木棉花	别称攀枝花、莫连、红茉莉、莫连花、红棉、斑芒树，在热带及亚热带地区生长的落叶大乔木，高10米至20米。2005年1月18日，崇左市第一届人民代表大会第三次会议将木棉花定为崇左市的市花。中国野生植物保护协会2014年底授予崇左市"中国木棉之乡"称号。	13、17、21、27、31、41、43、44、121、147、155、161、164
6	望天树	又名擎天树、大乔木。高多在30米至60米，最高可达80米，胸径60厘米至150厘米，中国最高树木。木材坚硬、耐用，花纹美观，高级用材。1955年在龙州县金龙乡板闭村联友涌首次发现。大新县、龙州县有望天树。	13、19
7	板鞋舞	又名走板鞋。广西壮族等少数民族民间舞蹈，数人或近10人穿一双板鞋行走、跳舞。	15、58

续表

序号	名称	释义	所处本书页码
8	天等指天椒	以肉厚、鲜红、尖小、辣香而闻名。2003年，中国品牌宣传保护活动组委会授予天等县"中国指天椒之乡"称号。天等县于2009年9月28日至29日举办了天等县指天椒节。2010年9月13日至15日举办中国—东盟指天椒节。	16、112、142
9	苦丁茶树王	位于大新县龙门乡苦丁村下皋屯，2002年高31米，胸径80.3厘米，树冠幅14米×12.5米，树龄304年，高大挺拔。	16、137
10	赛龙舟	民间传统文化体育活动项目。广西左江岩画和铜鼓上有龙舟图案。崇左市所辖龙州县、宁明县、扶绥县和江州区及其沿江乡镇村，每逢端午节组织举行赛龙舟。	17、32、67、150、169
11	千年寿字碑	清代碑刻。存于崇左市江州区太平镇丽江公园旧址内。青石碑高2米，宽1米。远看碑面是一个草书大"寿"字，细究"寿"字含"千""年""寿"3字笔意，故名。此字为清道光五年（1825年）崇善县（今江州区）县令王元仁所书，清代书法家，善作壁窠书。清道光十四年（1834年），代理阳朔县令，书1"带"字，放大长近3米、宽近2米刻于碧连峰崖壁上。该字含有多种笔意，与千年寿字有异曲同工之妙。	17
12	龙州蚬木砧板	龙州县号称蚬木之乡，用龙州蚬木制作的砧板，既坚硬如钢，又柔软有度，略有弹性，不伤刀刃，刀过无痕，切菜砍肉不起木粉，经久耐用，是家庭、食堂、餐馆的厨房最理想的厨具。	17
13	龙州青龙菜刀	龙州县特产。因为在龙州县城青龙桥一带打制，故名。前切后砍，十分锋利。和龙州蚬木砧板是龙州"老双宝"。	18
14	龙州县乌龙茶	驻龙州县的广西农垦茶叶研究所于2003年6月17日生产出第一代广西乌龙茶品种优质茶叶，改写了广西没有乌龙茶的历史。	18
15	肥牛树	常绿乔木，鲜叶和嫩叶含有丰富的营养物质，树叶冬天仍青葱肥厚，味甜，为牛、马、羊的优良饲料，特别是用来喂牛，牛很快膘肥体壮，故名。在天等县驮堪乡贤民村日屯发现。1957年，广西壮族自治区畜牧研究所到该地鉴定并定名为肥牛树，推广种植。天等县、大新县、龙州县、宁明县和凭祥市有肥牛树。	18
16	跳桌	壮族传统体育活动项目。在场地上置一张八仙桌，表演者在八仙桌上模仿猴、鸡、鸭、青蛙、螃蟹、乌鸦、鲤鱼等各种动物的动作。在大新县、天等县流行。	19

续表

序号	名称	释义	所处本书页码
17	台湾相思	原产我国台湾，故名。常绿乔木，花色鲜艳，清香袭人，树冠婆娑，美观秀丽。龙峡山台湾相思林位于崇左市江州区龙峡山森林公园，其中有革命烈士陵园。	19
18	五色糯米饭	我国南方一些少数民族主要是壮族特色食品。五色即白色、黄色、红色、黑色、紫色。因制成的糯米饭呈这 5 种颜色，故名。白色是原色糯米饭。其他四色糯米饭分别用生黄姜（或黄枝子）、红兰草（或火烤金郎草）、枫叶、紫蕃藤（或生金郎草）捣烂过滤取汁，分别浸泡白糯米数小时后蒸熟，即分别成为黄色、红色、黑色、紫色的糯米饭。流行于广西壮、瑶、侗、仫佬、毛南、彝族和海南苗族等少数民族间，部分汉族群众也喜好。	19
19	百合	药用观赏植物。国家药典中药。性微寒，味甘、微寒。养阴润肺，清心安神，止咳平喘。崇左市产药用百合，大新、天等县和江州区是主产区。	19
20	尝新节	广西各族农家的农事祭祀节日。一般在夏秋两季新禾将熟未熟之际或完全成熟时举行，供奉祖先和土地神、灶王、神农等，享受丰收的喜悦，祈祷来年取得大丰收。	19
21	牛节	壮族等少数民族传统生产性节日，各种牛的节日的总称。各地日期不相同。该日要将牛栏打扫一新，铺上干草，将牛赶到河里，为其刷洗干净。给牛解缰脱轭，不让牛干活，不能打、骂牛，让牛休息，还要用青草、稀粥、糯米团等喂牛，给牛唱赞歌，祝愿牛健壮。	19
22	壮族歌圩	壮族群众性聚会唱歌活动及场所。因参加活动的人数众多，聚集如圩，故名。流行于广西壮族地区。截至 20 世纪 80 年代末，崇左市各县（市、区）影响较大的歌圩有 287 处。	20
23	蛙神	壮族神祇名。传说青蛙是雷王的儿子，人们需要雨水，就向青蛙说一声，青蛙便会向天上鸣叫。雷王听到蛙声，就会播降雨水。	20
24	龙胜温泉	位于桂林市龙胜县，群山环绕，森林覆盖，温泉从地下 1200 米的岩层涌出，水温在 45℃ 至 58℃，水中含有十几种对人体有益的微量元素。	20
25	壮族天琴	弹拨弦鸣乐器，壮语称"叮叮"，流行于龙州、凭祥、宁明、防城一带。龙州壮族天琴流传于金龙镇、上龙乡、龙州镇、彬桥乡、下冻镇一带，著名文化艺术品牌。	21、30、115
26	刘三姐崇拜	壮族民间信仰习俗。据传壮族善唱山歌，是民间歌仙刘三姐传下来的，因而对刘三姐倍加崇拜。扶绥县流行刘三姐崇拜。	21

续表

序号	名称	释义	所处本书页码
27	羊角钮铜钟	古铜器。岭南越人乐器。钟体合瓦式，两侧留有合范痕迹。横截面呈橄榄形或近椭圆形，正视图象半截橄榄或半个椭圆体，上小下大，下为平口，中空，内壁光洁，顶部有竖长方形透穿孔，顶端有呈倒"八"字形外撇的像羊角的双钮，故名。流行于战国至西汉时期。宁明花山及高山岩画中有羊角钮铜钟图像。	21
28	火焰树	观赏树种。常绿乔木，树干通直，树形优美。花冠近钟形，花大而多，开在树冠顶层，盛花时如熊熊燃烧的火焰，极为醒目壮观，故名。崇左市有引种，主产于龙州县、宁明县。	21
29	壮族彩带	龙州县水口镇一带壮族妇女编织的手工艺品。以彩色、白色的纱线、毛线等为经、纬线编织而成。长者约1米，短者约30厘米，宽为1.5～2.5厘米。题材为生活中常见事物，随手编织，有"小壮锦"之称。妇女用作围裙带、帽带等。	21
30	榕抱棕	奇树异木博趣。位于广西凭祥市的中国林业科学研究院热带林业实验中心夏石树木园。拥抱者是一株桑科的斜叶榕，被拥抱者是一株棕榈科的食用海枣即伊拉克蜜枣。	21
31	龙州红军井	位于龙州县中国红军第八军军部旧址内。原为瑞丰祥钱庄的小水井，红八军军部驻此地后将小水井扩大，周边群众也来取水使用，故名红军井。	21
32	上金鱼街	又名上金船街、上金鲤鱼街，位于龙州县上金乡中山村，由砖木结构建筑组成的民居群，年代为清末民初。街道位于左江畔，过去许多居民以打鱼为生，左江盛产鲤鱼，故有此街和街名。	21、34
33	天等精神	先后有两种表述：一是"自强自立、苦干实干、团结拼搏、争创一流"；二是"天等不等天，苦干不苦熬"。天等县人民长期克难奋进所形成的宝贵精神财富。	22
34	打榔舞	用榔（舂杵或棍棒）敲击榔（砻、窿），故名打榔（砻、窿）舞。2011年3月20日，天等县在县城天椒广场举行千人"打榔舞"比赛。	23
35	南路壮剧《甘泉》	天等县小山乡胜马村原党总支书记黄善军全心全意为村民服务，患癌症后隐瞒病情，带病工作至生命最后一刻。天等县老年大学艺术团以黄善军为原型，创作南路壮剧《甘泉》。	24

续表

序号	名称	释义	所处本书页码
36	崇左市老年大学	公益类事业单位。成立于 1992 年，原名南宁地区老年大学。2003 年 8 月 6 日撤销南宁地区，设立地级崇左市，改为现名。位于崇左市驻南宁管理处大院。2018 年底，中共广西区党委老干部局授予全区示范性老年大学称号。	24、25、39、41、49、64、65、70、71、72、91、109、113、123、127、130、135、136、142、146、148、149、150、151、161、162、164、165、166
37	《诗赋崇左》	第一本古今中外的诗人、诗词爱好者咏赋广西崇左市的格律诗词集。钟家佐题写书名。韦桂德总策划，何珊、蒋三成策划。崇左市老干部诗词学会编，谭先进主编，郑巨荣执行副主编。广西人民出版社 2017 年 8 月第 1 版。本书收录了吟诵地级崇左市本级以及管辖的扶绥县、大新县、天等县、宁明县、龙州县、江州区和代管的县级凭祥市的诗词。以唐代、宋代、元代、明代、清代、民国、当代七部分列编。收录的作者从唐代至 2017 年以诗赋崇左的作者 327 位。收录诗 1518 首〔其中古风 34 首，绝句 620 首，律诗 776 首，长律（排律）88 首〕，词 147 首，总计诗词 1665 首。	25
38	黄云	黄云（1921.3—2011.6），原名黄昌燨，广东阳江人。1938 年 8 月加入中国共产党，从事革命斗争活动。抗战时期曾任广东抗日人民解放军六团政委、团长兼阳春县委书记。新中国成立后，历任桂林市委书记、柳州市委书记、广西壮族自治区人民政府副主席、党委副书记、顾问委员会主任。中国书法家协会早期会员、广西书法家协会名誉主席、广西书画院名誉院长。	28、32
39	钟家佐	钟家佐（1930—　　　），广西贺州人。历任广西区党委常委、秘书长，自治区政协副主席。曾任中华诗词学会顾问，中国书法家协会理事，广西书法家协会主席，广西诗词学会会长。	28、55、68、141
40	向都霜降歌圩	壮族传统歌圩。流行于天等县向都镇霜降节气。歌圩中心在中和街，从每年霜降节的第一个圩日开始，连续 3 个圩日（三天一圩），白天是商品物资贸易交流盛会，晚上是山歌盛会。霜降歌圩是天等县壮族霜降节的主要活动。天等县壮族霜降节入选国家级非物质文化遗产代表性项目名录。	31
41	敲奢舞	壮族群众自娱性兼表演性舞蹈。用春杵或棍棒敲击奢（篓），故名。伴有模拟插秧耕耘、收割舂米、打糍粑等动作。	31

续表

序号	名称	释义	所处本书页码
42	抢花炮	少数民族传统体育运动项目之一。以藤条编成花环置于送炮器口上，点燃送炮器将花环送上天空，两队年轻男子凌空抢花环，将花环送到指定地点的队胜一次，一般抢3次分一次胜负。崇左市江州区、龙州县、宁明县等地流行抢花炮，分别在每年农历二月十九、三月三、四月十三举行。	31
43	冰泉豆浆	又名滴珠豆浆，广西著名小吃之一，梧州物产。	32
44	南宁至友谊关高速公路	途经南宁市邕宁区，崇左市扶绥县、江州区、宁明县、凭祥市。	32
45	班夫人	又称班氏女、班氏夫人。姓班名都英，女，壮族，凭祥市友谊镇柳班村人。据说是东汉时，伏波将军马援率军南征，平定交趾征氏姐妹叛乱，军粮一时接济不上，班氏女慷慨将自己所积蓄的粮食献上，以解马援军之危。马援回京后呈上奏疏，汉帝读罢，对班氏女之气节十分感动，即以一品夫人诏封。但汉帝的诰轴未到，班氏女已死，钦差只好揭棺赐诰轴，并改葬于今凭祥市凭祥镇北大路白马山上脚下（原凭祥市一中背后）。班夫人坟建于何时无考。左江流域各县建有班夫人庙。	33
46	崇左蔗海	崇左市各地从清道光年间已普遍种植糖蔗，至今已有190多年历史。崇左市是广西乃至全国糖料蔗和蔗糖最重要的产区。崇左市是"中国糖都"。	33
47	东门镇姑辽茶	广西品牌名特优产品，2011年中国—东盟博览会指定产品。产于广西扶绥县东门镇六头村姑辽屯。	34
48	壮拳	壮族传统体育活动项目。壮族武术中的拳种，流传于广西壮族聚居地区，主要分布在南宁、崇左、百色、钦州、河池等市。左江花山岩画有古代壮拳图像。祖籍龙州的农式丰，精熟壮拳，是龙州壮拳第三代宗师，现代龙州壮拳代表人物。宁明县流行花山壮拳。	34
49	潘文石	北京大学生命科学学院教授，北京大学崇左生物多样性研究基地主任。1980年开始在秦岭研究野生大熊猫，1996年开始到广西崇左市江州区弄官山研究白头叶猴，2004又到广西钦州市三娘湾研究中华白海豚，都取得显著成果。崇左市荣誉市民。	35
50	刘仁棠	原南宁地区政协工作委员会副主任，南宁地委委员、秘书长，崇左市老年大学原校长，崇左市老干部诗词学会原会长。	36、103、113

续表

序号	名称	释义	所处本书页码
51	《崇左文化博览》	第一本条目体大型综合性崇左文化辞书，比较全面、系统地研究、介绍了崇左文化的历史渊源、发展脉络、鲜明特色、优秀成果，重要贡献和发展前景等。全书248万字，29章，条目9657条，照片468张。崇左市政协原副主席谭先进著，广西人民出版社2016年1月第1版。	38、70、97、108、138、148、156
52	打扁担	又名扁担舞，壮族民间自娱性舞蹈和传统体育活动项目。始于唐代，流行于马山县等地。	41
53	《左江日报》	前身是《南宁日报》，创办于1992年8月1日。2002年12月，国务院批准撤销南宁地区，设立地级崇左市。2003年7月1日，《南宁日报》更名为《左江日报》。	42
54	扁桃树	落叶乔木，观赏树种。漆树科、杧果属。果实如桃且扁，故名。崇左市的市树。	43
55	山秀水电站	水力发电企业。位于广西左江下游河段，扶绥县城上游14千米处，渠黎镇山秀村附近。属扶绥县管辖。	43
56	广西边境建设大会战	2000年8月至2002年9月，广西在边境8县（市、区）即东兴市、防城区、宁明县、凭祥市、大新县、龙州县、靖西县、那坡县8个边境县（市、区）开展边境建设大会战，为边境办24件实事。	48
57	崇左市老干部诗词学会	老干部诗词学会组织。成立于1992年3月5日，原名南宁地区老干部诗词学会，2003年8月6日撤销南宁地区改崇左市后更名为现名，会刊为《红棉》诗刊。编纂的《诗赋崇左》2017年8月由广西人民出版社出版发行。2018年8月有会员316人，学会以弘扬中华诗词优秀传统文化为宗旨，团结和依靠广大会员、诗友，以学习促进创作，为推进社会主义先进文化建设发挥积极作用。	54、65、123、139
58	周元	宁明县明江镇洞廊村人，壮族，抗日名将，革命烈士。洞廊村有周元故居、周元将军纪念碑、周元小学。	76
59	蕾沙	蕾沙大将、蕾沙大将军，姓黄名克细（绪），乳名细有，广西思明州（今宁明县）人，因住蕾沙山寨，明代英宗皇帝念其报国有功，敕封"蕾沙大将"。宁明县那练村等有多处蕾沙大将庙。	78
60	黄善璋	山东省青州益都县人。宋皇祐四年（1052年），黄善璋被册封为都元帅，在今宁明县明江镇设永平寨，由善璋世袭。为当时明江分府、宁明州及思州土官之始祖。其墓至今已900多年，广西文物保护单位。	79

续表

序号	名称	释义	所处本书页码
61	张报	张报（1903—1996），原名莫国史，广西扶绥县人。肄业于北京清华学校（现清华大学）及天津南开大学本科。1924年转入北京国立师范大学教育研究班。1926年夏毕业后赴美工读，入皮波迪师范学院研究班。1928年初在美国加入共产党，任美共中央中国局书记，由中国共产党代表团介绍转入中国共产党，改名为张报。1932年在苏联深造。1978年10月与姜椿芳、萧军等人创立野草诗社，并主编《野草诗辑》。中华诗词学会创建人之一，任副会长。著有《张报诗词选》等。	98
62	《红棉》诗刊	崇左市老干部诗词学会诗刊、会刊。1992年创刊。2012年12月该学会成立20周年，2017年成立25周年，均出版诗词集《南疆木棉分外红》。	106、120
63	帅立志	帅立志（1924—2012.11.3），广西桂林人。著名篆刻家、书法家。中国书法家协会会员、第二届理事会理事，中国刻字研究会第一届委员。广西书法家协会第一、第二届秘书长，广西老年书画研究会常务副会长，广西帅氏书画研究会会长，广西文史管理员。	127

附录四：诗词作者以姓氏笔画为序索引

笔画	序号	姓名	起始页码
二	1	卜国球	2
四	2	王 萍	165
	3	王利然	151
	4	韦式诚	6
	5	韦志芬	121
	6	韦桂德	54
	7	韦谢评	125
五	8	玉晨娜	165
	9	玉智念	94
	10	甘石福	169
	11	石卓成	69
	12	龙耀荣	59
	13	叶 茂	3
六	14	伦贵清	124
	15	刘大盈	66
	16	刘仁棠	11
	17	刘伟林	163
	18	刘荣璋	5
	19	刘祖德	54
	20	江 倩	124
	21	江秀芬	137
	22	农桂春	153
七	23	苏 里	64
	24	杜娟萍	121
	25	李 莉	133
	26	李裕宁	168
	27	吴 勇	9
	28	吴声益	151
	29	旷 玲	110

续表

笔画	序号	姓名	起始页码
	30	何　珊	55
	31	汪大洋	147
	32	陈　晖	129
	33	陈立礼	159
	34	陈永安	58
	35	陈伟珍	154
	36	陆秀华	153
	37	陈明谦	118
八	38	范乃武	2
	39	欧建邦	135
	40	卓中园	145
	41	罗修奎	126
	42	周穗岐	127
	43	郑巨荣	72
九	44	钟夏玲	167
	45	费必语	8
十一	46	黄飞明	157
	47	黄世凤	145
	48	黄旺荣	61
	49	黄品雄	128
	50	黄锦安	130
	51	梁启应	160
	52	梁素清	131
十二	53	蒋三成	55
	54	覃芝浩	164
	55	曾杰民	120
	56	温国源	150
十三	57	蓝卡宁	168
	58	蒙　结	5
	59	蒙贤锋	163
十四	60	谭先进	12
十五	61	黎　霜	129
十七	62	戴丽佳	158

后　记

　　崇左市老年大学培养了一批包括诗词爱好者在内的文人、文学艺术家、文学艺术人才，培育了包括崇左诗词在内的崇左文学艺术万花园。由于诸多原因，在《左江诗韵》编纂、出版发行之前，还没有一本学校师生员工创作的格律诗词集。为了总结学校诗词教学成果，在创建广西示范性老年大学的过程中，学校于 2018 年初提出编纂、出版发行《左江诗韵》的请示，中共崇左市委老干部局请示中共崇左市委、崇左市人民政府批准，成立了编委会、编辑部，开始实施，至今完成，由广西人民出版社出版发行。

　　编纂《左江诗韵》是学校创建广西示范性老年大学的一项重要的文化工作，是对收录对象创作的格律诗词作品的收集、梳理和集结，经过收珠集玑，编纂成此书，共收录了 62 位作者的 1427 首作品。

　　为本书收集诗词资料的主要是学校的工作人员，崇左市老干部诗词学会的驻会人员；为本书提供诗词资料的个人绝大多数是学校的教职员工及学员等，他们老有所乐、老有所学、老有所为，展现了他们的诗词文化素养和风采。

　　崇左市老干部诗词学会驻会的常务理事分别是学校校长、诗词教师、诗词班毕业学员、诗词班工作人员，给本书提供了许多诗词，参与了本书编纂工作，并给予了大力支持。

　　在编委会的领导下，谭先进题写书名，设计全书框架结构，撰写代序、编辑说明，统稿，全书统稿、定稿。江秀芬初步对作者简介、诗词稿件进行编辑，编写了目录、附录，统计作者人数和诗词数量。谢银燕撰写通知，协调各方，处理好有关事务。林海燕收集部分诗词作者的简历和诗词作品并打印，收集、整理、统计学校诗词专业（班）办学情况。

　　值此《左江诗韵》即将出版发行之际，学校向大力支持编纂、出版发行工作的崇左市各级领导、各单位、参加诗词征集工作的各方人士，提供诗词作品的作者及其亲属、遗属等致以衷心感谢，以此书告慰已逝世的诗词作者及其遗属。

　　向广西人民出版社等为本书出版发行付出辛勤劳动的所有人员表示真诚敬意！

　　学校编纂《左江诗韵》没有先例和经验，由于编纂人员才疏学浅，水平有限，难免有欠妥之处，敬请读者见谅和批评指正。

崇左市老年大学

2020 年 7 月 1 日